# SA MAJESTÉ FORGEFEU

# LANCEDRAGON AU FLEUVE NOIR

La trilogie des Chroniques de Lancedragon
**1. Dragons d'un crépuscule d'automne**
**2. Dragons d'une nuit d'hiver**
**3. Dragons d'une aube de printemps**
*par Margaret Weis et Tracy Hickman*

La trilogie des Légendes de Lancedragon
**1. Le temps des jumeaux**
**2. La guerre des jumeaux**
**3. L'épreuve des jumeaux**
*par Margaret Weis et Tracy Hickman*

Les Préludes de Lancedragon
**1. L'Ombre et la Lumière**
*par Paul B. Thompson*
**2. Kendermore**
*par Mary Kirchoff*
**3. Les frères Majere**
*par Kevin Stein*
**4. Rivebise, l'Homme des Plaines**
*par Paul B. Thompson et Tonya R. Carter*
**5. Sa Majesté Forgefeu**
*par Mary Kirchoff et Douglas Niles*
**6. Tanis, les années secrètes**
*par Barbara et Scott Siegel*

## EN SEPTEMBRE 1997 !
UN GRAND FORMAT À NE PAS MANQUER
La légende est toujours vivante :
**Dragons d'une Flamme d'été**
*par Margaret Weis et Tracy Hickman*

# SA MAJESTÉ FORGEFEU

## par
## MARY KIRCHOFF
## et
## DOUGLAS NILES

### Couverture de
### CLYDE CALDWELL

FLEUVE NOIR

Titre original :
*Flint the King*

Traduit de l'américain
par Isabelle Troin-Joubaud

Collection dirigée par Patrice Duvic
et
Jacques Goimard

Lancedragon et le logo TSR sont des marques déposées par TSR, Inc.

Le Code de la propriété intellectuelle n'autorisant, aux termes de l'article L. 122-5, 2°
et 3° a), d'une part, que les « copies ou reproductions strictement réservées à l'usage
privé du copiste et non destinées à une utilisation collective » et, d'autre part, que les
analyses et les courtes citations dans un but d'exemple et d'illustration, « toute représentation ou reproduction intégrale ou partielle faite sans le consentement de l'auteur
ou de ses ayants droit ou ayants cause est illicite » (art. L. 122-4).
Cette représentation ou reproduction, par quelque procédé que ce soit, constituerait
donc une contrefaçon sanctionnée par les articles L. 335-2 et suivants du Code de la
propriété intellectuelle.

© 1990, 1997 TSR , Inc. Tous droits réservés.
TSR Stock N°. 8332
ISBN : 2-265-06208-1
ISSN : 1272-2812

# TROUBOUEUX

- Entrepôts Nord
- Porte du Nord
- Tribunal Nord
- Tunnel Secret
- La Cité des Theiwars
- Entrepôts Ouest

## TROUBOUEUX

- Sortie
- Grotte
- Égal à 100 mètres
- Salle du Trône
- Salle du Grand Ciel
- Précipice du Ver Charognard
- Entrepôts du Nord
- Vallée du Thane

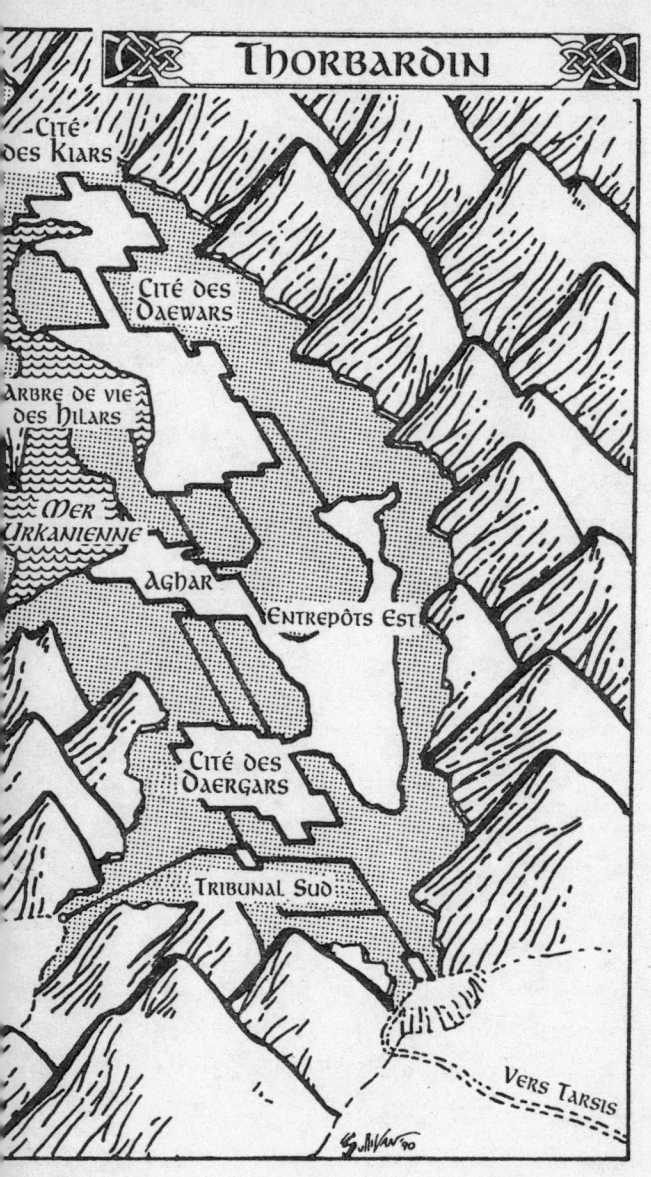

# PROLOGUE

Le marteau s'abattait rythmiquement sur l'enclume, rendant peu à peu à la jante métallique sa forme circulaire. Le front du forgeron nain luisait de sueur. Tandis que son corps s'affairait, son esprit en faisait autant. Il réfléchissait au secret qu'il avait découvert quelques minutes plus tôt.

L'indécision le tourmentait. Devait-il se taire ? Devait-il parler ?

Absorbé par sa tâche, il ne vit pas la silhouette bossue qui franchissait le pas de la porte et se dirigeait vers lui en boitant.

L'homme porta une main à sa poitrine et saisit le petit objet suspendu à son cou par une chaîne. Alors que l'amulette revenait à la vie, un halo bleu fleurit entre ses doigts.

Il fit un geste et la lumière se répandit lentement, comme une nappe de brouillard. Ses tentacules se tendirent vers le forgeron.

Soudain, le visage du nain des collines fut tordu par une grimace d'agonie et son corps trembla spasmodiquement. Il se figea, le marteau en l'air, comme si la douleur l'avait paralysé. Seuls ses grands yeux terrifiés bougeaient encore tandis que le cocon bleu l'enveloppait et l'étouffait.

La lumière disparut. Le bossu recula et se fondit dans les ténèbres. Le marteau du forgeron lui échappa et vint s'abattre une dernière fois sur l'enclume avec un *bang* sonore. Puis le cadavre glissa lentement sur le sol.

# CHAPITRE PREMIER

Tandis que le vent d'automne faisait voler les feuilles mortes devant sa fenêtre, Flint Forgefeu rejeta la tête en arrière et vida sa chope d'un trait. Un rot satisfait fit trembler les poils poivre et sel de sa moustache. Pour de la bière bon marché, cette bibine n'était pas trop mauvaise.

Hélas, il venait de terminer sa dernière bouteille. Il ne lui restait plus qu'à aller faire un tour chez l'épicier pour voir si sa commande était arrivée. Flint fronça les sourcils à l'idée de sortir de sa douillette petite maison.

Ce serait la troisième fois depuis que ses amis avaient quitté Solace, un mois auparavant.

Le nain et ses compagnons, Tanis Demi-Elfe, Tasslehoff Racle-Pieds, Caramon et Raistlin Majere, Kitiara Uth-Matar et Sturm de Lumlane, s'étaient séparés pour mener des recherches au sujet des vrais dieux. Ils étaient convenus de se retrouver au même endroit cinq ans plus tard.

Flint avait été triste de voir partir ses amis. Il s'était habitué à leur présence juvénile, mais à cent quarante ans, il commençait à se sentir fatigué. Casanier de nature, depuis le départ de ses compagnons, il était resté chez lui à boire, manger, dormir, sculpter et se rôtir les pieds près du feu.

Son estomac gargouilla. Après l'avoir rassuré d'une tape amicale, Flint se leva de son fauteuil, épousseta

13

les copeaux tombés dans son giron et chercha du regard ses bottes de cuir.

Comparée aux maisons humaines perchées dans les arbres, la sienne paraissait toute petite. Mais selon les standards nains, elle était opulente, aimait se dire Flint avec une certaine fierté.

Bien sûr, il l'avait taillée dans le tronc d'un arbre creux, et elle ne possédait pas les corniches rocheuses de ses cavernes natales. Idem pour la bonne odeur que seule peut dégager une forge chauffée à blanc.

En contrepartie, il avait pu sculpter dans les murs une théorie de frises montrant des scènes de la vie naine, ce qui eût été beaucoup plus difficile avec de la roche. Le contact de son couteau avec un morceau de bois était sa plus grande joie, même s'il se refusait à l'admettre.

Flint tira ses bottes de sous un banc et les enfila avec un gros soupir. Il n'avait aucune envie de sortir, mais l'état de son garde-manger ne lui laissait guère le choix.

La porte d'entrée grinça en signe de protestation. Ses gonds avaient besoin d'un peu d'huile ; ce n'était là qu'une des centaines de petites tâches à accomplir avant les premières chutes de neige.

La maison du nain était l'une des seules construite sur le sol de Solace. Bien qu'appréciant la jolie vue dont on bénéficiait du haut des arbres, Flint n'avait pu se résoudre à habiter une demeure ballottée par les vents et reliée aux autres par une passerelle ou une échelle de corde.

La journée était fraîche, et de pâles rayons de soleil filtraient par l'épais feuillage. L'épicerie « Chez Jessab » ne se trouvait pas très loin.

Flint emprunta le premier escalier en spirale qu'il vit et s'engagea sur une passerelle. Baissant les yeux, il vit le forgeron humain Théros Féral occupé à ferrer l'étalon d'un homme qui faisait les cent pas avec impatience.

Un quêteur. L'humeur de Flint s'assombrit aussitôt.

Il y en avait partout ces temps-ci. La secte était née des cendres du Cataclysme, lui-même provoqué par les anciens dieux pour sanctionner les erreurs du plus grand chef religieux de l'époque : le Prêtre-Roi d'Istar.

Les quêteurs affirmaient que les anciens dieux avaient abandonné Krynn, et qu'il fallait se tourner vers leur religion. Beaucoup d'habitants d'Abanasinie s'étaient laissés prendre au piège de leurs belles paroles. Mais Flint, comme tout esprit pragmatique, les avait reconnues pour ce qu'elles étaient réellement : des élucubrations vides de sens.

On identifiait les quêteurs à leurs tuniques brunes et dorées. C'étaient des missionnaires qui arpentaient les plaines pour remplir leurs coffres de pièces d'acier.

La plupart étaient de jeunes mécontents tels qu'on en voit dans toutes les villes, que les promesses de fortune et de pouvoir attiraient comme un aimant. Quelques heures de bourrage de crâne les transformaient en vendeurs persuasifs ; ils avaient déjà converti des milliers de gens à leur cause.

Les quêteurs constituaient la principale force des plaines. Malheureusement, ils passaient le plus clair de leur temps à dépouiller les villes et villages ayant l'infortune d'abriter un de leurs temples.

Le moral de Flint tomba encore plus bas quand il aperçut un groupe de quêteurs qui traînaient autour de l'épicerie. C'étaient des novices, comme en témoignaient leurs simples tuniques blanches ornées d'une torche allumée sur le côté gauche de la poitrine.

Le nain reconnut en eux de grandes gueules au tempérament querelleur, mais tout aussi incapables de soigner quelqu'un que de dialoguer avec leurs prétendus dieux. Son visage s'empourpra sous l'effet de l'irritation.

— Qui dévisages-tu ainsi, nabot ? demanda un des hommes en croisant les bras sur sa poitrine.

Flint plissa les yeux, poussa un grognement de dégoût et ne répondit pas. Il tenta de se frayer un chemin entre les quêteurs.

Un doigt osseux lui tapota l'épaule.

— Je t'ai posé une question, nain des ravins.

Les autres quêteurs éclatèrent de rire. Flint s'arrêta mais ne leva pas les yeux.

— Je crois vous avoir donné la réponse que méritent les gens de votre espèce, lâcha-t-il d'un ton égal.

Soutenu par ses amis, le jeune insolent insista.

— Tu parles vraiment mal pour un vieillard seul contre tous, ricana-t-il en se plaçant devant le nain pour lui barrer le passage.

— Donne-lui une bonne leçon, Gar ! s'écria le quêteur le plus proche.

L'irritation de Flint vira à la colère ; il décida que le présomptueux avait besoin d'une bonne leçon.

Rapide comme l'éclair, il lui flanqua son poing dans l'estomac. Le novice recula en se tenant le ventre et en cherchant à reprendre son souffle.

Flint saisit le capuchon de sa victime, le rabattit d'un geste vif et noua les cordons de telle sorte que seul le nez du quêteur dépassait encore.

Le jeune homme poussa un cri, battit des bras pour conserver son équilibre, et tomba tête la première sur la passerelle de planches.

Flint était en train de se frotter les mains d'un air satisfait lorsqu'il entendit derrière lui le sifflement familier de lames qu'on dégaine.

Il fit volte-face et, en moins d'une seconde, désarma deux autres quêteurs, dont les dagues volèrent par-dessus la rambarde.

— Attention là-dessous ! s'écria Flint en se penchant vers le sol.

Il vit quelques villageois s'écarter sans poser de questions, et les dagues se planter dans le sol. Lorsqu'il releva la tête, les novices s'enfuyaient à toutes jambes.

— Retournez chez vos mères, morveux ! rugit Flint d'une voix tonitruante.

Puis, ragaillardi, il pénétra dans l'épicerie d'Amos Cartney. Comme chaque fois, il se souvint du soir où

Tanis, Tasslehoff et lui étaient venus chercher à manger pour une petite fête, peu de temps après l'arrivée du kender au village.

« — Hé, Amos, qui est Jessab ? avait pépié Tass en faisant main basse sur tous les bonbons colorés qui traînaient sur le comptoir. Sûrement quelqu'un d'important, pour que tu donnes son nom à ta boutique. »

Flint, qui connaissait la réponse, avait tenté de bâillonner son ami. Mais celui-ci s'était adroitement dégagé.

« — Hé ! fais un peu attention ! avait-il crié, indigné. Tu as failli m'étrangler ! Alors, Amos ? Etait-ce ton père ? Ou ton grand-père, peut-être ? »

« — Jessab était l'ancien propriétaire de l'épicerie, répondit calmement l'interpellé. Il s'est enfui avec ma femme en abandonnant son commerce derrière lui.

« Mais j'ai conservé l'enseigne : ainsi, chaque fois que je lève les yeux vers elle, je me souviens que les femmes sont volages, et que je ne dois pas leur faire confiance. »

Ayant subi quelques déconvenues de son côté, Flint partageait l'opinion d'Amos au sujet des femmes.

A partir de ce jour, il avait considéré l'humain comme un ami.

En le voyant arriver, l'épicier s'essuya les mains sur son tablier et sourit.

— Entre vite. J'ai eu des problèmes toute la journée avec les quêteurs. Ils ne cessent de s'en prendre à mes clients, et je n'arrive pas à m'en débarrasser.

— Oh, je crois qu'ils n'embêteront plus personne aujourd'hui, dit Flint avec une grimace moqueuse.

— Merci, mais ils reviendront, soupira Amos. Eux ou d'autres. Ils sont chaque jour plus nombreux.

Le nain reconnut à contrecœur que son ami avait raison. Depuis quelques années, Solace n'était plus le village paisible et sans histoires qu'il avait connu autrefois.

— Enfin, je suppose que tu n'es pas venu écouter mes jérémiades. Donne-moi ta liste, je vais aller chercher ce qu'il te faut, proposa Amos.

17

Il flanqua un coup de coude dans les côtes de Flint en lui faisant un clin d'œil.

— Au fait, j'ai reçu ta fameuse bouteille de rhum de malt.

Il venait de disparaître dans l'arrière-boutique lorsqu'une voix derrière Flint s'écria :

— Un autre nain ! Je commençais à me sentir comme un gobelours dans un pique-nique de kenders ! Bonjour, je m'appelle Hanak.

Flint se retourna. Le nouveau venu avait des cheveux couleur carotte qui formaient comme de petits ressorts autour de sa tête, et des yeux aussi bleus que le ciel.

Ses rides n'étaient pas très profondes, mais il lui manquait deux dents de devant. Etaient-ce les effets de l'âge ou les conséquences d'une bagarre, Flint n'aurait su le dire.

L'étrange nain portait une cotte de mailles et une toque de cuir usées. Il se frotta les mains en parcourant du regard les étagères bien garnies.

— Vous venez juste d'arriver en ville, je suppose, hasarda Flint.

Hanak haussa les épaules.

— Je ne fais que passer ; je suis en route pour Haven. Je viens des collines qui bordent les plaines de Tarsis ; jamais je n'étais autant remonté vers le nord. Apparemment, vous êtes pas de la région non plus.

— C'est vrai, admit Flint.

— Je dirais que vous êtes originaire de l'est, juste un peu plus haut que Thorbardin, sans doute, avança Hanak en se tapotant le menton de l'index.

— Comment avez-vous deviné ?

— Oh, ce n'est pas très difficile. Je voyage beaucoup pour mon métier. J'ai remarqué votre léger accent et les mèches noires, dans vos cheveux... Presque tous les nains de ma région sont roux ou bruns.

« Quant à votre ample tunique bleu-vert et vos grosses bottes, il y a plusieurs dizaines d'années que personne ne porte plus ça au pays. Vous n'avez pas dû y retourner depuis longtemps. De quel village êtes-vous ? »

Flint était un peu contrarié par les commentaires du nouveau venu ( les bottes étaient un cadeau de sa mère ), mais il comprit que celui-ci n'avait pas voulu l'offenser.

— De Soucolline, entre Thorbardin et le Pic du Crâne.

— Soucolline ! Mais j'y étais il y a moins de vingt jours ! Les habitants m'ont acheté pas mal de bottes et de tabliers de cuir.

« Ce n'est plus vraiment un village, d'ailleurs. Ce qui est en train de se passer là-bas est une honte. Mais je suppose qu'on n'arrête pas le progrès, dit Hanak en secouant tristement la tête. »

— Le progrès ? A Soucolline ? ricana Flint. Qu'ont-ils fait exactement ? Relever d'un demi-pouce l'ourlet des jupes ?

— Mais non ! Je vous parle des nains des montagnes ! Ils envahissent la ville, ils font transiter leurs gros chariots par la passe, ils osent même descendre dans les auberges !

— Comment ? s'écria Flint, indigné.

Durant le Cataclysme, lorsque les dieux avaient fait pleuvoir la destruction sur Krynn, les nains des montagnes s'étaient retranchés dans leur royaume souterrain de Thorbardin et ils avaient scellé les portes, abandonnant leurs cousins à la vengeance divine.

Les nains des collines avaient nommé cela la Grande Trahison, et leur haine des nains des montagnes s'était transmise de génération en génération.

Le propre grand-père de Flint, le général Reghar Forgefeu, s'était illustré durant le conflit, et le nain n'arrivait pas à croire que les habitants de Soucolline puissent subir un affront pareil sans réagir.

— Eh oui, soupira Hanak. Et pas n'importe quels nains des montagnes, encore : des Theiwars, les derros qui se sont battus à Thorbardin.

Le clan Theiwar composait l'essentiel de la race

derro. On disait que ses chamanes avaient été les principaux instigateurs de la Grande Trahison.

— Des derros ? Impossible ! rugit Flint.

Hanak recula d'un pas en levant les mains.

— Je vous rapporte ce que j'ai vu, l'ami : des derros se sont imposés à Soucolline, et pas un habitant n'a osé leur cracher dessus.

— Je n'arrive pas à y croire, grommela Flint en secouant la tête. Comment mes frères peuvent-ils tolérer une chose pareille ? Ma famille a toujours eu de l'influence sur les autres. Peut-être avez-vous déjà entendu mon nom : Forgefeu ?

Une ombre passa sur le visage de Hanak, qui parut sur le point d'acquiescer mais se ravisa.

— Non, ça ne me dit rien. Vous savez, je ne suis pas resté assez longtemps pour faire la connaissance de tout le monde.

Il se tut quelques secondes, puis ajouta :

— La seule chose que je peux vous dire, c'est que si mon village était envahi par des démons, j'irais sur place voir ce que je peux faire. Puisse Réorx vous guider.

Et il ressortit précipitamment.

Amos revint à cet instant, et posa un gros sac sur le comptoir.

— Du sel, trois bouteilles de bière, deux kilos de pommes, quatre œufs, une livre de bacon, une autre de chicorée, une jarre de petits oignons, deux pains du jour, une fiole d'huile pour graisser les gonds de ta porte avant l'hiver, et ta bouteille de rhum de malt, annonça-t-il triomphalement.

Flint plongea la main dans la poche de son pantalon pour y chercher de la monnaie et répondit :

— Tu peux garder l'huile. Je ne serai plus là lorsque l'hiver arrivera.

# CHAPITRE II

Sombrebois.
Pas besoin d'être un génie pour savoir d'où l'endroit tirait son nom. Des pins aux aiguilles vert foncé et d'énormes chênes au feuillage foisonnant empêchaient les rayons du soleil d'atteindre le sous-bois.

La forêt n'était pas grande, mais on disait qu'elle abritait quelques créatures dangereuses : des bandes de gobelours, et peut-être même des trolls.

Aussi Flint se tenait-il sur ses gardes en se frayant un chemin parmi les fougères, la mousse et les champignons. Une riche odeur d'humus lui chatouillait les narines. La piste se séparant en deux, il s'immobilisa et se concentra.

Malgré ses épaisses bottes de cuir, il sentait la terre sous ses pieds comme seuls les nains en étaient capables. Ce don les dispensait généralement d'utiliser des cartes.

Il ne fallut que quelques secondes à Flint pour apprendre ce qu'il voulait et se remettre en route.

Tout en marchant, il pensa à Aylmar, et se demanda depuis combien de temps il n'avait pas vu son frère aîné. Quinze, ou peut-être vingt ans, calcula-t-il en fronçant les sourcils.

Un sourire se dessina sur ses lèvres tandis qu'il se souvenait des nombreuses aventures qu'Aylmar et lui avaient vécues.

Lors d'une de leurs expéditions dans les collines

bordant les Monts Kharolis, près de Pax Tharkas, ils avaient exploré l'antre d'une bande de gobelours.

Après avoir massacré plus de quinze créatures, ils avaient découvert leur salle du trésor. Là, au sommet d'un tas de pièces aussi haut qu'eux, reposait une superbe hache magique.

Bien des années plus tard, lorsque le mauvais état de son cœur l'avait contraint à abandonner la vie d'aventurier, Aylmar avait fait cadeau de l'arme à Flint. Celui-ci se rappelait encore des prouesses qu'il avait accomplies avec.

Hélas, il l'avait perdue dans des catacombes, lorsqu'un monstre la lui avait arrachée. Terrorisé par le mort-vivant que ses coups traversaient sans lui faire de mal, Flint s'était enfui à toutes jambes.

Il était revenu plus tard, mais la Hache Tharkienne avait disparu. Depuis, il avait dû se contenter d'une arme plus ordinaire, dont les ans avaient terni le métal et usé le manche.

Flint avait hâte de revoir Aylmar. Quand leur père avait succombé à la faiblesse cardiaque héréditaire des Forgefeu, laissant derrière lui une femme et quatorze enfants, Aylmar était devenu le patriarche du clan.

Leur mère était morte une vingtaine d'années plus tôt ; la dernière fois que Flint était venu à Soucolline, c'était pour ses funérailles.

Aylmar était marié, mais Flint ne se souvenait jamais du nom de sa femme. Et il avait au moins un fils, le jeune Basalt, un garçon très remuant qui avait pris son oncle pour mentor.

Flint pensa avec affection au reste de ses frères et sœurs : Ruberik, Bernhard, Thaxtil ( ou était-ce Tybalt ? ), Glynnis, Fidélia... La plupart étaient encore des enfants lorsqu'il avait quitté Soucolline.

Alors que le soleil se couchait, Flint songea qu'il ferait bien de presser le pas s'il voulait sortir du bois avant la nuit. Il traversa le fleuve de Rage-Blanche et installa son campement sur l'autre rive, au pied d'un grand érable. Le lendemain, il suivit le cours d'eau jusqu'à la Piste du Sud.

Pendant une semaine, il voyagea sous un ciel d'un bleu parfait. Le huitième jour, il quitta la route qui continuait en direction de Pax Tharkas, et coupa à travers champs en direction du sud-est.

Le onzième jour, il dut faire un grand détour pour éviter les Plaines de Dergoth que l'explosion de la forteresse magique de Zhaman, durant la Guerre de la Porte, avait transformées en marécage. Or Flint, comme tout nain qui se respecte, avait horreur de l'eau et ne tenait pas à y patauger plus que nécessaire.

Le soir, il trouva une petite clairière à flanc de montagne pour y camper. Il lui fallut quelques minutes pour allumer un feu et y faire griller ses derniers morceaux de bacon.

Alors que l'obscurité tombait, il s'allongea confortablement et laissa son regard errer sur le Chemin de la Passe.

Il se souvenait encore de sa construction, lorsqu'il était enfant. Les nains des collines avaient mis plusieurs années à aplanir le terrain, à établir des fondations de pierre sur le sol spongieux et à créer la route qui, un jour, relierait Soucolline au rivage de la Nouvelle-Mer.

Soudain, le corps de Flint se tendit comme la corde d'une mandoline.

Il n'était pas seul.

Il entendit le son lointain de roues de bois sur des gravillons. Flint plissa les yeux pour focaliser son infravision ( la capacité naturelle des nains à percevoir dans l'obscurité la chaleur que dégagent les objets ).

Un lourd chariot cahotait sur le Chemin de la Passe, tournant le dos à Soucolline. Flint se redressa pour mieux voir. Le conducteur était fort voûté, et il faisait claquer un fouet au-dessus de la tête de ses quatre chevaux. Les bêtes renâclaient : elles devaient être fatiguées et n'aimaient pas se déplacer de nuit.

Flint ne pouvait déterminer si le conducteur était un nain, un humain ou quelque chose de pire. Deux autres silhouettes se tenaient sur la plate-forme du chariot. Alors que le véhicule se dirigeait vers lui, Flint surpris l'éclat de leurs yeux anormalement grands.

Des derros. Evidemment. C'étaient bien les seules créatures prêtes à s'aventurer nuitamment dans les montagnes.

Les derros étaient une race de nains dégénérés qui vivaient essentiellement dans des souterrains. Ils détestaient la lumière et souffraient de nausées s'ils s'exposaient au soleil.

Alors que les nains des collines ressemblaient beaucoup aux humains, les derros présentaient une apparence grotesque. Leurs cheveux étaient jaune paille ou blancs et leur peau très pâle avec un reflet bleu.

Et ils étaient si méchants et retors que les gobelours, à côté d'eux auraient pu passer pour des voisins agréables.

Flint songea à se cacher, mais il était trop tard : les derros avaient aperçu les braises de son feu. De toute façon, il était curieux de vérifier les dires de Hanak.

Le conducteur tira sur les rênes et son chariot s'immobilisa au sommet de la crête, à environ quinze pas de Flint.

— Que fais-tu ici à cette heure de la nuit, nain des collines ? s'écria-t-il d'une voix caverneuse.

Les deux autres derros se laissèrent tomber sur le sol. Chacun portait un plastron noir, de gros gantelets de cuir et une hache de bataille en acier luisant.

— Depuis quand les derros croient-ils avoir des droits sur la passe de Soucolline ? rétorqua Flint, pas du tout effrayé.

— Tu connais bien l'accord, gronda le conducteur. Alors retourne au village avant que nous te dénoncions pour espionnage... ou pire.

Les deux gardes firent un pas vers Flint.

— Pour espionnage ! s'exclama celui-ci, amusé, en portant malgré tout la main à sa hache. Par Réorx, qu'y a-t-il à espionner dans la région ?

— Je ne le répéterai pas une deuxième fois : fiche le camp d'ici et retourne au village.

Flint comprit qu'il ne tirerait pas de réponse de son interlocuteur.

— Vous avez déjà troublé ma digestion, répondit-il d'une voix égale. Passez donc votre chemin et laissez-moi en paix.

Les deux derros armés étaient tout près de lui. Ils se séparèrent en brandissant leur hache. Flint poussa un grognement ; un frisson délicieux parcourut son corps à l'idée du combat qui allait suivre. Il ne cherchait pas la bagarre, mais il n'était pas nain à battre en retraite devant ses ennemis héréditaires.

— Peux-tu prouver que tu n'es pas un espion ? demanda un des gardes.

Flint fit un pas de côté pour s'éloigner du feu.

— Je le pourrais si je me souciais assez de vermines comme vous, aboya-t-il, toute patience oubliée.

Le derro le plus proche se jeta sur lui en levant sa hache et l'autre chargea tête baissée. Flint les esquiva, et les haches de ses ennemis s'entrechoquèrent bruyamment.

Il se détourna pour parer une attaque du premier derro, puis obligea le second à reculer. Il venait juste de le désarmer quand l'autre lui sauta sur le dos.

Flint fit volte-face tout en levant sa hache. L'arme de son ennemi s'abattit sur le manche, qui cassa net.

Le garde grimaça et s'apprêta à lui fendre le crâne.

Flint se reprit. Avec la vitesse que ses années d'expérience lui conféraient, il flanqua un coup sur le nez de son assaillant avec son moignon de hache. Le visage en sang, le derro poussa un hurlement.

Flint frappa de nouveau, cette fois sur les jointures du garde. Celui-ci lâcha son arme. Flint la ramassa et la brandit d'un air menaçant.

Les deux derros désarmés s'enfuirent sans demander leur reste. Ils bondirent sur le chariot au moment où le conducteur faisait claquer son fouet.

Les chevaux poussèrent un hennissement, leur

haleine formant de petits nuages de buée devant leurs naseaux. Puis ils bandèrent leurs muscles pour se remettre en marche.

Flint les regarda s'éloigner, se laissa tomber dos au feu et médita sur cette étrange rencontre. Un millier de questions se pressaient dans son esprit. A quelle sorte d'« accord » les derros avaient-ils fait allusion ? Et qu'avaient-ils à cacher pour s'inquiéter de la présence éventuelle d'espions ?

Thorbardin, l'ancienne demeure des nains des montagnes, se dressait à une trentaine de lieues au sud-ouest, de l'autre côté du Lac Martelpierre. Flint savait que ses agresseurs appartenaient au clan Theiwar, qui régnait sur les quatre autres tribus dans la cité souterraine politiquement divisée.

En règle générale, les nains des montagnes ne s'occupaient que de leurs mines et des métaux qu'ils façonnaient. Qu'est-ce qui avait bien pu pousser des derros à s'aventurer à la surface malgré leur répulsion pour la lumière ?

Flint examina la hache de bataille qu'avait abandonnée un de ses agresseurs. C'était une arme exceptionnelle, toute d'acier poli, comme de l'argent, et tranchante comme un rasoir.

Elle était probablement d'origine naine ; pourtant, le poinçon du forgeron ne figurait pas dessus, ainsi que le voulait la coutume de leur race.

Flint frissonna, de froid ou d'appréhension, il n'aurait su le dire. Il remit du bois dans le feu et contempla les flammes jusqu'à ce qu'il sente ses paupières se fermer toutes seules.

# CHAPITRE III

Flint se réveilla aux premières lueurs de l'aube et se mit immédiatement en route vers Soucolline. Quand son village natal fut en vue, il sentit une étrange émotion lui étreindre le cœur et s'arrêta pour contempler le paysage.

La vallée s'étendait à l'est jusqu'à la passe, à l'ouest jusqu'au lac. Au nord et au sud, les collines qui l'entouraient abritaient plusieurs canyons. Une petite route pavée conduisait aux bâtiments de pierre de Soucolline.

Flint se figea. Une colonne de fumée montait au-dessus du village. Il chercha la forge du regard, et sursauta en constatant que celle-ci avait triplé de volume depuis sa dernière visite, vingt ans plus tôt. Elle était entourée d'une vaste cour boueuse où stationnaient plusieurs chariots, tous semblables à celui que Flint avait croisé la nuit précédente.

Le village lui-même paraissait deux fois plus grand que dans ses souvenirs. Et il n'avait rien d'endormi et de paisible : au contraire, il bourdonnait d'activité.

Flint s'engagea sur le chemin et pénétra dans la Grand'Avenue. Du regard, il chercha un visage, ou n'importe quoi d'autre, qui lui soit familier. Mais il ne connaissait aucun des nains qui vaquaient à leurs affaires.

C'est tout juste s'il avait encore l'impression d'être chez lui. Les bâtiments principaux n'avaient pas changé de place. La maison du maire, la grange du marché, la distillerie dominaient toujours le centre du village. Mais quantité de structures pressées les unes contre les autres avaient jailli du sol. Faites de bois, elle avaient visiblement été bâties à la hâte.

Les yeux de Flint se posèrent sur la taverne de Moldoon de l'autre côté de la rue. Enfin un établissement familier !

Moldoon était un humain, un ancien mercenaire qui avait choisi de passer sa retraite à Soucolline. Flint et Aylmar aimaient beaucoup son auberge, comme de nombreux autres villageois.

Flint poussa un soupir de soulagement et se dirigea vers la porte d'entrée en se frayant un chemin dans la foule qui encombrait l'avenue. Une fois à l'intérieur, ses yeux s'adaptèrent rapidement à l'obscurité, et il constata que l'endroit n'avait pas changé du tout.

Lorsqu'il en avait conçu l'aménagement, Moldoon avait compris que sa différence de taille avec les nains poserait un problème ; aussi avait-il fait mettre deux poignées à chaque porte. Les tables et les chaises étaient munies de pieds à vis réglables selon la taille des utilisateurs, et le comptoir lui-même était pourvu de deux niveaux.

Pour l'heure, une bonne odeur de viande flottait dans la taverne. Le crépitement du grill et les conversations des clients résonnaient exactement comme dans le souvenir de Flint.

Un vieil homme se tenait derrière le comptoir. Il arborait une superbe barbe blanche et de longs cheveux neigeux. Bien que légèrement voûtées par le poids des ans, ses épaules n'avaient rien perdu de leur largeur.

— Moldoon ? s'exclama Flint, incrédule.

L'aubergiste se fendit d'un immense sourire.

— Flint Forgefeu ! Ça, par exemple !

Avec une agilité stupéfiante, il bondit par-dessus le comptoir et vint donner une accolade d'ours au nouveau venu.

— Depuis quand es-tu en ville, vieux brigand ?
— J'arrive à l'instant.

Moldoon leur versa deux grandes chopes de bière mousseuse.

— C'est bon de te revoir, mon vieil ami, dit le nain avec un soupir d'aise.

— Par Réorx ! Mais c'est Flint ! s'exclama une voix féminine derrière lui.

Le nain pivota sur son tabouret. Une jeune femme le dévisageait en souriant. Elle posa à terre la jarre qu'elle portait et s'essuya les mains sur son pantalon de cuir moulant.

Ses cheveux avaient la couleur des épis de maïs ; tressés de chaque côté de son crâne, ils encadraient un visage aux joues roses. Une tunique rouge révélait la minceur inhabituelle de sa taille.

Flint eut un sourire d'excuse.

— C'est bien moi. Mais je suis navré, je ne me souviens pas de vous.

— Pourtant, tu la connais bien, intervint Moldoon. C'est Hildy, la fille du brasseur Rocquenpierre. Elle a repris les affaires après la mort de son père.

La naine tendit sa petite main et serra fermement celle de Flint.

— J'ai beaucoup entendu parler de vous. Je suis une... euh, amie de votre neveu Basalt, dit-elle en rougissant.

Flint se flanqua une claque sur la cuisse.

— Ah, je me disais, aussi... Vous portiez encore des couches que vous jouiez déjà ensemble. Mais tu as bien grandi depuis.

Hildy baissa les yeux.

— J'aimerais bien que Basalt s'en aperçoive. ( Puis son sourire s'effaça. ) Mais il passe son temps à boire depuis la tragédie, alors il n'est pas en état de remarquer les choses.

Flint s'interrompit, la chope à mi-chemin de sa bouche.

— Tragédie ? Quelle tragédie ?

Un bruit de verre brisé retentit sur sa gauche. Il pivota sur son tabouret et découvrit un nain d'âge mûr qui le regardait d'un air terrorisé.

— Tu es mort ! Va-t'en ! Laisse-moi tranquille ! Tu es m-m-mort ! balbutia le nouveau venu en gesticulant.

Il se couvrit les yeux d'un bras et se mit à sangloter.

— Garth ! s'écria Hildy en s'approchant de lui. Tout va bien. Ce n'est pas du tout ce que tu crois.

Elle lui tapota le dos. Lentement, le nain jeta un coup d'œil par-dessus sa manche. Il était très grand : près d'un quatre pieds de haut, et si gros que ses vêtements semblaient tendus à craquer sur sa chair. Son estomac passait par-dessus la ceinture de son pantalon, et il n'avait pas réussi à boutonner sa chemise jusqu'en haut.

— Que se passe-t-il ? demanda Flint, intrigué.

Moldoon eut l'air embarrassé.

— Garth fait de petits travaux pour tout le monde. Il est un peu simplet, la plupart des gens le traitent d'idiot du village. Et... il faut avouer que vous vous ressemblez beaucoup.

— Nous ? Qui, nous ? De quoi parles-tu ?

— De la tragédie, souffla Hildy.

Moldoon se tordit les mains et lâcha enfin :

— Je suis navré, Flint. Il y a un mois, Garth a trouvé le cadavre d'Aylmar dans sa forge.

# CHAPITRE IV

Le général baissa les yeux sur la ville portuaire de Sanction, déchirée par des forces à la fois géologiques et mystiques. Son sol était éventré par des éruptions volcaniques ; les habitants fuyaient devant les coulées de lave qui allaient se jeter dans la Nouvelle-Mer en produisant d'immenses nuages de vapeur.

Le général ne contemplait pas ce spectacle de désolation ; il voyait déjà ce que la cité deviendrait : le cœur d'un empire maléfique qui s'étendrait bientôt sur Krynn. Les Seigneurs du Chaos formeraient une barrière terrifiante et infranchissable.

Ces trois volcans immenses, disposés respectivement au sud, à l'est et au nord de Sanction, crachaient avec régularité des flots de lave et de cendre sur la vallée. A l'ouest, les eaux de la Nouvelle-Mer s'étaient changées en boue grisâtre. Un jour, les armées du général emprunteraient cette route pour aller conquérir l'occident.

Le général portait une armure noire bordée de rouge, des cuissardes et un plastron noir corbeau décoré de rubis. Son visage était dissimulé par un heaume, orné d'un long panache écarlate qui le faisait paraître encore plus impressionnant qu'au naturel.

Il entreprit de faire les cent pas dans sa tour, une des deux que comptait la forteresse noire connue sous le nom de Temple de Duerghast. Cette énorme structure se dressait au pied du Mont Duerghast, un des trois Seigneurs du Chaos. Depuis ses fenêtres, on jouissait d'une vue imprenable sur Sanction. Avec ses baraquements, ses cours d'entraînement et son arène destinée aux combats de gladiateurs, la bâtisse n'avait guère de temple que le nom.

Une rivière de lave en fusion traversait le centre de la ville. Elle rejoindrait bientôt un autre doigt de pierre liquide, et formerait un fossé autour du second édifice religieux de Sanction.

Le Temple de Luerkhisis n'était encore qu'un amas de roches modelées peu à peu par la lave et les cendres. Il portait le nom du deuxième Seigneur du Chaos, et abritait en son ventre les clés qui ouvriraient les portes de l'avenir : les précieux œufs des bons dragons. Ces orbes d'or, d'argent, de bronze et d'airain obligeraient leurs parents à observer les règles de la neutralité, et à ne pas s'opposer à la création de l'empire maléfique.

Mais avant, il restait encore beaucoup de travail. Il fallait lever une armée, l'équiper et l'entraîner. Tout cela prendrait du temps.

Le général avait commencé à organiser ses forces. Des milliers de mercenaires étaient rassemblés dans la cité portuaire en ruine, prenant peu à peu la place des habitants qui avaient fui vers des cieux plus cléments au premier signe de réveil des Seigneurs du Chaos.

Des agents du général arpentaient les contrées sauvages d'Ansalonie, stimulant les tribus d'ogres et de gobelours avec des promesses de combats et de butin. De l'autre côté de la vallée, dans le temple qui prenait forme, était en train de naître le fer de lance de son armée : les draconiens.

C'étaient eux, le sujet de la réunion de l'après-midi.

Le général sentit une présence sur sa droite et fit volte-face. Le nouvel arrivant glissa à son doigt l'anneau d'acier qui lui avait permis de se téléporter jusque-là.

— Vous êtes en retard, dit le général d'une voix rauque.

Ignorant ce reproche, la petite créature difforme

s'avança vers lui et rejeta sa capuche en arrière. C'était un nain à la peau crayeuse, dont le reflet bleuâtre évoquait celle d'un cadavre. Ses cheveux jaune vif partaient en tous sens, contrastant avec son teint maladif, et sa bouche était dissimulée par une barbe maigrichonne.

C'était un derro du clan de Theiwar. Il arrivait directement de Thorbardin, le grand royaume souterrain des nains des montagnes, où il était le conseiller du Thane Réalgar, le chef de son clan.

Les Theiwars étaient le seul clan de derros, et une rivalité farouche les opposait aux Hilars, aux Daergars et aux autres familles avec qui ils partageaient leur territoire.

Mais ce nain-là était un derro bien particulier : un magicien. Bien que la plupart des nains soient résistants à la magie, très peu étaient capables de lancer des sorts. Parmi eux, les mages derros étaient les plus puissants, et Pitrick était le plus redouté.

Il se déplaçait en boitant, traînant un pied derrière lui. Une bosse déformait son dos et son épaule droite.

— Vous m'avez appelé, et je suis venu. N'est-ce pas le plus important ?

Il se tordit le cou pour dévisager le général. Celui-ci se détourna en silence.

— Je vois que tu portes mon présent, dit-il en regardant la cité fumante.

L'amulette aux cinq têtes de dragon symbolisait les accords qu'ils avaient conclus. Le général lui-même l'avait reçue de la Reine Noire, et il espérait que sa présence influencerait le conseiller boiteux.

— Oh, il m'est très utile, dit Pitrick. Mais venons-en au fait. Plus je reste longtemps, plus je prends de risques. Si les autres clans de Thorbardin avaient vent de notre marché, inutile de dire que vos lignes de ravitaillement disparaîtraient aussitôt.

Le général ne répondit pas. Les milliers d'hommes assemblés dans la vallée ne lui serviraient pas à grand-chose tant qu'il ne les aurait pas équipés. Or, les Theiwars fabriquaient de superbes lames d'acier tranchant.

— C'est bien pour ça que je t'ai demandé de venir : pour discuter des modalités de transport.

— Je suppose que vous n'avez pas été déçu par la qualité de la première livraison.

Là encore, le général resta muet. Son petit interlocuteur et lui savaient bien que les forgerons nains étaient les meilleurs de Krynn.

— Je voudrais augmenter les quantités. Et même les doubler, si c'est possible.

Le nain bossu se détourna et se gratta le menton comme s'il réfléchissait. En fait, il calculait combien ce contrat ramènerait dans les coffres de son clan. L'argent était synonyme de pouvoir.

— Bien sûr, si tu as besoin d'en parler avec ton Thane..., dit le général sur un ton qui laissait entendre que ce contretemps l'indisposerait beaucoup.

— Je suis tout à fait qualifié pour prendre cette décision seul, rétorqua sèchement Pitrick. J'évaluais simplement les problèmes que cela posera.

Le général le toisa sans rien dire, les bras croisés sur sa poitrine.

— Il y a quantité de détails à prendre en compte, dit le nain en arpentant la plate-forme. ( Son pied droit difforme le faisait clopiner, mais ne le ralentissait pas le moins du monde. ) Les matières premières, et tout particulièrement le charbon, sont assez rares en ce moment.

« Nous pourrons nous procurer le nécessaire, mais ce sera coûteux, et notre prix de revient s'en ressentira. Nous serons forcés de tripler les honoraires convenus. »

Le général gloussa à l'intérieur de son heaume.

— Très drôle, lâcha-t-il. ( Puis, d'une voix qui claqua comme un fouet : ) La commande est doublée, le prix aussi. Point.

Le nain se mordit la lèvre. Il saisit son amulette et chuchota un mot. Une lueur bleue jaillit entre ses doigts. Levant sa main libre, il fit un geste, ses grands yeux pâles plongés dans les trous du heaume du général. Il rassembla tout son courage et se mit à incanter.

Soudain, quelque chose le frappa durement à la tempe. Il poussa un cri et tomba sur le sol en portant une main à sa tête. Pas de doute, il allait avoir une belle bosse !

Il se releva péniblement et regarda autour de lui, cherchant ce qui avait pu l'attaquer de la sorte. Mais il ne vit rien.

Lorsqu'il fit enfin face au général, deux nouvelles émotions se lisaient sur ses traits : le respect... et la peur.

— Une tentative très amusante, lâcha l'humain sur un ton désinvolte. Je te conseille de ne pas recommencer. Pour cette fois, je te laisse la vie, mais je ne serai pas toujours aussi clément.

— J'ai commis une erreur, admit Pitrick en ravalant sa rage. ( Personne ne l'avait humilié ainsi depuis un bon demi-siècle. ) *Deux* fois le prix convenu fera très bien l'affaire.

— D'ici moins d'un mois, des navires supplémentaires viendront dans la baie. Je veux qu'on les charge et qu'on me les renvoie aussitôt, ordonna le général.

— D'accord. Pour l'instant, l'arrangement avec les nains des collines fonctionne tant bien que mal, mais je prends des dispositions pour trouver une solution plus satisfaisante.

« Il est vrai que la passe constitue notre seule voie d'accès à la Nouvelle-Mer, mais nous les payons grassement pour qu'ils nous laissent l'emprunter. Ils osent même se plaindre lorsque nous séjournons dans leur ville, et pratiquent des tarifs exorbitants chaque fois qu'ils nous vendent quelque chose. S'ils découvraient la véritable nature de nos cargaisons, leur cupidité ne connaîtrait plus de bornes.

« J'ai déjà dû en tuer un, qui avait osé nous espionner. Heureusement, j'ai pu agir avant qu'il parle. Et ces imbéciles sont persuadés qu'il est mort d'une crise cardiaque ! »

— Les nains des collines sont *ton* problème. C'est toi qui a insisté pour que nos accords restent secrets, dit froidement le général, qui se moquait des querelles intestines de ses fournisseurs.

— Vos armes attendront sur le rivage, comme convenu, dit Pitrick. Même si je dois rayer Soucolline de la carte pour les y transporter.

Il s'inclina et porta la main à son anneau de téléportation. Celui-ci se composait de deux fils entrelacés, aux extrémités relevées. Une douce aura enveloppa le corps difforme de Pitrick. Une étincelle jaillit d'une des extrémités de l'anneau et sauta vers l'autre.

Un instant plus tard, le bossu avait disparu.

# CHAPITRE V

— C'était le fauteuil préféré d'Aylmar, soupira Bertina en essuyant une larme et en tendant une autre chope de bière à Flint.

De nombreux toasts avaient déjà été portés à la mémoire de son défunt époux, ainsi qu' « à ce bon vieux Flint » et à toute sorte d'autres choses, à mesure que la soirée avançait et que les esprits s'embrumaient.

— C'est une honte d'évoquer le souvenir de mon frère en de telles circonstances, grommela Ruberik, l'air dédaigneux.

Le troisième fils Forgefeu se tenait près de l'âtre, très raide dans son gilet trop serré. Il balaya d'un regard consterné les membres de sa famille affalés sur le sol, à demi somnolents.

— Oh, Ruberik, ne nous embête pas, dit Fidélia en levant les yeux au ciel. On peut quand même célébrer dignement le retour de Flint. Pour ce qui est de pleurer Aylmar, on le fait déjà depuis un mois.

— N'as-tu donc aucun respect pour les anciens ou pour les morts ? fulmina Ruberik.

— Mais si ! Je ne le manifeste pas de la même façon que toi, c'est tout.

— Elle a raichon, Rubie, dit Glynnis, la plus âgée ( mais pas la plus intelligente ) des sœurs Forgefeu. Flint ne vient à la maichon que tous les vingt ans ! Et chaque fois, je suis... Hic ! Je suis...

37

Pendant qu'elle cherchait ses mots, sa tête s'inclina doucement sur sa poitrine, et elle se mit à ronfler.

— Son fauteuil préféré, répéta Bertina comme si personne n'avait rien dit entre-temps. Il y restait pendant des heures.

Mal à l'aise, Flint chercha du regard un autre endroit où s'asseoir, mais toutes les surfaces planes de la pièce étaient déjà occupées par un Forgefeu endormi. Il grinça des dents en songeant à la migraine qu'auraient ses frères et sœurs le lendemain.

Il poussa un soupir. Malgré lui, il pensa qu'il se sentait plus « en famille » avec ses amis de Solace qu'au milieu de ces étrangers.

La soirée avait pourtant bien commencé. Tous ses cousins et ses voisins s'étaient rassemblés dans l'ancienne demeure de ses parents, qu'occupaient maintenant Ruberik et la famille d'Aylmar.

Taillée à flanc de colline, la maison n'avait de fenêtres que dans la pièce de devant, la plus vaste, celle qui faisait office de salle à manger.

A l'origine, elle comportait cinq chambres. Mais Ruberik, qui s'occupait de la ferme et ne s'était jamais marié, avait fait rajouter deux pièces du côté de la grange pour pouvoir vivre avec la famille de son frère sans la déranger.

Glynnis était une naine au foyer ; Fidélia travaillait au moulin ; Tybalt et Bernhard étaient respectivement gendarme et charpentier. Comme les sept autres frères et sœurs Forgefeu, ils vivaient à Soucolline, s'étaient mariés et avaient eu de nombreux enfants, dont beaucoup n'étaient pas nés lors du dernier passage de Flint.

Flint se demanda ce qu'était devenu son neveu favori : Basalt, le fils aîné d'Aylmar. Il lui semblait bizarre que le jeune nain ne soit pas au côté de sa mère en cette période de deuil.

En revanche, ses six frères et sœurs avaient fait de leur mieux pour gâter leur oncle Flint, en lui apportant des pâtisseries plus vite qu'il ne pouvait les manger et du tabac plus vite qu'il ne pouvait le fumer.

Comme presque tous les autres Forgefeu ronflaient déjà, Flint décida d'engager la conversation avec Ruberik.

— Pourrais-tu me dire ce que tu sais sur la mort de notre frère ? demanda-t-il à voix basse.

Ruberik s'assombrit davantage.

— Aylmar était en train de travailler à la forge lorsque son cœur a lâché, dit-il en secouant la tête. C'est aussi simple que ça.

— Je lui avais dit de ne pas se tuer à la tâche ! s'exclama Bernhard, un nain au crâne presque chauve et aux mains calleuses. Mais il était tellement passionné par son métier !

— Et puis, ça représentait beaucoup d'argent, ajouta Ruberik.

— Il n'a pas pu résister à l'offre des Theiwars, soupira Bernhard. Un jour, on lui a demandé d'aller réparer une roue à la forge de Delwar. Les derros ont fait main basse dessus, tu sais...

Flint avait du mal à croire que son frère ait pu faire une chose pareille.

— Cet endroit est devenu une fosse à purin pleine de derros ! Une verrue à la face de nos collines ! s'emporta Ruberik.

— Tu ne dis pas ça quand tu vas leur vendre ton fromage, fit remarquer Bernhard.

— Les affaires sont les affaires, rétorqua sèchement son aîné. Il faut bien que la ferme tourne.

— Bref, Aylmar était le meilleur, mais n'importe quel forgeron aurait accepté avec joie l'offre des derros. Ils ont tellement peur de ne pas pouvoir circuler une fois la nuit venue qu'ils rétribuent grassement ceux qui les tirent d'embarras.

— Et cet imbécile d'Aylmar est mort au milieu d'étrangers, se lamenta Ruberik. Ce travail était la goutte d'eau qui a fait déborder le vase.

— Garth, l'idiot du village, l'a trouvé là-bas. Il était tout bleu, acheva Bernhard.

— Je ne comprends pas, dit Flint en fronçant les sourcils. Ce sont des nains des montagnes ; il y a forcément des forgerons parmi eux. Pourquoi avoir fait appel à l'un des nôtres ?

— À cause des conditions imposées par le maire, intervint Tybalt en se rapprochant de ses frères.

Tybalt était un nain robuste qui avait hérité des pires attributs physiques des Forgefeu : le nez bulbeux et l'embonpoint de leur mère, et le menton quasi inexistant de leur père.

Il portait son uniforme de gendarme : un plastron de cuir bouilli teint en bleu, des épaulettes assorties, une tunique et des jambières grises, de grosses chaussures de cuir. Même lorsqu'il était de repos, il ne l'enlevait que pour son bain hebdomadaire.

— Notre maire a sagement exigé que les nains des montagnes utilisent nos services quand ils séjournent au village. Et puis, ils ne voulaient pas mobiliser un de leurs forgerons si loin de Thorbardin. Tout le monde affirme que cet accord est très profitable aux artisans de Soucolline.

— Tu dis ça parce que tu rêves d'une promotion, frérot ! ricana Fidélia dans son coin.

— Justement, dit Flint en se penchant en avant. Je suis revenu afin de découvrir pourquoi Soucolline traite avec des nains des montagnes, et les pires, encore. Quelqu'un ici peut-il me donner une réponse ?

Tous ses frères et sœur commencèrent à parler en même temps, et il dut agiter les bras au-dessus de sa tête pour rétablir le silence.

— Tybalt, tu sembles connaître les détails de cet accord. Explique-moi ça.

Flatté de l'attention que lui portait son aîné, Tybalt se racla la gorge.

— Tout a commencé il y a un an à peu près. Un jour, un derro tout... hum... tout tordu est venu et il a demandé à rencontrer le maire et les anciens. Il a offert de payer vingt pièces d'acier ( vingt pièces d'acier, tu te rends compte ! ) par chariot que nous laisserions traverser la passe.

« Certains, comme Aylmar, ont voulu refuser. Mais ils étaient en minorité. L'accord a été conclu. Depuis, les derros font la navette entre chez eux et la côte de la Nouvelle-Mer. J'ai entendu dire que des navires les attendent là-bas pour charger la marchandise et l'emmener plus loin.

« Sur le chemin du retour, les derros font des réserves de grain, de bière, de fromage et de tous ces trucs qu'on ne peut pas fabriquer dans leur montagne. Ils nous paient deux fois plus que les prix usuels avant leur arrivée. »

— Et ce sont toujours eux qui conduisent les chariots ? s'enquit Flint.

— Ouais. Certains restent dedans pour dormir. La plupart préfèrent descendre dans nos auberges. Ils ne se mêlent pas beaucoup aux villageois.

« Il y a déjà eu quelques bagarres, mais en général, ils ne nous causent pas de problèmes. Et la ville n'a jamais été aussi prospère. »

— Si je comprends bien, vous laissez les derros envahir Soucolline pour des raisons financières, résuma Flint.

— Les meilleures ! s'exclama Bernhard.

— Je n'arrive pas à y croire ! explosa Flint en bondissant sur ses pieds. Avez-vous oublié la Grande Trahison ? Ou la Guerre de la Porte, durant laquelle grand-papa Forgefeu a donné sa vie pour faire respecter nos droits ancestraux face aux nains des montagnes ?

Tybalt se raidit.

— Je n'ai rien oublié, mais ce n'est pas moi qui édicte les lois. Je suis juste censé les faire respecter. Et je n'hésiterai pas à jeter un coupable en prison, qu'il soit des montagnes ou des collines.

— Et toi ? demanda Flint en se tournant vers Bernhard.

— Eh bien..., hésita le charpentier en tirant sur sa barbe. On ne peut pas oublier ce qu'on n'a jamais su. Papa était déjà mort quand j'ai eu l'âge d'entendre ce genre d'histoires.

« De toute façon, ça s'est passé il y a plus de trois siècles. Les choses changent. »

— Pas toujours en bien, grommela Flint.

— Moi, dit Fidélia en tirant sur le bas de sa jupe de cuir, je trouve que tout cet argent nous rembourse un peu les années de pauvreté subies à cause d'eux.

Consterné par la réaction de ses frères et sœurs, Flint se passa une main sur le visage.

— Et toi, Ruberik ? dit-il en dernier ressort. Tu n'as pas l'air de porter les derros dans ton cœur.

— C'est vrai. Mais personne ne m'a demandé mon avis. Et maintenant qu'ils sont là, je ne vois pas de mal à en tirer parti.

Flint préféra changer de sujet :

— Ces chariots, que transportent-ils ?

— Le maire dit qu'ils contiennent essentiellement du fer, parfois des outils agricoles : des socs, des charrues, ce genre de choses. Ils couvrent les trente lieues qui nous séparent de Thorbardin en une nuit, dorment au village pendant la journée et se remettent en route le soir. Idem en sens inverse deux jours plus tard, expliqua Tybalt.

Flint saisit sa pipe sur le manteau de la cheminée et l'alluma pensivement. Les yeux plissés, il tira une longue bouffée de fumée en dévisageant ses frères.

— Quelqu'un sait-il où les navires emmènent leur cargaison ?

— Qu'est-ce que ça peut bien faire ? s'étonna Tybalt. Ils nous paient pour leur laisser franchir la passe, pas pour poser des questions. Tu te rends compte ? C'est presque de l'argent *gratuit* !

— Rien n'est jamais gratuit, frérot, dit sèchement Flint.

Un étrange silence s'abattit sur la pièce. L'un après l'autre, les Forgefeu encore éveillés se dispersèrent. Seule Bertina resta dans la salle à manger avec Flint. Celui-ci en profita pour quitter le fauteuil d'Aylmar et se rapprocher de sa belle-sœur.

— Je suis désolé de n'être pas revenu plus tôt, marmonna-t-il, mal à l'aise.

— C'est déjà bien que tu sois là, dit Bertina en lui tapotant la main. Voilà exactement ce dont nous avions besoin pour nous changer les idées.

A cet instant, la porte d'entrée claqua, et une voix sarcastique s'écria :

— Mais c'est ce bon vieil oncle Flint ! Comme c'est gentil à lui de nous rendre une petite visite !

Flint croisa le regard de son neveu. Basalt n'était plus un jeune quinquagénaire, à présent. Il arborait une barbe plus sombre que ses cheveux, et une multitude de taches de rousseur constellaient son visage. Son expression hautaine le faisait paraître plus grand qu'il n'était réellement.

En d'autres circonstances, Flint l'aurait taloché pour son impolitesse. Mais il se sentait terriblement coupable de n'être pas revenu depuis toutes ces années, et surtout de n'avoir pas été là au moment de la mort d'Aylmar.

— C'est bon de te revoir, mon neveu, dit-il simplement. Je suis navré de ce qui est arrivé à ton père.

— Moi aussi ! aboya Basalt en saisissant une chope à moitié pleine et en la vidant d'un trait. ( Visiblement, ce n'était pas sa première de la soirée. ) Mais tu aurais pu t'en inquiéter avant.

Avec un regard glacial pour Flint, il se dirigea vers le couloir et disparut dans l'obscurité.

— Je... je suis désolée, Flint, balbutia Bertina en se tordant les mains. Il n'est plus le même depuis que... C'est l'alcool qui le fait parler ainsi.

Et elle se hâta de rejoindre son fils.

# CHAPITRE VI

Le lendemain, après avoir passé sa matinée à aider Ruberik à accomplir les corvées de la ferme ( tout en luttant contre un sérieux mal de crâne ), Flint décida de se rendre au village.

Il passa devant de nombreuses maisons construites à flanc de colline, comme celle de sa famille.

Là, le sol était plus ou moins plat, et les bâtiments de bois semblables à ceux qu'on trouvait dans les agglomérations humaines, leur taille mise à part.

Depuis le départ de Flint, ils avaient poussé comme des champignons, particulièrement le long de la route qui traversait le village d'est en ouest.

La grande cour de la forge servait de point de rendez-vous aux conducteurs de chariots, mais Flint ne put pas voir grand-chose, car elle était protégée par un mur de pierre.

Autour, les petites maisons étaient toujours les mêmes, mais les habitants allaient à leurs affaires avec un empressement voisin de la frénésie.

Cette activité inhabituelle préoccupait Flint pour des raisons qu'il ne comprenait pas lui-même. Il voulait d'abord explorer Soucolline pour mesurer l'étendue des changements, mais plus il en découvrait, plus il déprimait.

Finalement, il se dirigea vers l'auberge de Moldoon et sa rassurante familiarité.

L'humain l'accueillit chaleureusement. A cette heure

de la journée, l'établissement était presque vide : trois hommes discutaient près du feu, deux derros buvaient tranquillement dans un coin. Toutes les autres tables étaient inoccupées.

— Aurais-tu un verre de lait pour l'estomac grognon d'un vieux nain ? s'enquit Flint en se hissant sur un tabouret, devant le comptoir.

— Tu veux dire, pour l'estomac d'un vieux nain grognon ? gloussa Moldoon en saisissant un pichet rempli d'un liquide crémeux. J'ai entendu dire que ta famille avait fait une petite fête en ton honneur, hier soir. Ça m'a coûté la moitié de ma clientèle !

— Mais pas Basalt, grimaça Flint. Et quand il est enfin rentré, il n'a pas eu l'air très content de me voir.

— La mort d'Aylmar l'a vraiment beaucoup affecté, soupira Moldoon. Je ne crois pas que ça ait un rapport avec toi. Il se fait des tas de reproches.

« Tu comprends, il était l'apprenti de son père. Mais quand Aylmar est parti réparer cette roue, il buvait ici au lieu de travailler à la forge. Sans ça... »

— Je sais ce qu'il ressent, marmonna Flint, le nez dans son verre.

— Alors, aubergiste, ça vient ? s'impatienta un des derros, derrière lui.

Moldoon lança un regard d'excuse à son ami et partit servir ses clients. Flint se leva et alla s'asseoir près de la cheminée. Il avait besoin de se changer les idées. D'habitude, une ou deux chopes de bière suffisaient, mais dans l'état où il était, ce ne serait pas une bonne idée...

Il plongea la main dans sa poche, en sortit un morceau de bois et entreprit de le sculpter à l'aide de son couteau.

Comme la plupart des nains, il n'était pas très doué pour exprimer ses sentiments, contrairement à son ami Tanis, toujours en train de se tourmenter pour une chose ou une autre. Flint, lui, pensait que les choses étaient ou n'étaient pas ; dans les deux cas, il ne servait à rien de s'en inquiéter.

Mais parfois, quelque chose réussissait à percer sa cuirasse, comme le malaise incompréhensible qu'il éprouvait depuis son retour.

Malgré la chaleur du feu, Flint frissonna. Il s'obligea à se concentrer sur ce qu'il était en train de faire, et bientôt, la magie de son art lui fit tout oublier.

Il passa l'après-midi à l'auberge, sculptant un délicat colibri. Petit à petit, l'établissement se remplit, mais il n'y prit pas garde.

— Tiens, mais c'est l'oncle Flint ! dit une voix glaciale par-dessus son épaule.

De surprise, le nain faillit trancher une des ailes du colibri. Basalt. Il leva lentement les yeux.

— Ça n'est pas un peu tôt pour boire ? demanda-t-il en fronçant les sourcils.

— Tu te prends pour qui ? Pour mon père ? cracha Basalt.

Flint posa son couteau et soupira.

— Ecoute, petit, j'ai toujours eu un faible pour toi. Mais si tu continues à me parler sur ce ton, je ne tarderai pas à oublier que tu es mon neveu.

Basalt haussa les épaules et se laissa tomber sur une chaise voisine.

— Ah bon ? Ça n'est pas déjà fait ?

Flint n'avait jamais frappé quelqu'un coupable de lui avoir dit ses quatre vérités, et il ne se sentait pas d'humeur à commencer.

— Ecoute, dit-il en cherchant à croiser le regard de Basalt, ce qui est arrivé à ton père me touche beaucoup. Je ne suis pas du genre à faire des vœux pieux mais je donnerais n'importe quoi pour avoir été là, pour avoir su plus tôt.

« Seulement, ça n'était pas le cas, et ni toi ni moi n'y pouvons rien. »

— Si tu crois que ça me console, l'ancêtre !

Flint commença à perdre patience.

— Dis donc, jeune insolent, je suis encore assez vert pour te faire ravaler tes paroles.

— Note, je comprends que tu sois revenu maintenant, poursuivit Basalt. Puisqu'il y a des tas de pièces d'acier à gagner.

— Ça suffit ! rugit Flint en lui agitant un index sous le nez. Je ne te laisserai pas passer ta colère sur moi, alors que les deux seules personnes que tu tiens pour responsables sont toi et ton père !

Basalt s'empourpra ; son poing droit vola vers la mâchoire de Flint. Celui-ci bloqua le coup de la main gauche et lui décocha un bon crochet sous le menton. La tête de Basalt partit en arrière, et il s'effondra sur le sol.

Il s'assit en s'essuyant les lèvres, et découvrit du sang sur le revers de sa main. Stupéfait et honteux, il se releva et sortit sans demander son reste.

Flint se prit la tête dans les mains. Il avait combattu des loups et des zombis, mais jamais une confrontation ne lui avait été aussi pénible que celle-là. Même l'atmosphère familière de l'auberge ne le réconfortait plus. Il décida de faire ses adieux à sa famille et de quitter Soucolline le lendemain.

A cet instant, un groupe de derros à la peau bleuâtre pénétra dans l'établissement. Flint leur tourna le dos, l'air dégoûté.

Les nains des montagnes réclamèrent qu'on les serve. Or Moldoon, malgré les deux femmes qui étaient venues le rejoindre en fin d'après-midi, avait déjà fort à faire avec les clients arrivés plus tôt.

— On ne vous apprend pas la politesse dans le trou à rats dont vous venez ? s'écria Flint, se levant pour leur faire face.

Il en avait plus qu'assez de cet endroit.

— Je viens d'une ville plus grande que tu n'en verras jamais, péquenot, ricana un des derros.

Flint serra les poings. Un second nain des montagnes vint rejoindre son compagnon en tirant une dague de sa ceinture. Tous deux avaient l'air passablement éméchés. Flint s'abstint de sortir son couteau. Malgré sa colère, il ne voulait pas se battre à mort avec deux ivrognes.

47

La porte de l'auberge s'ouvrit, livrant passage à Garth qui portait un gros sac de pommes de terre sur l'épaule. L'idiot vit Flint et les derros et poussa un long gémissement qui fit taire tous les clients de l'auberge.

Garth lâcha son fardeau, balbutia des paroles incompréhensibles, porta les deux mains à sa tête et éclata en sanglots. Moldoon se précipita vers lui. Il demanda à une des serveuses de le conduire à la cuisine, puis s'interposa entre Flint et les derros.

— Quel est le problème ? Vous n'avez quand même pas l'intention de redécorer mon auberge ?

— Il nous a insultés ! s'exclama un Theiwar en brandissant le poing vers Flint.

— C'est votre présence qui insulte tout le monde ici, répliqua Flint du tac au tac.

— Vous voyez bien !

Moldoon prit les deux derros par le coude et les reconduisit jusqu'à la porte.

— Tout ce que je vois, c'est que vous avez besoin de sortir sur-le-champ.

Un instant, les Theiwars parurent sur le point de tirer leurs armes pour se jeter sur lui, mais ils se ravisèrent et s'en furent sans protester. Moldoon secoua la tête et se dirigea vers Flint. Son ami s'était assis au comptoir et fait servir une chope de bière.

— Je n'ai pas besoin qu'on règle mes affaires pour moi, marmonna-t-il, le nez dans la mousse.

— Et moi, je n'ai pas besoin qu'on casse tout dans mon auberge ! dit Moldoon. Grands dieux, tu es exactement comme Aylmar. Pas étonnant que Garth ait eu peur en te voyant. Il a sans doute cru que le fantôme de ton frère était revenu se battre avec les derros.

— De quoi parles-tu ? demanda Flint en fronçant les sourcils. C'était déjà arrivé ?

— Au moins une fois, acquiesça Moldoon. Ça t'étonne ? Tu aurais dû t'en douter.

— Te rappelles-tu quand la bagarre a eu lieu, et à quel sujet ?

— Tu parles ! C'était le jour de sa mort. Aylmar ne venait pas souvent ici, mais cette fois, il était à la recherche de Basalt. Ils se sont encore disputés parce que ton neveu buvait et travaillait pour « cette vermine de derros », comme disait Aylmar. Le gamin a pris la mouche et il est parti.

Flint s'accouda au comptoir.

— Et ensuite ?

— Ensuite, Aylmar est resté ici quelques minutes à ruminer. Les derros étaient très bruyants, et il a craqué. Il s'est jeté sur eux comme un fou, sans même tirer une arme. Les autres l'ont chassé en se moquant de lui.

Flint baissa la tête. Son cœur saignait à l'idée de l'humiliation subie par son frère.

— D'ailleurs, ça me fait penser à quelque chose, ajouta Moldoon, dont le visage s'assombrit brusquement. Juste après cette bagarre, Aylmar m'a dit qu'il allait faire un petit travail pour les derros. Evidemment, ça m'a surpris.

« Alors il s'est penché vers moi et m'a confié qu'il avait accepté pour pouvoir jeter un coup d'œil dans leurs chariots. Il se méfiait d'eux, tu comprends. Il m'a demandé si je savais quelque chose au sujet de leurs mesures de sécurité.

« Je lui ai dit que les trois occupants de chaque voiture se relayaient pour dormir dans la journée, et qu'il en restait toujours un à l'intérieur. »

Cette nouvelle piqua la curiosité de Flint.

— Tiens ? Mais pourquoi ont-ils besoin de surveiller des outils agricoles ?

— C'est exactement ce qu'Aylmar se demandait. Mais je crois qu'il n'a jamais obtenu de réponse ; ou alors, il l'a emportée dans la tombe avec lui, puisqu'il est mort le soir même.

Moldoon secoua tristement la tête et s'en fut s'occuper de ses clients.

Resté seul, Flint réfléchit pendant quelques minutes avant de quitter l'auberge. Lorsqu'il émergea dans la rue, le soleil se couchait déjà.

Au lieu de revenir vers la demeure des Forgefeu, il s'engagea dans la Grand'Avenue et se dirigea vers l'enclos à chariots, soixante pas plus loin.

# CHAPITRE VII

Quand Flint était jeune, l'enclos aux chariots entourait la forge d'un vieux nain nommé Delwar. Bien que les villageois, comme tous les membres de leur race, sachent fabriquer leurs propres armes, clous, gonds et autres objets métalliques simples, Delwar les fournissait en roues, en gros outils et en appareils complexes.

La plupart de ce qu'il savait sur la question, Flint le devait au vieil artisan bougon, dont les bras et la poitrine couverts de cicatrices l'effrayaient et le fascinaient en même temps.

Avec les autres jeunes du voisinage, il s'asseyait dans la cour de la forge pour regarder Delwar travailler dans son atelier ouvert sur un côté. Il aimait l'odeur de la fumée et de la sueur, presque autant que les bonbons et le jus de pomme que leur distribuait généreusement l'épouse du forgeron.

Delwar et sa femme étaient morts depuis longtemps. D'après Tybalt, une forge plus moderne se dressait désormais à l'ouest de la ville, et l'échoppe du vieux nain était restée abandonnée jusqu'à l'arrivée des derros, qui avaient exigé de l'utiliser lors de leurs passages à Soucolline.

Ils avaient érigé autour un mur de plus de six pieds de haut. L'enclos ne possédait qu'une entrée : un portail de bois donnant sur la Grand'Avenue. Flint ne vit pas de garde posté à l'extérieur, mais il aurait juré qu'il y en avait au moins un à l'intérieur.

Il passa devant le portail en feignant d'admirer une paire de canards pendus sur l'étal du boucher, de l'autre côté de la rue.

Lorsqu'il arriva au coin, il tourna en continuant à longer le mur. Il se retrouva dans une ruelle à peine assez large pour laisser passer deux nains de front, et put enfin observer l'obstacle à loisir.

Il eut beau l'inspecter sous toutes les coutures, il n'y découvrit pas la moindre prise. Un jeune sapin poussait non loin de là, mais il était trop fragile pour supporter le poids d'un adulte.

Flint chercha du regard quelque chose qui pourrait l'aider, et découvrit un vieux tonneau auquel manquaient plusieurs lattes. Il le fit rouler jusqu'au mur et en éprouva la solidité. Pas fameuse, mais ça devrait suffire pour une minute ou deux.

Il se hissa avec difficulté sur le tonneau, presque aussi haut que lui, puis au sommet du mur. De là, il se laissa tomber à l'intérieur de l'enclos, derrière l'échoppe de Delwar, et atterrit dans cinq bons pouces de boue avec un bruit d'éclaboussure.

— Va-t'en !

Flint sursauta. Dans la lumière du crépuscule, un nain aux larges épaules se tenait à quelques pas de lui. Il traînait un sac de charbon, et ses traits étaient déformés par la peur.

— Garth ! souffla Flint, à la fois soulagé et irrité.

Il tenta de se dégager, mais la boue refusait de lui rendre ses bottes. Il leva vers l'idiot un regard implorant.

— Laisse-moi tranquille ! balbutia ce dernier en se détournant. Pourquoi reviens-tu me hanter ?

Flint devait absolument le calmer avant qu'il n'attire l'attention sur eux.

— Garth, je ne suis pas le nain que tu as découvert à côté de la forge. C'était mon frère, Aylmar. Tu ne dois pas avoir peur de moi. Je suis Flint Forgefeu, ton ami.

L'idiot lui jeta un regard méfiant.

— Tu promets de ne plus venir dans mes rêves ? Je ne t'ai pas fait de mal. C'est le bossu qui a envoyé la fumée bleue, pas moi. Je t'ai simplement trouvé après.

— Garth, ce n'était pas... Quelle fumée bleue ? demanda Flint, intrigué.

— La fumée bleue qui sortait de la pierre autour de son cou.

— Le cou de qui ? Un derro ?

— Oui ! Tu étais là, pourquoi tu demandes ? Il faut que je retourne travailler, maintenant. Va-t'en ou il se servira de sa magie contre toi !

L'idiot voulut saisir son sac, mais Flint l'interrompit :

— Garth, tu ne dois pas dire à tes patrons que j'étais ici. Promets, ou sinon... je t'enverrai encore des cauchemars.

Il se sentait honteux de jouer pareil tour à un simple d'esprit, mais il n'avait pas le choix. Les yeux agrandis par la terreur, le visage plus pâle que celui d'un mort, Garth hocha la tête et s'éloigna en hâte.

Flint se demanda si la fumée bleue n'avait existé que dans les rêves de l'idiot, ou s'il avait vraiment été témoin d'un crime. Il recroquevilla les orteils dans ses bottes, tenta de lever un pied, et ne réussit qu'à le déchausser.

Il recommença l'opération avec l'autre et, saisissant ses bottes à deux mains, tira de toutes ses forces. Avec un désagréable bruit de succion, la boue consentit enfin à lui rendre son bien.

Chacune des bottes de Flint pesait maintenant sept bons kilos, et il n'avait ni chiffon ni touffes d'herbe sous la main pour les nettoyer. Il ne pouvait pas se déplacer avec.

A contrecœur, car il n'aimait pas marcher pieds nus, il les posa contre le mur en se promettant de les récupérer à son retour.

Il passa la tête derrière le coin de l'échoppe et observa la cour. Le sol était couvert d'une boue où les chariots avaient laissé de profondes traces. Deux des voitures à fond plat des derros étaient parquées côte à côte, le siège du conducteur tourné vers Flint.

Le nain ne vit pas de gardes, mais un derro sortit de l'atelier de pierre, une dizaine de pas sur sa droite. Il fit le tour des chariots et se pencha pour regarder sous celui de gauche.

— Nous devrions prendre la route dans l'heure, dit-il en se retournant. J'ai hâte de rentrer à Thorbardin. Berl et Sithus t'ont-ils dit quand ils reviendraient de l'auberge ?

— Ils attendent toujours le dernier moment, grogna une voix depuis les profondeurs de l'échoppe. Tu t'inquiètes trop. Viens là et profite des quelques minutes de sommeil qui nous restent.

— Ouais. Tu as raison, dit le derro en revenant vers son camarade. De toute façon, tout semble en ordre. L'idiot nous a apporté du charbon, les équipes de demain ne risquent pas de se trouver à court. Ces routes de montagne sont mortelles pour les roues des chariots.

Quelques minutes plus tard, alors qu'il n'entendait plus que des ronflements de l'autre côté du mur, Flint se dirigea vers le chariot de droite. Si celui qu'avait inspecté le derro rentrait à Thorbardin, il était sans doute vide ; inutile de perdre du temps avec.

Les roues de fer clouté étaient immenses, et la plate-forme de la voiture culminait à six pieds du sol, bien au-dessus de la tête de Flint.

Le nain escalada les rayons. Il se hissa jusqu'à ce que son menton arrive au niveau du plancher, et découvrit qu'une épaisse bâche sale couvrait le chargement. Il défit un des coins, se glissa dessous et regarda autour de lui.

Des charrues ! Par Réorx, les nains des montagnes avaient pris toute cette peine pour monter un commerce de charrues ! Et pas de grande qualité, avec ça. Le chariot en contenait cinq, aux lames visiblement neuves mais truffées de petits défauts.

Ce n'était pas du tout ce à quoi s'attendait Flint.

Quelle importance si la cupidité bien connue des nains des montagnes les poussait à baisser leurs exigences en matière de qualité ?

Flint se mit à genoux avec précaution, en s'efforçant de ne pas tendre la toile au-dessus de sa tête. Soudain, son dos en compote lui inspira une pensée des plus inattendues.

Pourquoi devait-il se plier en deux dans une voiture au moins aussi haute que lui ? Sans doute parce que la plate-forme avait un double fond ! Il se mit à sonder le plancher à la recherche d'une fente, d'une ouverture, mais il ne trouva rien.

Il passa la tête hors de la bâche et tendit l'oreille ; pas un bruit. Il se laissa glisser à terre et rampa sous le chariot en faisant la grimace. Il détestait marcher dans la boue ! Il leva la main au-dessus de sa tête et laissa courir ses doigts sur le bois.

Là ! Entre les axes des roues se trouvait un long panneau rectangulaire.

Flint tira son couteau et explora la fente. Lorsque sa lame buta sur le mécanisme d'ouverture, il lui fallut quelques secondes pour le faire jouer.

Il touchait au but !

Priant pour que les ombres le dissimulent le temps nécessaire, il se releva et engagea sa tête et ses épaules dans la cavité. Il aperçut plusieurs caisses et, sans perdre de temps, fit sauter le couvercle de la plus proche.

Sa mâchoire inférieure en tomba, et ses yeux s'agrandirent de stupéfaction. Des épées ! Rien à voir avec les misérables charrues du dessus ; c'étaient des armes en acier, d'une qualité exceptionnelle, mais sans la moindre marque indiquant leur provenance. Flint se hâta d'ouvrir une deuxième caisse et y découvrit une douzaine d'épieux à la pointe barbelée. Il n'avait pas le temps de tout fouiller ; de toute façon, ce n'était pas la peine.

Chaque jour depuis un an, un chariot plein d'armes quittait Thorbardin en direction d'un rivage inconnu.

Aucune nation de Krynn n'aurait eu besoin d'une telle quantité d'équipement.

Ça ne pouvait signifier qu'une chose.

Quelqu'un se préparait à la guerre.

Les réponses qu'avait obtenues Flint soulevaient d'autres questions. Aylmar avait-il découvert le secret des Theiwars ? Etait-il mort à cause de ça ?

Le cœur battant, Flint se laissa tomber sur le sol et allait s'élancer vers le mur lorsqu'une botte lui écrasa une main dans la boue.

— Tu ne savais pas que les demi-derros y voient le jour, hein ?

Flint leva lentement la tête et aperçut un nain des montagnes qui le toisait, un rictus aux lèvres. Il avait l'air seul. Désespéré, Flint lui saisit la cheville et tira de toutes ses forces. Surpris, le derro glissa dans la boue et tomba sur le dos. Flint rampa sur les coudes et, d'un coup de couteau, lui trancha la gorge.

Il regarda autour de lui. Les gardes qui dormaient dans l'atelier n'allaient pas tarder à se réveiller. Cette fois, il n'avait pas de tonneau pour l'aider à escalader le mur. Il jeta un coup d'œil vers le portail de bois. Entre les planches entrecroisées, il voyait de petits espaces où ses bottes ne seraient pas rentrées, mais où ses orteils nus le pourraient sans doute.

Il ne lui restait plus qu'à courir sur quinze pas sans se faire prendre.

Il baissa la tête et s'élança. Il n'était pas facile de sprinter dans la boue, mais il atteignit tout de même son objectif sans encombre.

— Hey ! cria quelqu'un derrière lui.

Le cœur cognant dans sa poitrine, Flint se hissa jusqu'au sommet du portail. Il venait juste de lancer une jambe du côté de la Grand'Avenue lorsque le battant s'ouvrit.

Il regarda vers le bas : les deux gardes avec qui il avait failli se bagarrer à l'auberge étaient de retour. Passablement éméchés, ils ne virent pas le nain en équilibre au-dessus d'eux.

Leur camarade leur cria un avertissement depuis l'échoppe ; ils levèrent la tête juste à temps pour voir un inconnu se jeter sur eux. Ils s'écrasèrent lourdement sur le sol, le poids de leur agresseur leur coupant le souffle.

Le temps qu'ils reprennent leurs esprits, Flint avait déjà disparu.

# CHAPITRE VIII

Flint évita délibérément le village, afin que personne ne puisse suivre ses empreintes jusqu'à la demeure des Forgefeu. Il aurait du mal à expliquer à sa famille pourquoi il était couvert de boue de la tête aux pieds.

De toute façon, les questions se bousculaient dans son esprit, et il avait besoin de réfléchir avant de partager ses soupçons avec quelqu'un.

La plante des pieds endolorie, il s'enfonça dans les collines, au sud de la passe. Ayant découvert un petit torrent, il y lava ses vêtements, puis alluma un feu dans une caverne afin de les faire sécher.

Comme il n'avait rien mangé depuis le matin, son estomac se rappela à son bon souvenir. Il s'agenouilla près du torrent et entreprit de pêcher à mains nues.

Il lui fallut une bonne demi-heure pour attraper une jeune truite d'une dizaine de pouces de long. Il la vida à l'aide de son couteau et l'embrocha sur une fine branche. Pendant qu'elle rôtissait, il enfila sa longue tunique bleu-vert qui avait fini de sécher et s'en alla cueillir des framboises sauvages au clair de lune.

Une fois sa faim apaisée, il se sentit en état de réfléchir. Bien qu'il ne disposât que de la parole d'un simple d'esprit pour étayer ses suppositions, il aurait juré qu'Aylmar avait été assassiné. Sans doute parce qu'il avait découvert le contenu des chariots.

S'il racontait tout, sa famille le croirait peut-être,

mais il n'en avait pas moins tué un derro. Le maire le ferait jeter en prison, le nom des Forgefeu serait souillé à jamais, et personne ne vengerait la mort d'Aylmar.

Non, décida Flint, mieux valait garder ses soupçons pour lui jusqu'à ce qu'il ait rassemblé suffisamment de preuves.

*
* *

— Quel bel exemple tu donnes à ta famille ! lança une voix peu amène lorsque Flint réapparut à la ferme le lendemain.

Ruberik se tenait devant lui, un bidon de lait à la main.

— Tu disparais toute la nuit et tu reviens à la maison en titubant. C'est une honte !

Les pieds de Flint étaient couverts d'ampoules et il avait épuisé toutes ses réserves de patience.

— Je me demande bien quelle branche de la famille a pu produire un puritain dans ton genre ! gronda-t-il en foudroyant son frère du regard.

Les yeux de Ruberik manquèrent lui sortir de la tête. Il ouvrit la bouche pour répliquer, mais Flint fut plus rapide :

— Quelque mauvais tour que m'ait joué la nature, tu n'en reste pas moins mon jeune frère, et tu as déjà suffisamment profité de mon bon caractère. J'en ai assez de tes récriminations incessantes !

« Tu ne sais ni où je suis allé, ni ce que j'ai fait, alors je te serai reconnaissant de garder ton opinion pour toi et de faire preuve d'un peu plus de respect envers tes aînés ! »

Rouge de honte et de colère, Ruberik tourna les talons et s'éloigna. Flint poussa un soupir et pénétra dans la demeure familiale. Il allait se moudre un peu de chicorée et mettre de l'eau à chauffer lorsque Bertina apparut derrière lui. Elle lui jeta un regard intrigué mais ne posa pas de questions.

— Si tu as besoin de bottes, je pense que celles d'Aylmar devraient t'aller, offrit-elle avec tact.

Sans attendre sa réponse, elle farfouilla dans un placard et lui tendit une paire de bottes très semblables à celles qu'il avait perdues. Flint les enfila avec gratitude. Elles étaient un peu grandes, mais vu l'état de ses pieds, ça n'était pas plus mal.

— Merci, Berti.

Sa belle-sœur entreprit de battre des œufs dans un saladier. Ils déjeunèrent d'omelette, de pain, de beurre, de confiture et de chicorée brûlante.

Flint allait proposer de faire la vaisselle lorsque la porte s'ouvrit à la volée. Tybalt entra en trombe dans la salle à manger et brandit une paire de bottes sous le nez de son frère.

— Tu les reconnais ? éructa-t-il au nez de Flint. ( Il se baissa pour jeter un coup d'œil sous la table. ) J'en étais sûr ! Celles que tu portes appartenaient à Aylmar.

— Bonjour à toi aussi, frérot, répondit nonchalamment Flint.

Il n'avait pas pensé qu'on puisse utiliser ses bottes pour le retrouver ! Il avala une gorgée de chicorée et tenta d'empêcher ses mains de trembler.

— Pas de ça avec moi ! rugit Tybalt en abattant son poing sur la table. Qu'est-ce que tu as été faire là-bas ? Et qu'est-ce qui t'a pris d'y laisser tes bottes ?

— De quoi parles-tu ? demanda Bertina en lui tendant une tasse de chicorée.

Son beau-frère la repoussa, l'air exaspéré.

— Il semble que ce cher Flint ait rendu visite aux nains des montagnes hier soir. Ils ont trouvé ses bottes près de l'ancienne échoppe de Delwar.

« Mais ce n'est pas le pire ! Quand je me suis présenté à la gendarmerie ce matin pour prendre mon service, on m'a dit qu'un derro avait été égorgé et que son meurtrier avait laissé ses bottes derrière lui !

« Je me suis d'abord réjoui ; puis j'ai failli m'étrangler quand on me les a montrées. »

Tybalt commença à faire les cent pas, les mains croisées dans le dos.

— Ils ont une description de toi. Bien sûr, elle pourrait correspondre à des tas de gens, les bottes mises à part. Et puis, Garth raconte des histoires en ville. Il dit qu'Aylmar est revenu d'entre les morts pour lui donner des cauchemars.

« Heureusement, les derros ne font pas attention à lui : après tout, ce n'est qu'un pauvre crétin. Mais les gens qui étaient à l'auberge avant-hier savent qu'il t'a déjà confondu avec notre frère. »

— Tybalt, je t'interdis de parler de Garth de la sorte, le rabroua Bertina. Il est très gentil ; ce n'est pas sa faute s'il a été pris une fois de trop entre le marteau et l'enclume.

— Je me moque bien de Garth ! tempêta Tybalt. Flint a assassiné un derro dans l'enclos aux chariots !

— Tu me condamnes sans même te demander si c'est moi qui l'ai fait ? s'enquit Flint en plissant les yeux.

— C'est toi, oui ou non ?

— T'en soucies-tu vraiment ?

— Bien sûr que oui ! s'exclama Tybalt en se laissant tomber sur une chaise. Tu ne mesures pas dans quel pétrin je suis par ta faute ; surtout cette promotion qui ne tardera plus. Je devrais te livrer au maire ! D'ailleurs, je le ferai peut-être.

— A toi de voir. Mais tu as dit toi-même que la description pouvait correspondre à n'importe quel nain. Tu n'as qu'à faire comme si tu n'avais jamais vu mes bottes.

— C'est impossible, gémit Tybalt, visiblement déchiré entre son sens du devoir et son amour fraternel. Je sais qu'elles t'appartiennent, et j'ai juré de faire respecter la loi.

— Qui a dit que leur propriétaire et l'assassin ne faisaient qu'un ? Des gamins turbulents ont pu les arracher à un vieux nain trop ivre pour se défendre, avant de les jeter par-dessus le mur pour lui faire une mauvaise blague.

61

— Est-ce ainsi que ça s'est passé ? demanda Tybalt, plein d'espoir.

— Tu veux vraiment le savoir ?

Tybalt ferma les yeux et secoua la tête, l'air las. Il passa ses mains dans sa chevelure noire clairsemée.

— Je ne devrais même pas y songer, dit-il entre ses dents, mais si tu quittes la ville jusqu'à ce que l'affaire se soit tassée, j'oublierai peut-être ces bottes. ( Il fronça les sourcils. ) Tu sembles te moquer de ton sort, mais penses un peu au reste de la famille, même si tu juges nos vies de peu d'intérêt ou d'importance.

— Ça suffit ! s'exclama Bertina. Tybalt, es-tu un humain ou un nain ? Vas-tu laisser l'ambition te monter à la tête plus longtemps ?

— Merci, Berti, dit Flint en posant une main sur le bras dodu de sa belle-sœur, mais il a raison : je ne veux pas attirer la honte sur ma famille. Je m'en vais sur-le-champ.

Il alla chercher son sac et sa hache. Lorsqu'il revint, Tybalt s'avança vers lui, l'air embarrassé.

— Je suis vraiment désolé. Ça n'a rien de personnel. Tu ne m'en veux pas, j'espère ? dit-il en tendant la main à son frère.

Flint le dévisagea sans bouger, puis se détourna.

— Tu es un hypocrite, Tybalt Forgefeu, et de la pire espèce. Tu veux faire passer ton égoïsme pour de la vertu !

Son frère fit un bond.

— Mais tu as dit que j'avais raison !

— Pas pour les motifs auxquelles tu penses, dit Flint en secouant la tête.

Son frère sortit en claquant la porte et il se tourna vers Bertina, aux yeux pleins de larmes.

— Dis-moi, pourquoi as-tu fait une chose pareille ? lui demanda-t-elle d'une voix tremblante.

Elle était la veuve de son frère assassiné, et elle s'était montrée bonne envers lui. Flint se sentit obligé de lui dire une partie de la vérité.

— C'était de la légitime défense, expliqua-t-il.

Le visage de Bertina s'éclaira.

— Alors, reste ! Si c'est ta parole contre celle des derros, le maire te croira sûrement.

— Pas s'il risque de perdre l'argent que lui apportent les Theiwars, objecta Flint.

Il serra maladroitement sa belle-sœur dans ses bras et se dirigea vers la porte.

— Où iras-tu ? demanda Bertina.

— Je ne sais pas, répondit Flint, évasif. Mais ne t'inquiète pas, je reviendrai. Dis au revoir à tout le monde de ma part.

Bertina acquiesça sans mot dire, lui tendit un sac plein de provisions de route, posa un baiser sur sa joue et s'enfuit vers sa chambre.

Resté seul dans la salle à manger, Flint regarda autour de lui une dernière fois. Il aurait aimé s'expliquer avec Basalt et revoir ses autres frères et sœurs, mais tous devaient être au travail à cette heure de la journée. Ruberik se trouvait encore dans la grange ; hélas, il était le seul que Flint n'avait pas envie de saluer. Le nain passa donc le manche de sa hache dans sa ceinture et s'en fut.

Il était si préoccupé qu'il ne vit pas la petite ombre qui traversa son chemin, et ne s'aperçut pas que quelqu'un lui emboîtait le pas à bonne distance tandis qu'il prenait la direction de la cité naine de Thorbardin.

# CHAPITRE IX

Les Monts Kharolis n'étaient pas la plus haute chaîne montagneuse de Krynn, ni même la plus longue. Ils n'abritaient pas de volcans en activité tels que les Seigneurs du Chaos, ni de glaciers comme on en trouvait dans la Cordillère des Glaces. Mais la rudesse de leur terrain n'avait pas sa pareille sur le continent d'Ansalonie.

Les parois d'immenses canyons descendaient abruptement vers des gorges étroites et sinueuses. Les torrents se déversaient sur des rochers déchiquetés. Les arbres ne survivaient qu'au bas des pentes et dans les vallées ; ailleurs, la mousse, le lichen et les mauvaises herbes constituaient la seule végétation.

Les sommets étaient perpétuellement enneigés, entourés de glaciers et, plus bas, de grands lacs gelés.

Ce paysage inhospitalier à l'extrême abritait pourtant un royaume prospère dont les habitants vivaient confortablement, bien que sans jamais voir la lumière du jour.

Thorbardin.

La forteresse naine ne regroupait pas moins de sept cités, ainsi qu'un réseau de passages souterrains et d'immenses cavernes destinées à la culture des champignons. En tout, elle s'étendait sur vingt-cinq lieues de long et quinze de large.

Sa population ne prêtait guère attention aux événements de la surface. Elle avait bien assez de place pour vivre, et suffisamment d'intrigues chez elle pour l'occuper au cours du prochain millénaire.

Au cœur de Thorbardin gisait la Mer Urkhanienne, qui était en réalité un lac souterrain de plus de six lieues de long. Des bateaux tirés par des câbles faisaient la navette d'un rivage à l'autre, reliant la plupart des cités du royaume.

Au milieu se dressait la plus étonnante d'entre elles : l'Arbre de Vie des Hilars, vingt-huit étages taillés dans une gigantesque stalagtite qui s'enfonçait dans les eaux glaciales.

Malgré son étendue, Thorbardin était relié à la surface par deux portails seulement : un au nord, et l'autre au sud du royaume. Le premier avait été détruit lors du Cataclysme. Les nains s'étaient alors retirés sous terre, protégeant le second contre toutes les formes d'attaque possibles et imaginables, et tournant le dos au reste du monde.

Bien que tenu pour un royaume par les étrangers, Thorbardin se décomposait en quatre nations identifiables regroupant autant de clans : les Hilars, les Theiwars, les Daewars et les Daergars. Chacune était dirigée par un Thane et avait des intérêts, des objectifs et même des préférences raciales propres.

L'absence d'un monarque unique aggravait les schismes internes de Thorbardin. Selon la légende, le royaume connaîtrait la paix lorsqu'un des Thanes se procurerait le Marteau de Kharas. Cet ancien artefact, portant le nom du plus grand des héros nains, avait disparu depuis des siècles. Malgré les efforts consentis, les trésors dépensés et les vies sacrifiées, personne n'avait réussi à le localiser.

Faute du Marteau pour les unifier, les nains des montagnes luttaient sans cesse les uns contre les autres. Ils s'envoyaient des espions et surveillaient l'évolution de leurs richesses matérielles.

Les Hilars étaient les plus anciens de tous, et les maîtres ancestraux de Thorbardin. Mais leur puissance avait beaucoup souffert de la Guerre de la Porte, permettant à d'autres nations de se développer à leur détriment.

Le clan Theiwar se composait essentiellement de derros. Plus pâles et légèrement plus robustes que les Hilars, ses membres occupaient la portion nord du royaume. Comme ils pratiquaient la magie noire, les autres nains redoutaient leurs pouvoirs. Enfin, ils avaient une réputation bien méritée de traîtres et de manipulateurs...

En secret, ils avaient creusé une nouvelle issue qui leur permettait de faire circuler des chariots d'armes au nez et à la barbe des autres clans.

Pour les nains, la richesse avait toujours été synonyme de pouvoir.

Les Theiwars avaient l'intention de devenir les plus puissants de tous.

*
* *

La grande salle du trône donnait l'impression de ne pas avoir de plafond, donc de n'être qu'une vaste clairière sous un ciel nocturne. Les colonnes alignées le long de ses murs faisaient penser à de gros troncs d'arbre, et une centaine de torches fixées entre elles répandaient dans la pièce une douce lumière jaune.

Pourtant, la salle se trouvait à plus de neuf cents pieds sous de la surface de Krynn. Elle était reliée au reste de la cité theiwar par des dizaines de couloirs que défendaient des portes gardées par des sentinelles en armure rutilante.

Une de ces portes s'ouvrit lentement. Un nain bossu vêtu d'une robe couleur de bronze pénétra dans la salle et se dirigea sans hâte vers le trône où était confortablement assis son chef de clan.

Le Thane Réalgar était un vieux nain à la barbe jaune striée de blanc. Il portait une robe bleue à la traîne si longue qu'il lui fallait l'assistance d'un domestique pour se déplacer. De grosses chaînes dorées ornaient son cou et ses poignets.

Il régnait sur les Theiwars depuis plusieurs dizaines d'années. Son Premier Conseiller le déchargeait de toutes les tâches triviales afin qu'il consacre son énergie à la quête du Marteau de Kharas. Pour lui, tout ce qui ne se rapportait pas à l'artefact était d'un ennui mortel.

Ses gardes du corps, deux hideuses gargouilles, étaient postés de chaque côté de lui. Seuls leurs yeux remuaient dans leur visage couleur de pierre. Leurs ailes à la texture de cuir étaient étendues derrière le trône comme un voile menaçant. Leur visage semblait vaguement humain, si on faisait abstraction de leurs crocs acérés, des cornes qui garnissaient leur front et de la malveillance qui brillait dans leur regard.

— Ah, Pitrick, il était temps que tu reviennes ! s'exclama Réalgar.

— Comment s'est passé le Conseil des Thanes ? demanda le bossu.

— Bah ! Une traîtrise hilar après l'autre ! Ils ont cherché à embobiner les Daewars. Mais je crois que tous commencent à nous craindre ! Et toi, quelles nouvelles m'apportes-tu ?

— La production a presque doublé et devrait continuer à augmenter. Nous atteindrons bientôt le quota réclamé.

— Splendide.

Le Thane baissa les yeux sur le parchemin posé sur ses genoux, indiquant à Pitrick que l'entretien était terminé. Mais le bossu toussota.

— Euh, ce n'est pas tout, Excellence.

Réalgar lui jeta un regard surpris et lui fit signe de poursuivre.

— Il semble qu'un de nos conducteurs ait été assassiné à Soucolline. Le meurtrier s'est échappé. Nous pensons qu'il a pénétré dans un chariot et découvert son contenu.

— Quand cet événement a-t-il eu lieu ? demanda le Thane en feignant de s'intéresser à la question.

— Il y a plusieurs jours. Mais je viens seulement de l'apprendre.

— Je te fais confiance pour résoudre le problème. Puisque tu as ouvert la route à nos chariots, ton devoir est de veiller à ce qu'elle reste utilisable, et surtout discrète.

— Bien entendu, Excellence, dit Pitrick en s'inclinant pour cacher son sourire. Je m'en occupe sur-le-champ. Je voulais seulement vous réclamer une faveur.

— De quoi s'agit-il ? demanda distraitement le Thane.

— Nous devons renforcer la garde dans le tunnel, augmenter à la fois la quantité et la qualité des troupes que nous y avons affectées.

— A quoi penses-tu exactement ?

— A la Garde du Thane, Excellence. Elle serait absolument parfaite pour cette tâche. J'aurais besoin de deux douzaines d'hommes et d'un bon capitaine.

— As-tu quelqu'un de particulier en vue ?

— Oui, Excellence. Je pense que Perian Cyprium est la personne qu'il nous faut.

Réalgar réfléchit quelques instants. Perian était une femme officier compétente et loyale, dont les parents l'avaient bien servi avant leur mort. Elle ne serait pas du tout contente de cette affectation. Son dégoût pour Pitrick était presque aussi célèbre que le désir qu'éprouvait pour elle le bossu.

Le Thane lui-même trouvait son conseiller répugnant, mais il appréciait ses pouvoirs et sa perspicacité. En outre, c'était Pitrick qui avait mené toutes les négociations avec Sanction. De ses talents diplomatiques dépendait peut-être la grandeur future du clan Theiwar.

— Très bien. A partir de cet instant, je place la capitaine Cyprium sous tes ordres. Et pour ce qui est de Soucolline, je vais y réfléchir. La cupidité et l'ingratitude des nains des collines commencent à m'agacer sérieusement.

*
\*\*

L'estomac noué, Perian Cyprium monta dans la cage de fer qui, grâce à un système de treuils et de poulies, allait la conduire vers le troisième niveau de la cité naine.

Elle avait rendez-vous avec le conseiller bossu du Thane, dont elle repoussait les odieuses avances depuis plusieurs années. Mais cette fois, elle ne pouvait se dérober à son devoir.

Fille unique et descendante d'une longue lignée de guerriers, Perian avait revêtu l'armure lorsque était venu son tour de perpétuer les traditions familiales. Son père, sa mère et ses oncles avaient tous servi vaillamment dans la Garde du Thane.

Cette légion d'élite, convaincue de la suprématie raciale des derros, se composait des meilleurs soldats theiwars. Grâce à ses qualités, Perian avait rapidement gravi les échelons.

A présent, elle était l'un des quatre ou cinq principaux officiers de Réalgar.

Elle savait que son Thane était le plus puissant de Thorbardin, pour l'essentiel grâce aux capacités magiques de certains de ses sujets. Elle aurait dû s'en réjouir, mais ressentait un léger malaise, comme un sentiment de culpabilité.

Peut-être était-ce à cause de son ascendance. Contrairement à la plupart des Theiwars, Perian n'était qu'à demi derro. Une moitié de son sang venait des Hilars, et elle se demandait souvent si ce n'était pas à cause de lui qu'elle détestait la magie et ne partageait pas les instincts sauvages des derros.

C'était Pitrick qui lui avait appris la vérité, en lui montrant les lettres que sa mère avait écrites à un soldat hilar. L'écriture semblait authentique. Puis les cheveux roux et le teint rose de Perian détonnaient passablement parmi ses congénères.

Or, les membres de la Garde du Thane se devaient d'être racialement purs. Si bien qu'un mot du bossu pouvait ruiner toute la carrière de Perian, ce qui rendait encore plus délicate la position de la jeune naine.

Perian s'était souvent demandé si le valeureux guerrier Deiwar qu'elle considérait comme son père avait soupçonné la vérité. Il s'était toujours montré distant avec elle, mais ça n'avait rien d'inhabituel pour un militaire. Elle ne comprenait pas comment sa mère avait pu faire une bêtise pareille : tout risquer par amour...

Elle atteignit enfin le plus haut niveau de la cité. Dédaignant la vue magnifique dont on jouissait en se penchant vers les terrasses inférieures, elle se dirigea vers la demeure de Pitrick. Celui-ci était d'ascendance noble, mais son rang de Premier Conseiller en aurait fait dans tous les cas le second personnage du royaume, après le Thane.

Perian fut accueillie par un serviteur défiguré qui alla promptement chercher son maître. Pitrick apparut sur le seuil de l'antichambre et examina la jeune naine des pieds à la tête avec un regard qui la mit mal à l'aise.

— Bonne nouvelle ! s'exclama-t-il en se frottant les mains. Le Thane m'a confié ton unité.

Perian sentit un frisson d'appréhension courir le long de son échine.

— Pour quelle mission ? demanda-t-elle d'une voix qui se voulait neutre.

— Renforcer la garde à l'entrée du tunnel qu'empruntent les chariots.

— Je préférerais continuer à m'occuper de l'entraînement des hommes...

Pitrick se pencha vers elle, lui soufflant au visage son haleine malodorante.

— Tu commences à me fatiguer. Souviens-toi que je n'ai qu'un mot à dire pour te briser.

— Alors, fais-le ! aboya Perian.

Le bossu recula ; un rictus se dessina sur ses lèvres.

— Tu me connais trop bien. Méfie-toi quand même : je pourrais te réserver des surprises. Surtout si tu continues à me défier de la sorte.

Il referma une main autour de l'amulette pendue à son cou. Une lumière bleue filtra entre ses doigts.

— Je suis sûr que tu feras du bon travail sous mes ordres, dit-il doucement.

Perian fut surprise par la qualité musicale de sa voix. Peut-être l'avait-elle mal jugé. Elle se sentait très légère, tout à coup.

Pitrick s'approcha d'elle et l'enlaça. Son entraînement de guerrière lui disait qu'elle aurait dû résister, mais elle n'était plus certaine d'en avoir envie. Le visage de Pitrick se pressa contre le sien...

D'un geste vif, elle arracha l'amulette des mains du bossu en lui jetant un regard haineux.

— Essaie encore de m'ensorceler et je te coupe en morceaux, gronda-t-elle en portant la main à sa hache.

Surpris, Pitrick se reprit très vite.

— Nous en reparlerons plus tard. Pour le moment, il est temps que tu ailles prendre tes nouvelles fonctions. Jette un coup d'œil dans le tunnel, établis des tours de garde. Je descendrai faire une inspection avant la fin de la journée.

« Je veux que tu m'avertisses au moindre signe d'intrusion. Et si tu surprends un nain des collines en train de rôder dans les parages, amène-le-moi tout de suite. »

— Très bien, dit Perian en tournant les talons.

Elle avait hâte de s'en aller. Au niveau inférieur, elle sentit enfin ses muscles se relâcher et recommença à respirer normalement.

71

# CHAPITRE X

Flint remonta le Chemin de la Passe vers l'ouest, en direction de Thorbardin. Le soleil brillait, l'assurant qu'il ne rencontrerait pas de derro.

La route longeait la rive nord du Lac Martelpierre, dont les eaux glaciales revêtaient une teinte verdâtre en ce jour d'automne. Les arbres étaient déjà dénudés, et un tapis de feuilles rousses recouvrait le sol.

Bientôt, la pente s'accentua, le terrain se fit rocailleux, et le chemin serpenta entre les escarpements.

Flint ne s'était jamais rendu à Thorbardin, où les nains des collines n'étaient pas précisément accueillis à bras ouverts, mais il se souvenait de ce que lui avait dit son père. Le royaume possédait deux portails, un au nord et un au sud. A l'origine, on y accédait par une large corniche bordée d'un parapet.

Mais le Cataclysme avait détruit la façade nord, n'épargnant que quelques pouces de roches à plus de neuf cents pieds au-dessus de la vallée.

Comment les chariots pouvaient-ils emprunter un passage qui se trouvait à une telle hauteur ? se demanda Flint. A moins qu'ils ne sortent de Thorbardin par la porte sud. Si tel était le cas, il avait encore deux bonnes journées de marche devant lui avant d'atteindre son but.

A bien y réfléchir, ça n'avait pas de sens non plus. Aucune voiture n'aurait pu traverser vingt-cinq lieues d'un terrain aussi accidenté. Alors, par où donc passaient les derros ?

Le jour touchait à sa fin lorsque les cheveux de Flint se dressèrent sur sa nuque. Quelqu'un le suivait. Ça ne le surprit pas beaucoup : il s'attendait à être pris en chasse par les autorités de Soucolline.

En revanche, il ne comprenait pas pourquoi son poursuivant tardait tant à se montrer. Il décida de faire comme si de rien n'était, tout en ouvrant l'œil et en restant sur ses gardes.

Quelques minutes plus tard, il découvrit une piste au fond d'un ravin, et quitta le Chemin de la Passe dans l'espoir de semer son poursuivant.

Une fois arrivé en haut, il s'arrêta pour manger la viande froide, le fromage et les pommes séchées que lui avait donnés Bertina.

Alors qu'il se remettait en route, il aperçut un mouvement au fond du précipice. Il fit volte-face, et eut juste le temps de distinguer une silhouette avant que celle-ci ne plonge sous le couvert d'un bouquet de pins. Il décida d'attendre que son ange gardien se montre. Après tout, il n'était pas pressé d'arriver à Thorbardin, et il commençait à en avoir assez de ce petit jeu.

Une heure passa. Rien d'étonnant : la paroi était si abrupte qu'il fallait au moins ça pour l'escalader.

Soudain, une branche craqua. Flint saisit sa hache, s'approcha du bord du ravin et étouffa un cri.

Ce n'était ni un humain ni un nain qui se tenait accroupi sur une corniche, trente pas plus bas, mais quelque chose de dix fois pire : une créature haute de plus de six pieds, à la peau verte constellée de verrues, au long nez pointu et aux bras simiesques.

Un troll. Flint n'en avait jamais vu de sa vie, et encore moins combattu, mais il en avait suffisamment entendu parler pour savoir que ça ne présageait rien de bon.

Il constata que le troll surveillait le fond du ravin, et en éprouva une surprise mêlée de soulagement. Le monstre tendait une embuscade à son poursuivant !

Après tout, ce n'était que justice. Flint décida

d'attendre que les deux parties engagent le combat ( ou que le troll soit en train de savourer son repas, s'il s'y prenait bien ) pour s'échapper.

Un bruit de pierres qui roulent sous des pieds. La créature se prépara à bondir. Flint se pencha pour mieux voir son poursuivant. A en juger par sa taille, celui-ci était sans doute un nain, ou un petit humain.

Une capuche brune dissimulait son visage.

Il s'arrêta pour reprendre son souffle ; du coup, Flint en perdit le sien. Ce n'était ni un derro, ni un gendarme, mais son neveu Basalt !

— Par Réorx ! souffla le nain, estomaqué.

Que faisait donc le gamin sur ses talons ? Il chercha désespérément un moyen de l'avertir de la présence du troll. Saisissant une pierre, il la lança vers le monstre. Il avait bien visé, et son projectile atteignit sa cible à la tête.

Le troll poussa un rugissement de douleur et de colère. Il leva les yeux vers l'endroit où se tenait Flint. Ses crocs acérés luisaient faiblement dans la lumière du couchant.

— Attention, Basalt !

Avec une puissance surprenante, le troll bondit vers Flint. Celui-ci fit basculer un rocher par-dessus le bord de la falaise. Le monstre l'évita aisément ; Basalt, en revanche, faillit se faire écraser.

Flint souleva une autre pierre. Il attendit que le troll ne soit plus qu'à dix pas du bord et la projeta vers lui de toutes ses forces. La créature poussa un grognement et retomba en arrière, la jambe droite brisée.

— Bien fait pour toi, foutu bouffeur de gobelins ! ricana Flint en songeant que Tass aurait été fier de cette petite provocation.

Il empoigna sa hache et dévala la pente vers le troll afin de lui porter le coup de grâce. Mais avant qu'il l'ait atteint, il entendit un bruit étrange, comme celui de deux pierres qu'on frotte l'une contre l'autre.

Le membre cassé du monstre se remit lentement en place ; un tremblement agita sa chair écrasée, qui reprit son aspect normal.

Horrifié et fasciné, Flint voulut s'arrêter, mais il avait pris trop d'élan. Le troll leva la tête vers lui et grogna en montrant les dents.

Lorsque le nain arriva à son niveau, ses deux jambes étaient de nouveau en parfait état de marche.

— Par Réorx..., il se régénère !

Le troll tendit une patte griffue vers Flint, comme pour lui déchirer la poitrine. Plus rapide, le nain lui trancha la main. Un flot de sang vert jaillit de l'artère sectionnée. Flint jeta un coup d'œil anxieux vers le bas de la pente. Basalt grimpait aussi vite que possible, une épée à la main, mais il était déjà essoufflé et il lui restait plusieurs dizaines de pieds à parcourir avant d'atteindre le bord.

Comme le monstre semblait surpris de la perte de sa main, Flint profita de son avantage et l'obligea à reculer. Mais arrivé à trois pas du précipice, le troll se reprit.

Avec un bruit écœurant, trois petites griffes jaillirent de son moignon. Sa peau se tendit et forma de longs doigts décharnés.

Quelques secondes plus tard, la créature était l'heureuse propriétaire d'une nouvelle main droite. Avec un gargouillis qui devait être un ricanement, elle s'avança vers son adversaire.

— Oncle Flint ! s'écria Basalt.

— On n'est pas à un pique-nique ! Fous le camp ! répondit le nain sans quitter le troll des yeux.

— Mais je veux t'aider ! protesta son neveu en trébuchant sur une pierre.

Il se rétablit à temps pour ne pas tomber. Attiré par le bruit, le troll se retourna. Flint en profita pour lui planter sa hache dans le dos. Arrosé par un jet de sang vert et gélatineux, il se mit à tousser et à cracher.

Pendant ce temps, le monstre presque coupé en deux cherchait vainement à se dégager, ce qui permit à Basalt de passer devant lui sans encombre.

— Tiens-toi à l'écart ! hurla Flint.

Mais le jeune nain plongea sa lame dans l'estomac du troll, qui avait commencé à se régénérer. Les deux moitiés de monstre glissèrent vers le fond du ravin. Basalt voulut s'élancer à leur suite pour terminer le travail.

— Non ! ordonna Flint en le retenant par le col de sa tunique. Tu dois savoir quand il est bon de battre en retraite.

— Mais nous avons l'avantage ! protesta Basalt.

— Regarde ! Les deux morceaux se recollent déjà. Fichons le camp d'ici en vitesse.

Ils atteignirent le haut du ravin en moins d'une minute, et perdirent le troll de vue. Pour plus de sûreté, ils continuèrent à trottiner jusqu'à une petite clairière dans laquelle ils se laissèrent tomber, à bout de souffle. L'obscurité était là depuis un moment déjà, mais ils n'osèrent pas faire de feu.

— Maintenant, gamin, tu vas m'expliquer ce que tu fiches ici, grommela Flint, remis de sa frayeur.

— Et toi, me diras-tu où tu vas ? osa dire son neveu.

— Surveille ta langue ! Je ne rends de compte à personne, et surtout pas à un morveux comme toi.

— Mais je ne suis plus un gamin ! Tu t'en serais aperçu si tu nous avais rendu visite plus souvent, ou si tu n'étais pas reparti au bout de deux jours !

Basalt et son oncle échangèrent un regard furieux. Flint serra les poings.

Une seconde plus tard, il éclata de rire.

— Je ne vois pas ce que ça a de drôle, protesta Basalt, vexé.

— Ah, si tu te voyais ! s'esclaffa Flint. Pas de doute, tu es un vrai Forgefeu ! On fait vraiment la paire, tous les deux !

— Je ne comprends pas ce que tu veux dire, grogna Basalt, qui ne voulait pas se laisser désarmer aussi facilement.

— Voyons... Tu es aussi têtu que moi ; tu n'as pas peur de t'opposer à tes aînés ( même si tu ferais bien de ne pas en prendre l'habitude ), et tu n'hésites pas une seconde avant de bondir dans la mêlée.

Basalt soupira ; ses épaules s'affaissèrent.

— Tu as raison. Pour ça, et aussi pour ce que tu as dit hier soir à propos de papa et moi. Sur le coup, ça ne m'a pas trop plu, mais je ne voulais pas que tu repartes en m'en voulant. ( Il baissa les yeux et se racla la gorge. ) Tu comprends, ça m'est déjà arrivé une fois, et ça me hantera jusqu'à la fin de mes jours.

Sa voix se brisa.

Flint ne dit rien. Il attendit que son neveu poursuive sa confession.

— Maman... Maman n'est pas au courant, reprit Basalt en levant la tête, les yeux perdus dans le lointain, mais papa et moi, nous nous étions disputés le jour de sa mort. Evidemment, ça nous arrivait dix fois par semaine, et toujours à propos des mêmes choses. « Arrête de boire et trouve-toi un travail décent. »

« Ce qui m'énervait, c'est qu'en plus d'être son apprenti, j'avais *déjà* un emploi. Mais il n'aimait pas que je transporte le grain pour les chevaux des derros.

« Cette nuit-là, il m'a suivi jusqu'à la taverne et il a remis ça sur le tapis. Il m'a dit que les derros traficotaient quelque chose de louche et qu'il avait l'intention de le prouver. Je lui ai conseillé de se mêler de ses affaires et je suis parti.

« Quand même, je ne comprends pas pourquoi il a finalement accepté de travailler pour eux. Il disait toujours qu'il ne lèverait pas le petit doigt pour en sauver un s'il le découvrait mourant sur le bord de la route. »

Flint se mordit la lèvre. Devait-il faire part de ses soupçons à Basalt ? Il lui posa une main sur l'épaule.

— Ecoute, je ne pense pas que la mort de ton père ait été un accident.

Son neveu lui jeta un regard interloqué.

— Ne me dis pas que tu crois au destin ou à ce genre de fariboles...

— Pas du tout, répondit Flint en secouant la tête. Je suis presque sûr qu'il a été assassiné par un mage derro.

— Tu plaisantes, j'espère ? J'ai entendu Garth délirer à ce sujet, et je sais que papa prenait les derros pour des êtres maléfiques. Mais pourquoi lui en auraient-ils voulu à ce point ? Ça n'a aucun sens !

— Si. Parce qu'Aylmar avait découvert qu'en guise d'outils agricoles, les derros transportaient des armes en quantité suffisante pour livrer une guerre.

Flint expliqua à son neveu comment il avait fouillé un chariot et ce qu'il y avait trouvé. Il n'omit rien, racontant même qu'il avait tué un derro.

— Je n'ai pas vraiment eu le choix, tu comprends.

— Et tu as quitté le coin sans rien dire à personne ? s'exclama Basalt, incrédule.

— Je n'avais aucune preuve ! Crois-tu que le maire aurait ajouté foi aux divagations de l'idiot du village ? Crois-tu qu'il m'aurait pardonné le meurtre d'un des « bienfaiteurs » de la ville sur ma seule bonne mine ? Non ; mieux valait que je quitte Soucolline et que je parte à la recherche de la vermine qui a tué mon frère.

— Mais comment vas-tu retrouver le coupable ? Il doit y avoir des centaines de mages theiwars à Thorbardin !

Flint eut un rictus vengeur.

— Et combien d'entre eux sont bossus, à ton avis ?

— Alors, qu'attend-on ? s'exclama Basalt en bondissant sur ses pieds. Allons donner une bonne leçon à ce meurtrier !

Flint tapota la main de son neveu.

— Je reconnais là le caractère des Forgefeu ! Mais nous ne pouvons pas poursuivre notre route dans le noir. Et puis, je ne sais pas quoi faire de toi. Je n'aurai certainement pas besoin d'aide, et tu risques de m'encombrer plus qu'autre chose.

« Mais je ne me vois pas te laisser repartir seul dans les montagnes, avec ce troll qui rôde. ( Il poussa un gros soupir.) Je suppose que tu vas devoir m'accompagner.

Basalt sourit de toutes ses dents.

— Tu ne le regretteras pas, oncle Flint.

*Ça, gamin, je n'en suis pas aussi sûr,* songea le nain.

Mais il se garda bien de formuler cette opinion à voix haute, de peur de provoquer une nouvelle altercation.

# CHAPITRE XI

Le lendemain, après avoir passé la journée à grimper dans les hauteurs enneigées, Flint et Basalt atteignirent le bout de la piste. Celle-ci se terminait abruptement sur la rive d'un torrent de montagne. De l'autre côté, on ne distinguait pas la moindre trace de passage.

Flint sourit. Dissimuler ses empreintes en marchant dans un cours d'eau était l'une des plus vieilles ruses du monde.

Il s'agenouilla sur la piste pour l'examiner de plus près. On aurait dit que les chariots pénétraient dans le torrent en s'orientant légèrement vers la droite.

— Ils continuent vers l'amont, annonça-t-il en se relevant.

— Allons-y ! s'exclama Basalt en avançant un pied dans l'eau glacée.

Flint se figea. Le torrent était profond de plus de deux pieds, et lui-même mesurait à peine le double.

Pourtant, s'il voulait retrouver la trace des chariots, il n'avait pas le choix. Le cours d'eau n'avait pas de berge à proprement parler. Plus on remontait vers sa source, plus ses rives devenaient escarpées et impraticables.

— Un ennui, oncle Flint ? Tu ne veux pas les suivre ?

Flint prit une longue inspiration. Il ne pouvait pas expliquer à ce gamin que la peur de l'eau commune aux nains s'était muée chez lui en phobie. Il avait déjà du mal à l'admettre tout seul.

Et de toute façon, c'était la faute de ce gros lourdaud de Caramon.

Quelques années plus tôt, Tass lui avait proposé, ainsi qu'à Caramon, Raistlin et Sturm, d'aller faire un tour sur le Lac de Cristalmyr dans une barque qu'il avait « trouvée ».

A l'époque, Flint attendait le retour de Tanis, parti visiter sa famille. N'ayant rien de mieux à faire ce jour-là, il avait accepté.

Tout s'était bien passé jusqu'à ce que Caramon essaie d'attraper un poisson à la main. Il avait déséquilibré l'embarcation qui s'était retournée, jetant ses occupants à l'eau.

Raistlin, le plus intelligent d'entre eux, avait refait surface sous la barque et s'était mis à l'abri dans la poche d'air qu'elle formait. Son benêt de frère, lui, avait coulé à pic.

Sturm et Tass étaient de bons nageurs ; ils avaient eu tôt fait de remettre le bateau d'aplomb, et Raistlin dedans, abandonnant à Flint le sauvetage du grand guerrier.

Le nain avait bien failli se noyer en portant secours à Caramon. Sans l'intervention de ses amis, il y serait resté.

— Oncle Flint ?
— Hein, quoi ? Oh, oui... Je réfléchis.
— Que se passe-t-il ? Tu as peur de l'eau ?

Ce fut la goutte d'eau qui fit déborder le vase.

— Et puis quoi encore ? grommela Flint en avançant un pied hésitant vers les flots glacés.

Il fit un pas, glissa sur les cailloux mouillés et manqua s'étaler dans l'eau.

— Hé, attention ! s'écria Basalt en le rattrapant par le col.

Flint prit un air nonchalant et fit mine d'essuyer la lame de sa hache. En fait, il rassemblait tout son courage pour le pas suivant. Il n'avait pas le choix :

s'il voulait venger Aylmar, il devait en passer par là. *Réorx, si je dois tomber encore une fois, fais que ma mort soit rapide et indolore.*

Il se concentra si fort sur le mouvement de ses pieds qu'une migraine lui martela bientôt les tempes. Dans son pantalon de cuir trempé, ses jambes étaient toutes engourdies ; il ne les sentait déjà presque plus.

Ils avaient parcouru une trentaine de pas lorsque Flint entendit un chariot approcher. Il paniqua. Comment était-ce possible ? L'après-midi n'était pas encore terminé. Il leva une main pour faire signe à Basalt de s'arrêter et tendit l'oreille. Le bruit venait de derrière eux.

Ils ne pouvaient pas retourner sur leurs pas, ni espérer parvenir au bout du cours d'eau avant le chariot. Ils devaient se cacher. Mais où ?

Flint regarda autour de lui et découvrit quelques branches de peuplier dénudées qui effleuraient l'eau, sur leur droite. S'ils s'accroupissaient dessous, avec un peu de chance, les derros ne remarqueraient pas leur présence.

Flint fit signe à son neveu de le suivre et mit son plan à exécution. A genoux dans les flots glacés, il pria pour que le chariot se dépêche.

*Si seulement j'étais au sec dans leur voiture et eux en train de se geler les fesses à ma place !*

Cette image lui donna une idée.

— Basalt, chuchota-t-il. Quand le chariot sera passé, retourne te cacher dans les buissons, au dernier tournant de la piste. Là, attends-moi deux jours, pas un de plus ; puis rentre au village.

— Pas question ! protesta son neveu. Je viens avec toi.

— Ecoute, je ne suis déjà pas certain de pouvoir rentrer dans la forteresse, mais à deux, je peux t'assurer qu'on se fera prendre. Laisse-moi deux jours. Tout ira bien.

Le chariot arrivait à leur hauteur. Les gardes somnolaient, et le conducteur ne faisait guère attention à ce qui se passait autour de lui. Il ne s'attendait pas à des ennuis si près de chez lui.

— Fais attention à toi, gamin, souffla Flint.

Puis, sans jeter un regard en arrière, il se glissa prestement entre les roues du chariot et s'accrocha des quatre membres à l'axe arrière.

Il ferma les yeux pour ne pas voir le rocher pointu qui ne manquerait pas de jaillir des flots pour l'empaler.

Soudain, le chariot s'immobilisa, et des voix retentirent au-dessus de lui.

— C'est ton tour de dégager le tunnel ! dit une voix ensommeillée. Moi, il a fallu que je déblaie le dernier éboulement qu'on a rencontré, il y a trois jours.

— Bon, bon, très bien, grommela une autre voix, mécontente.

Flint entendit un derro sauter dans l'eau et se fit tout petit. Il y eut des bruits de broussailles qu'on écarte, puis le conducteur fouetta ses chevaux pour les faire virer à gauche et s'engagea dans un tunnel.

Ils roulèrent ainsi pendant quelques centaines de pas, dans l'obscurité la plus totale. Les bras et les jambes de Flint lui faisaient si mal qu'il décida de risquer le tout pour le tout.

Il se laissa tomber sur le sol sablonneux en prenant garde d'éviter les énormes jantes bardées de fer. Puis il se recroquevilla dans le noir et attendit que le bruit du chariot s'éloigne. Les parois du tunnel étaient froides ; il les distinguait à peine malgré son infravision.

Il fit deux pas en avant et se figea. Un cliquetis retentit sur sa gauche, puis un autre, un peu plus haut, et encore un troisième, au-dessus de sa tête. Flint voulut se jeter vers la droite, mais trop tard. Une cage de fer s'abattit autour de lui.

Il empoigna les barreaux, tira et poussa. Malheureusement, la structure métallique était trop solide pour être tordue et trop lourde pour qu'il la soulève.

Flint se laissa tomber à genoux et gratta de ses mains nues. Mais sous une mince couche de sable, le sol se composait de roche.

— Malédiction ! jura-t-il en abandonnant la partie.

# CHAPITRE XII

Ils lui prirent immédiatement sa hache. Sans elle, Flint se sentit tout nu. Enragé de s'être laissé piéger, le nain regarda les huit gardes derros en armure noire et heaume au panache pourpre.

Les soldats avaient relevé la cage et envoyé un détachement prévenir leur capitaine.

En attendant l'arrivée de l'officier, ils firent asseoir Flint dans une alcôve de pierre et s'installèrent devant, face à lui, pour jouer aux dés.

Une heure plus tard, des bruits de pas résonnèrent dans le tunnel. Les gardes empochèrent leurs dés en hâte et bondirent sur leurs pieds.

— Colonne, halte ! ordonna une voix rauque, mais indiscutablement féminine. Où est le prisonnier ?

— Ici, capitaine.

Deux derros saisirent le nain des collines sous les aisselles et le tirèrent hors de l'alcôve. Flint se trouva nez à nez avec une Theiwar portant l'insigne doré d'un officier. Une hache était passée dans sa ceinture.

Elle présentait un contraste étrange avec les gardes, tous de sexe masculin et pâles comme la mort. Sa peau était rose, ses yeux d'un brun chaud, et des boucles rousses s'échappaient de son heaume. Bien que musclée, sa silhouette semblait des plus voluptueuses.

— Pourquoi me retenez-vous prisonnier ? demanda Flint. J'exige...

Une gifle l'interrompit.

— Ici, les prisonniers n'ont aucun droit, dit froidement la naine. Tu parleras lorsqu'on t'en donnera la permission. Ne t'inquiète pas : tu auras tout loisir de confesser tes crimes.

En silence, les gardes entraînèrent Flint dans le tunnel, en direction de Thorbardin. Le nain remarqua que le passage était de création récente, ou au moins qu'on l'avait élargi peu de temps avant, comme en témoignaient les marques de ciseau encore fraîches sur les parois. Les chariots avaient laissé des traces dans le sable, sans toutefois entamer la roche.

Le tunnel s'incurva vers la gauche et déboucha bientôt dans une vaste caverne. Un nuage de fumée planait dans l'air, et le bruit du métal frappant contre le métal se répercutait le long des murs. D'énormes tas de charbon formaient un rempart de près de vingt pieds de haut, bloquant la vue.

— Sacré boulot, commenta maladroitement Flint. Vous fabriquez des outils agricoles ?

La capitaine de l'unité lui jeta un coup d'œil narquois.

— C'est étrange, tu n'as pas l'air si bête...

— Merci.

— ... Juste un peu trop entreprenant. Tu ferais mieux de mettre un frein à ta curiosité et de tenir ta langue si tu ne veux pas la perdre.

Flint étudia son profil. Quel genre de naine était-ce donc ? Elle ne ressemblait pas du tout à une derro. Pourtant, elle avait un grade élevé, et personne n'avait dû lui en faire cadeau.

Ils sortirent de la caverne et pénétrèrent dans un réseau de tunnels semblable à un labyrinthe : les rues de Thorbardin. De chaque côté, des bâtiments de trois à quatre étages couvraient les parois du sol au plafond. Certains se composaient de briques, d'autres avaient été taillés à même la montagne. Tous étaient décorés dans le style sinistre et oppressant de l'architecture derro.

Les rues étaient pleines de nains des montagnes ; une grande activité régnait dans les tavernes, les ateliers et les boutiques.

— Voici donc le fameux royaume de Thorbardin, souffla Flint, émerveillé.

— Ce n'est qu'une de ses cités : celle des Theiwars du Thane Réalgar, corrigea un garde.

Ils descendirent une longue avenue presque obscure, la seule lumière provenant de rares torches fixées aux murs. Mais cela ne dérangeait pas Flint, et moins encore les derros.

Ils tournèrent à droite et pénétrèrent dans une rue plus étroite. Un bruit métallique fit sursauter Flint. Il leva les yeux et aperçut une énorme cage suspendue à une chaîne qui descendait vers lui et son « escorte ».

Lorsqu'elle se fut immobilisé à leur niveau, la capitaine fit un pas en avant et ouvrit la porte.

— Qu'est-ce que c'est que ce truc ? grommela Flint dans sa barbe. Vous ne pourriez pas enfermer vos prisonniers dans des cellules, comme tout le monde ?

Un derro le poussa en avant. Le capitaine se tourna vers lui et haussa les sourcils.

— Tu es vraiment un barbare ! N'as-tu jamais vu de monte-charge ? Embarque. Nous nous rendons au niveau trois pour... un petit entretien.

Elle monta dans la cage à sa suite, flanquée de deux gardes.

— Et après ? demanda Flint alors que la cage s'ébranlait et les emmenait vers les hauteurs de la ville.

— Après, tout dépendra du bon vouloir de Pitrick. Tu aurais dû réfléchir aux conséquences de tes actes avant de te précipiter chez nous.

— Qui est Pitrick ?

— Le Premier Conseiller du Thane Réalgar.

La cage passa dans un cylindre taillé à même la roche et émergea sur une plate-forme carrée d'environ quatre-vingt-dix pieds de côté. Son plafond semblait d'origine naturelle, mais Flint ne comprenait pas comment il avait pu se retrouver suspendu au-dessus de quatre murs..

La cage s'immobilisa.

— Dehors ! ordonna la capitaine.

Elle sortit derrière Flint et se dirigea vers une porte gardée par deux derros en armure.

— Attendez ! s'écria le nain.

La femme se tourna vers lui en chassant d'un geste impatient les boucles rousses qui tombaient devant ses yeux.

— Qu'y a-t-il ?

— Pourrais-je connaître votre nom ? demanda Flint, saisi par une curiosité inexplicable.

La capitaine hésita un moment ; il crut voir ses traits s'adoucir dans la faible clarté.

— Peut-être.

# CHAPITRE XIII

— La capitaine Cyprium demande à vous voir, seigneur, annonça le sergent qui montait la garde devant le bureau de Pitrick.

— Faites-la entrer, siffla le bossu.

Perian pénétra dans la pièce et s'avança vers lui.

— M'apportes-tu des nouvelles, ou me rends-tu une simple visite de courtoisie ?

Assis dans une chaise de granit, vêtu d'une tunique de soie dorée, Pitrick dévisagea la jeune femme avec intérêt.

— Nous avons capturé un nain des collines dans le tunnel, expliqua Perian.

Le bossu bondit sur ses pieds avec une agilité surprenante.

— Parfait ! s'exclama-t-il en battant des mains.

— Il n'a pas l'air bien dangereux.

— Ton opinion ne m'intéresse pas. C'est moi qui déciderai de son sort.

— Ne devriez-vous pas le faire comparaître devant le Thane ?

Pitrick boitilla jusqu'à la jeune femme et leva les yeux vers elle.

— Son Excellence m'a donné les pleins pouvoirs sur toutes les questions concernant le tunnel et la route commerciale. Je n'ai nullement besoin de le consulter. Et je te rappelle, ma jeune et vindicative amie, que tu fais désormais partie de ces « questions ».

« Je vais interroger le prisonnier, mais pas ici. Emmène-le dans le tunnel derrière l'Entrepôt Nord. Tu connais le chemin, je crois. »

Perian le connaissait, et elle sentit son estomac se nouer.

— Oh, une dernière chose, dit Pitrick en souriant, l'air mauvais, va chercher un des Aghars qui farfouillent tout le temps dans la décharge, et emmène-le avec le prisonnier. Je vous rejoins d'ici quatre heures.

— Un nain des ravins ? Mais pourquoi ? s'étonna Perian.

Les Aghars, ou nains des ravins, étaient la vermine la plus commune de Thorbardin. Ils étaient si sales, si nauséabonds et si stupides que même les autres nains avaient du mal à tolérer leur présence.

Ils vivaient dans des cachettes dont ils sortaient pour de brèves incursions dans les décharges. Globalement, ils étaient plutôt inoffensifs.

— Peu importe ! aboya Pitrick. Obéis, un point c'est tout ! Sinon, tu paieras pour ton insubordination !

La lueur sauvage qui brillait dans ses yeux dissipa les derniers doutes de Perian quant à la nature du prix en question.

*
* *

Lorsque la capitaine ressortit de la demeure, Flint fut surpris par son expression. On eût dit qu'elle essayait d'éviter son regard.

— Je m'appelle Perian Cyprium, lâcha-t-elle, la tête tournée.

— Flint Forgefeu, répondit simplement le nain.

Le monte-charge les ramena au niveau des rues dans lesquelles grouillait une foule morne et silencieuse. Ils marchèrent ensuite pendant un quart d'heure avant d'atteindre des baraquements militaires. Là, Flint fut enfermé dans une cellule, où il eut tout loisir de ruminer de sombres pensées pendant trois heures.

Finalement, deux gardes vinrent le chercher et le ramenèrent devant Perian, accompagnée d'une demi-douzaines de soldats derros traînant un Aghar enchaîné. La misérable créature avait le nez qui coulait ; ses yeux écarquillés étaient bordés de rouge et injectés de sang.

Pendant le trajet, Perian refusa de répondre aux questions de Flint. Alors que celui-ci insistait, elle le fit placer en fin de colonne, avec l'Aghar.

Ils quittèrent la grande caverne de la ville et pénétrèrent dans le tunnel par où ils étaient arrivés. Pourtant, Flint ne se faisait aucune illusion : il aurait été bien étonné que les derros le relâchent purement et simplement.

Comme pour conforter son opinion, les gardes s'engouffrèrent dans une petite caverne.

*Courage, tu t'es déjà trouvé dans des situations bien pires,* songea Flint, bien qu'il ne pût se souvenir d'aucune.

La capitaine s'immobilisa au bord d'un précipice. A ses pieds, la pierre présentait d'étranges marques, comme des griffures. Flint se demanda brièvement d'où elles venaient, puis décida qu'il ne voulait pas le savoir. L'abîme était très large, il ne pouvait distinguer le bord opposé. Ses parois tombaient presque à pic, ce qui les rendait impossibles à escalader.

Les gardes se déployèrent en demi-cercle autour de Flint et de l'Aghar. Perian s'écarta de quelques pas, comme si elle attendait quelque chose.

Peu après, un bruit étrange résonna dans le tunnel : celui de pas alternés avec un raclement. Lorsque leur propriétaire pénétra dans la caverne, Flint comprit aussitôt pourquoi.

Le nouvel arrivant était le derro le plus répugnant qu'il ait jamais vu. Ce n'étaient pas tant sa difformité ou son sourire cruel que ses yeux : deux orbes blancs et légèrement globuleux, remplis de toute la haine du monde.

— Tu es un nain des collines, cracha le derro

comme si les trois derniers mots constituaient la pire insulte imaginable.

Flint tenta de masquer sa répulsion.

— Et tu dois être Pitrick.

Les gardes reculèrent pour livrer passage à leur maître. Flint ne l'avait jamais vu auparavant ; pourtant, il lui semblait familier. Peut-être était-ce à cause du médaillon qu'il portait autour du cou.

*C'est le bossu qui a envoyé la fumée bleue.*

Que lui avait dit Garth exactement ?

*...La fumée bleue qui sortait de la pierre autour de son cou.*

Flint sursauta. Il se trouvait face au meurtrier de son frère, le mystérieux bossu dont lui avait parlé l'idiot !

Il se raidit et jeta un coup d'œil furtif aux gardes pour évaluer leur position.

Il tenait peut-être là sa seule chance de venger Aylmar, mais il ne disposerait que de quelques secondes pour agir.

Pitrick surprit la tension du prisonnier et fit un pas de côté. Deux gardes vinrent s'interposer entre le prisonnier et lui.*Comment a-t-il fait ? C'est probablement un mage ; peut-il lire dans mon esprit ?* se demanda Flint. Mais sur le visage de son ennemi, il ne vit aucune crainte : seulement de l'orgueil et de la haine.

Malgré son envie de lui bondir à la gorge, il résolut d'attendre une occasion plus propice.

Le derro le toisa pendant quelques secondes avant de reprendre la parole :

— Je vais te poser plusieurs questions, auxquelles j'entends bien que tu répondes très sincèrement. A cette fin, je t'ai préparé une petite démonstration.

Il fit un signe de tête au garde le plus proche. Celui-ci s'empara de l'Aghar, qui se débattit furieusement, et le jeta dans le précipice.

L'Aghar dévala la pente, entraînant dans sa chute une multitude de gravillons. Soudain, contre toute attente, il parvint à se retenir à une saillie. Suspendu par une main, il fit des efforts désespérés pour se rétablir sur la corniche, au grand amusement de Pitrick et des gardes.

Flint constata que seule Perian ne semblait pas prendre plaisir à ce spectacle. Elle se détourna et baissa les yeux.

L'attention du nain des collines fut de nouveau attirée vers le précipice. Une forme noire, énorme et indéfinissable, venait de surgir sous l'Aghar et tendait vers lui une sorte de tentacule.

Le malheureux poussa un cri perçant tandis que la chose l'entraînait vers le fond :

— Noooooooooon !

Un instant, son regard terrifié croisa celui de Flint. Puis il disparut dans les ténèbres, mais son hurlement résonna dans la caverne pendant plusieurs secondes.

Flint grinça des dents. Le silence revint. Un craquement sinistre monta du fond de l'abîme.

Puis plus rien.

— Je vois que nous nous sommes bien compris, siffla Pitrick en s'approchant du prisonnier.

Flint réalisa qu'il n'aurait jamais de meilleure occasion. Il bouscula les deux gardes et referma ses mains puissantes autour de la gorge du bossu. Tous deux tombèrent sur le sol et roulèrent jusqu'au bord du précipice.

Flint fut stupéfait par la force de Pitrick. Le mage lui enfonça ses ongles dans les avant-bras jusqu'à ce que du sang jaillisse et coule sur ses poignets. Flint se contorsionna pour l'attirer près de la fosse en évitant les gardes qui tentaient de les séparer.

Il sentit des mains le saisir par les membres. Quelque chose s'abattit sur son crâne, et il faillit perdre connaissance. On arracha Pitrick à son étreinte et on le plaqua contre un mur, où deux derros l'immobilisèrent avec leurs haches de bataille.

Pitrick s'agenouilla, haletant. Il ouvrit et ferma la bouche plusieurs fois en se frottant la gorge. Un garde voulut l'aider à se relever, mais il le repoussa avec rudesse. Il lui fallut plusieurs minutes pour retrouver son souffle et sentir de nouveau circuler son sang dans ses veines.

Puis il se dirigea vers Flint et examina nonchalamment l'amulette pendue à son cou.

Il fit signe à un des gardes, qui ôta son gantelet de fer et le lui tendit. Le bossu l'enfila. Prenant tout son temps pour viser, il flanqua son poing dans la figure de Flint.

Celui-ci n'y voyait plus rien. Pitrick s'apprêtait à frapper une seconde fois quand Perian prit la parole.

— Conseiller, cet homme est mon prisonnier, dit-elle en s'interposant. Je l'ai amené pour que vous l'interrogiez, pas pour que vous l'assassiniez.

Au timbre de sa voix, Flint comprit qu'elle savait ce qu'elle risquait.

Le visage de Pitrick se tordit de colère. Ses yeux déjà globuleux faillirent lui sortir de la figure. Mais il réussit à maîtriser sa rage, et un sourire cruel fleurit sur ses lèvres.

— Ah, oui, les questions.

Flint était à moitié couché sur le sol. De gros hématomes se formaient autour de ses yeux ; du sang coulait d'une douzaine de coupures sur son front, ses joues et ses lèvres.

— C'est bizarre, tu me rappelles quelqu'un, dit lentement le bossu. Une attaque aussi féroce n'a pas pu être motivée par la mort d'un Aghar ! Voyons... Nous sommes-nous déjà rencontrés ?

Flint cracha à ses pieds et croassa :

— Tu as tué mon frère, charogne !

— J'ai certainement tué des tas de frères, et de sœurs aussi. Sois un peu plus précis, veux-tu ?

— Avec ton emploi du temps surchargé, tu n'as pas dû rencontrer trente-six forgerons des collines, ces derniers temps, grommela Flint.

— Le forgeron ! ( Un sourire mauvais éclaira le visage de Pitrick. ) Mais oui ! C'est vrai que tu lui ressembles. Ton frère était un espion ; il fourrait son nez dans des choses qui ne le regardaient pas.

« J'ai fait ce que j'avais à faire. Et si ça peut te

consoler, il a pris une couleur très intéressante sur la fin, même si l'odeur était vraiment atroce. »

— Boucher ! s'étrangla Flint en se débattant en vain.

Il reprenait peu à peu ses esprits, mais il avait encore du mal à garder les paupières levées.

— Es-tu venu ici uniquement pour le venger, ou l'espionnage est-il une tradition dans ta famille ? Ne serait-ce pas toi qui a assassiné un de nos conducteurs, il y a quelques jours ?

— Je ne sais pas de quoi tu parles, grogna Flint.

— Allons, allons... Je suis sûr que c'était toi. Mais si tu ne veux pas parler, tout ce que tu sais mourras avec toi, et j'aurai tout de même atteint mon but.

— C'est ce que tu crois, bluffa Flint. Je n'allais pas garder une découverte pareille pour moi. A l'heure qu'il est, la moitié de Soucolline sait que tu exportes des armes, et non des charrues. Les Hilars ne tarderont pas à l'apprendre, et les autres clans de Thorbardin aussi.

— Menteur ! rugit Pitrick. Tu mourras pour ça !

Il saisit son prisonnier par le col de sa tunique et, aidé par deux gardes, l'entraîna vers le précipice. Malgré tous ses efforts, Flint ne parvint pas à se libérer.

— Jetez-le dedans ! ordonna Pitrick.

— Attendez !

Les gardes s'immobilisèrent au bord de l'abîme ; indécis, ils regardèrent alternativement Perian et le bossu.

— Jetez-le dedans ! répéta Pitrick, furieux. Je vous l'ordonne !

— Vous êtes sous mon commandement ; c'est à moi que vous devez obéir, dit Perian.

Avec un sifflement, le mage referma les doigts autour de son amulette, qui émit une vive lueur bleue.

— Votre officier est un traître. Jetez-la avec le prisonnier. Tout de suite !

Sous l'influence du charme, les gardes obéirent. Un éclat de rire malsain emplit la caverne.

# CHAPITRE XIV

A l'ombre de la grande montagne, Basalt attendait le retour de son oncle depuis près de deux jours. De temps à autre, il étirait ses membres engourdis et jetait un coup d'œil sur le torrent, vers l'entrée du tunnel obstrué par des branches.

Les nuits précédentes, il avait vu un chariot en sortir juste après le coucher du soleil et prendre la route de Soucolline. Peu de temps avant l'aube, un autre chariot était arrivé en sens inverse.

C'était le début de la soirée. Aussi gelé et désœuvré qu'il fût, Basalt n'osait ni allumer un feu ni quitter sa cachette pour explorer les environs. Heureusement, il restait un peu de nourriture dans le sac que Flint lui avait laissé. Plongeant la main à l'intérieur, il en sortit une pomme rouge, un sandwich un peu sec et un pilon de dinde rôti qu'il rongea en se demandant ce qu'il allait faire.

Quand son oncle reviendrait-il ? La lune venait de se lever, et il n'avait toujours pas donné signe de vie. Son repas terminé, Basalt croisa les bras sur sa poitrine pour se réchauffer et sautilla sur place.

Il savait qu'il aurait dû reprendre le chemin de Soucolline avant le crépuscule, ainsi que Flint le lui avait ordonné. Mais s'il attendait une heure de plus, peut-être son oncle réapparaîtrait-il. Pourtant, le jeune nain sentait son anxiété croître.

Soudain, un bruit retentit dans le tunnel. Basalt crut

d'abord que c'était le chariot qui partait pour Soucolline, comme chaque soir, puis se rendit compte que le son n'avait rien de commun avec celui de roues cloutées. On aurait plutôt dit un piétinement.

Un frisson glacé parcourut l'échine de Basalt quand une centaine de nains des montagnes émergèrent du tunnel. Chacun d'eux portait un plastron d'acier, un heaume surmonté d'un panache écarlate, une hache de bataille et deux dagues.

Sur un ordre de leur chef, ils s'éparpillèrent. Basalt regarda un détachement d'une vingtaine de soldats derros s'avancer dans le torrent et se diriger vers lui.

Pétrifié, il se jeta à terre. Que devait-il faire ? S'enfuir en courant ? Se cacher ? S'agissait-il d'une patrouille de routine, ou les soldats étaient-ils à la recherche de quelque chose de précis ? Peut-être avaient-ils découvert et torturé Flint jusqu'à ce que celui-ci avoue la présence de son complice.

Non, c'était absurde.

Quoi qu'il en soit, les nains semblaient bien partis pour le débusquer. *Vont-ils me tuer comme mon père ? Oncle Flint, où es-tu ?*

Basalt se mordit les lèvres jusqu'au sang. Il ne pouvait rester là à attendre que les soldats le découvrent. Il rampa jusqu'au goulet qui constituait le fond de sa cachette. Quelques cailloux roulèrent sous ses pieds, mais il espéra que les derros n'entendraient pas.

— Hé, toi là-bas ! Halte !

Le cœur battant à tout rompre, Basalt escalada la paroi aussi vite qu'il put. Habitué à ce genre d'exercice, il pensait avoir une chance de distancer ses poursuivants.

Un sifflement retentit derrière lui.

— L'intrus ! Attrapez-le !

Basalt ne jeta pas un regard en arrière. Tout son esprit se concentra sur la recherche de prises dans la roche couverte de boue. Apercevant une corniche au-dessus de sa tête, il s'y hissa et courut vers un amas de rochers hauts comme un homme, dans l'espoir de semer les soldats.

Il s'arrêta pour reprendre son souffle et, haletant, jeta enfin un coup d'œil derrière lui. Pas le moindre signe de poursuite. L'espoir resurgit dans son cœur. Mais il ne devait pas se croire sauvé pour autant. Mieux valait mettre un maximum de distance entre lui et les derros.

Il zigzagua entre les rochers et reprit son escalade. Bientôt, la pente se couvrit de maigres pins dont les branches lui fouettèrent la figure. Mais il continua à avancer.

Il n'entendait que le bruit de ses pas sur les aiguilles sèches, et celui du sang cognant contre ses tempes.

Arrivé à la lisière du bosquet, dans une clairière illuminée par le clair de lune, il se figea.

Il venait de débouler au milieu d'un groupe de derros.

Les soldats eurent l'air presque aussi étonnés que lui. Mais ils se reprirent très vite et l'encerclèrent. Basalt en compta huit.

— Tiens, tiens..., dit l'un d'eux en se dirigeant vers le jeune nain et en lui touchant la poitrine de la pointe de son épieu. Mais c'est un nain des collines ! Nous n'aimons pas beaucoup voir ceux de ta race traîner aux abords de Thorbardin. Que fais-tu là ?

Basalt tenta de maîtriser le tremblement de ses genoux tout en cherchant une réponse plausible.

— Je... j'étais en train de chasser.

— En pleine nuit ? Il m'étonnerait que tu y voies suffisamment bien. Et tu n'as même pas d'armes.

— Les ratons laveurs, balbutia Basalt. Je chasse les ratons laveurs. Ils ne sortent pas dans la journée.

Le soldat plissa les yeux.

— Pourquoi sembles-tu aussi effrayé ? Quand tu es arrivé, on aurait dit que tu avais quelque chose aux trousses.

Basalt faillit inventer un ours mécontent, puis décida de rester le plus près possible de la vérité. Il hocha la tête.

— J'étais en train de pister un raton laveur quand

j'ai croisé une patrouille de nains des montagnes. J'ai paniqué et je me suis enfui.

— Il ment, sergent Dolbin, dit une voix derrière Basalt.

— Et alors ? On le tue et on repart, proposa une autre.

— Ouais, on a beaucoup de terrain à couvrir ce soir.

Basalt regarda le cercle se refermer autour de lui. Soudain, quelqu'un le poussa en avant. Il trébucha et sentit la hampe d'une lance s'enfoncer dans son estomac. Le souffle coupé, il tomba dans l'herbe humide. Quelqu'un lui flanqua un coup sur la nuque.

— Hé, péquenot, les ratons laveurs te courent après ! cria une voix moqueuse.

— Attention, il y en a un juste derrière toi !

Un pied chaussé d'une lourde botte s'abattit sur sa colonne vertébrale. Basalt sentit craquer sa cage thoracique.

— Relevez-le, grogna un derro. Je veux pouvoir le refaire tomber.

Deux paires de mains saisirent le jeune nain et le remirent debout. Un soldat lui asséna une gifle magistrale. Un poing s'écrasa sur son nez. Ses genoux cédèrent et il s'effondra, du sang dégoulinant sur sa figure.

Les derros le bourrèrent de coups de pieds, et lui enfoncèrent la hampe de leurs armes dans les côtes. Des étoiles de toutes les couleurs dansaient devant les yeux de Basalt.

La pluie de coups cessa aussi soudainement qu'elle avait commencé. Pantelant, Basalt se mit à quatre pattes. Dolbin s'accroupit devant lui.

— A présent que mes hommes t'ont appris ce qui arrive aux fouineurs, on va pouvoir s'amuser un peu.

Basalt espéra qu'il le tuerait rapidement. Il n'avait ni la force ni la volonté de se défendre.

— Allons, allons, dit le sergent d'une voix moqueuse. Je suis sûr que tu aimeras notre petit jeu. Je vais te donner une chance de nous échapper !

Basalt leva péniblement la tête et regarda son tortionnaire à travers le sang qui engluait ses paupières.

— Les règles sont très simples, poursuivit Dolbin. On te laisse partir, et on essaie de te reprendre. Bien sûr, on te donne une minute d'avance pour que ce soit plus amusant.

— Et si vous m'attrapez ? chuchota Basalt.

Le sergent secoua la tête avec une feinte tristesse.

— Tu ne devrais pas penser à ce genre de choses. Tu te ferais du mal pour rien. Mais si tu veux, je peux te raconter ce qu'on a fait avant-hier à un espion qu'on venait de capturer.

Le cœur de Basalt se serra. Il crut qu'il allait s'évanouir.

— Comment dire ? Voilà : on l'a soulagé du fardeau d'être un nain des collines, gloussa le sergent en se tapant sur les cuisses.

Ses hommes hurlèrent de rire derrière lui.

*Flint est mort.* La nouvelle anéantit les derniers espoirs de Basalt et lui fit plus mal que la correction qu'il venait de recevoir.

— Allons, tu ne vas pas gâcher notre plaisir en abandonnant déjà ? dit Dolbin. Autant te prévenir : les mauvais joueurs connaissent une mort deux fois plus douloureuse.

Il releva Basalt sans douceur.

— Allez !

Basalt sentit ses jambes se mettre en mouvement de leur propre chef. Mi-courant, mi-titubant, il se dirigea vers la lisière des arbres et replongea dans le bosquet.

— Souviens-toi : nous sommes sur tes talons ! gloussa Dolbin.

Basalt manqua trébucher sur une grosse racine de pin. Il courut à l'aveuglette, sans se soucier des branches qui déchiraient ses vêtements ou des cailloux qui lui tordaient les chevilles.

Soudain, il sentit le sol se dérober sous ses pieds. Une obscurité argentée se précipita à sa rencontre.

Une seconde plus tard, il s'écrasait au milieu d'un torrent glacial. Il voulut hurler, mais aucun son ne sortit de sa gorge, comme si un corset de fer lui serrait la poitrine.

Paniqué, il réussit à se hisser sur la berge où il resta prostré, frissonnant. Il dut serrer les dents pour ne pas éclater en sanglots.

*Je sais que Flint ne pleurerait pas.* Mais cette seule pensée amena des larmes au bord de ses paupières.

Son oncle était mort. Il ne le reverrait jamais.

Au bout de quelques minutes, ses dents arrêtèrent de claquer, sa respiration redevint normale, et le bourdonnement de ses oreilles s'estompa. Il rampa jusqu'à un buisson et s'y dissimula.

Comme les derros ne se manifestaient pas, il se demanda s'ils avaient perdu sa trace.

Mais ça n'avait pas de sens. Ils voyaient mieux que lui dans le noir, et ils n'étaient pas complètement paniqués.

Le jeune nain avait certainement laissé une piste qu'un enfant aurait pu suivre. Alors où étaient les soldats ?

*Deux solutions : soit ils jouent avec moi, soit ils ne m'ont jamais pris en chasse,* songea Basalt. Curieusement, la première possibilité ne l'effraya pas, mais la seconde le remplit de colère.

Les derros l'avaient battu et humilié. Ils s'étaient servis de lui comme d'un sac de sable avant de le regarder détaler comme un lapin.

La honte qui l'envahit à cette pensée fut plus qu'il n'en pouvait supporter. Le corps et l'esprit brisés, il sombra dans l'inconscience.

101

# CHAPITRE XV

Flint dégringola cul par-dessus tête le long de la paroi abrupte. Il tenta de se rétablir, mais il n'arrivait plus à distinguer le haut du bas. Les saillies rocheuses déchiraient ses vêtements et sa chair. Il tendit les bras et essaya désespérément de se raccrocher à quelque chose. Contre toute attente, ses doigts se refermèrent autour d'une longue excroissance noueuse. Une pluie de terre et de cailloux s'abattit sur sa tête, et il ferma les yeux. Lorsqu'il les rouvrit, il vit qu'il était suspendu à une vieille racine jaillissant de la paroi rocheuse.

Flint agita ses jambes à la recherche d'une prise. Du bout des orteils, il découvrit une étroite corniche : vingt pouces de large sur trois pieds de long environ.

Il s'adossa au mur et tenta de reprendre son souffle en réfléchissant à la suite des opérations.

Soudain, quelqu'un s'écrasa sur ses épaules en poussant un cri. Flint faillit tomber ; seuls ses instincts de guerrier lui firent saisir de nouveau la racine pour garder l'équilibre.

— Au secours ! gémit une voix féminine déformée par la terreur.

— Posez les pieds sur la corniche, siffla Flint. Collez-vous contre le mur !

Il aida la capitaine à descendre et guida ses mains jusqu'à la racine.

— Ce pourceau de Pitrick ! gronda Perian entre ses dents, sans toutefois bouger un cil. Je le ferai rôtir au fond de l'abîme.

— A condition que nous ne nous y écrasions pas les premiers, fit remarquer Flint. Savez-vous à quelle profondeur il se trouve encore, et ce que nous risquons d'y trouver ?

— Bien sûr que non ! aboya la jeune femme. Personne ne descend pour le plaisir. Et ceux qui y vont ne reviennent jamais raconter leurs exploits.

Soudain, elle se figea.

— J'ai entendu aussi, dit Flint, les dents serrées.

Il jeta un coup d'œil prudent vers le fond du précipice, qui se trouvait à une trentaine de pieds sous eux. Il vit passer une ombre et entendit de nouveau le raclement qui avait effrayé sa compagne d'infortune.

— Par Réorx, c'est quoi, cette bestiole ? grommela-t-il.

— Un prédateur, répondit Perian. C'est tout ce que je sais, et très franchement, je n'ai pas envie d'en apprendre davantage. J'attends juste que mes mains s'arrêtent de trembler pour escalader la paroi et ressortir d'ici.

— Je crains que vous vous fassiez des illusions, fit observer Flint en levant la tête. La roche est trop friable. Vous vous retrouveriez précipitée vers le fond avant d'avoir eu le temps de dire « ouf ! ». Il faudrait avoir quelque chose pour nous tailler des appuis...

Un autre raclement, sous eux, comme si on traînait quelque chose de très lourd sur un sol de pierre.

— Je le vois ! chuchota Perian en lâchant la racine d'une main pour agripper l'épaule de Flint.

Le nain cligna des yeux, mais son infravision n'était pas assez puissante. Il tendit l'oreille. Le son produit par la créature lui semblait vaguement familier, mais il ne parvenait pas à l'identifier.

Du moins, il n'y parvint pas jusqu'à ce que leur monte aux narines une odeur douceâtre de pourriture et de décomposition. Perian se plaqua contre le mur. Elle n'en menait pas large.

— Qu'est-ce que c'est ? balbutia-t-elle.

— Un ver charognard, répondit Flint, écœuré. Ces

bestioles mangent de tout, pourvu que ce soit mort. Et si ça ne l'est pas, elles se font un plaisir d'y remédier.

« La mauvaise nouvelle, c'est qu'elles grimpent très bien. Je suppose que celle-ci va venir à notre rencontre. »

Pour confirmer ses dires, un bout de chair rose et violette traversa le fond du précipice. Une seconde plus tard, un énorme œil vert se leva vers les deux compagnons.

Des tentacules luisants, d'environ six pieds de long, entouraient une bouche remplie de centaines de crocs. La tête dodelinait d'avant en arrière. L'odeur se faisait plus forte à chaque instant.

— Cherchez de grosses pierres, ordonna Flint en lâchant la racine et en tâtonnant autour de lui. Il faut essayer de repousser le monstre.

Il lui fallut quelques secondes pour rassembler un petit tas de cailloux gros comme le poing.

— Ce n'est pas grand-chose, mais il faudra faire avec. Visez les yeux, et ne vous laissez surtout pas toucher par les tentacules.

— Pourquoi ? s'enquit Perian en frissonnant.

— Parce qu'ils vous paralyseraient.

Flint saisit deux pierres et en tendit une à la jeune femme.

— A mon signal, lancez-la de toutes vos forces.

A cet instant, les tentacules du ver charognard arrivèrent à leur niveau. Flint et Perian pouvaient voir le corps segmenté de la créature. Chaque tronçon blanc et gluant était muni de deux courtes pattes terminées par des ventouses grosses comme une tête de nain, et couvertes de reliefs de chair pourrie.

Flint fut pris de nausée. Ce ver était le plus gros qu'il ait jamais vu. Il déglutit et lança sa pierre. Mais celle-ci passa à côté de sa cible sans même l'effleurer, et alla s'écraser avec un bruit sourd au fond du précipice.

Aussitôt, le bras de Perian se détendit. Le second projectile plongea tout droit dans la gueule du monstre, et disparut dans une gerbe de fragments de dents. Le ver poussa une sorte de rugissement et s'écarta de Perian.

Trois de ses tentacules s'enroulèrent autour de la botte droite de Flint. Le cuir fuma ; des cloques se formèrent autour de la cheville du nain, qui hurla de douleur.

Saisissant une autre pierre, il l'abattit avec force sur les tentacules. Il parvint à en trancher un, puis deux. Une tache d'ichor bleue se répandit lentement sur la corniche.

Perian continua à bombarder le ver. Une de ses pierres atteignit l'œil du monstre qui s'éloigna instinctivement du mur, entraînant Flint à sa suite. Le nain s'accrocha d'une main à la racine et chercha une prise de l'autre.

Perian le saisit par les épaules au moment où le ver tirait en arrière, et tous deux furent propulsés ensemble dans les airs. Le dernier tentacule enroulé autour du pied de Flint se rompit sous le choc.

Toujours accrochés l'un à l'autre, Perian et Flint rebondirent sur le corps de la bête et glissèrent sur son dos pour finalement atterrir sur une montagne d'os, au fond du précipice.

Flint poussa un grognement et se releva. Il ne s'était rien cassé, mais il ne sentait presque plus sa cheville droite malgré la protection de sa botte. Il regarda autour de lui et s'aperçut qu'ils étaient dans un cul-de-sac.

— Vite, il nous faut une arme ! Vous n'auriez pas un couteau ou quelque chose de ce genre ?

— J'en avais un, mais je l'ai laissé tomber, répondit Perian d'une voix tremblante.

— Quand ça ?

— Quant Pitrick m'a poussée.

— Dans ce cas, il n'est peut-être pas loin. Venez !

Il leva la tête vers l'endroit où se tenait le monstre quelques secondes auparavant, mais celui-ci avait déjà fait demi-tour et avançait vers eux. Flint prit la main de Perian et l'entraîna à sa suite dans la caverne.

Tout en courant, il remarqua un éclat métallique parmi les cailloux qui jonchaient le sol. D'un coup de pied, il déterra une lame rouillée mais encore solide, d'environ dix pouces de long. Il se baissa et la saisit de sa main libre.

— Il se rapproche ! hurla Perian d'une voix aiguë.

— Normal : il est plus rapide que nous, grogna Flint, pantelant.

Il jeta un coup d'œil par-dessus son épaule. Le ver ne se trouvait plus qu'à trois pas derrière eux. En dépit de sa masse considérable, il se déplaçait avec grâce et fluidité.

Sous les yeux de Flint, deux tentacules se tendirent vers Perian et s'enroulèrent autour de sa gorge. La jeune femme s'arrêta net.

— Par Réorx ! rugit Flint.

Brandissant la lame rouillée, il fit volte-face. D'une main, il saisit la veste de Perian ; de l'autre, il porta un coup aux tentacules caoutchouteux. Des gouttes de poison et de sang bleu sifflèrent dans les airs.

Libérée, Perian tituba et manqua s'effondrer. Flint la jeta sur son épaule et battit en retraite à reculons.

Le ver semblait dérouté par ses blessures. Il avait trop peu de cervelle pour avoir peur, mais les deux tentacules qui venaient de tomber lui semblèrent parfaitement comestibles. Il les dévora.

Trébuchant sous le poids de Perian, la cheville en capilotade, Flint en profita pour s'élancer vers le fond de la caverne. Pour le moment, il avait eu de la chance. Durerait-elle assez longtemps pour leur permettre de sortir de ce guêpier ?

Le plafond de la caverne s'abaissa, les parois se rapprochèrent, et soudain Flint se trouve face à un mur. Il lâcha Perian, qui lui jeta un regard terrorisé. Mais il n'avait pas le temps de la réconforter. Brandissant son arme de fortune, il fit volte-face.

Tandis que le ver charognard se dirigeait vers lui, un rai de lumière jaillit d'une fissure, dans la paroi. Sans hésitation, Flint poussa sa compagne tête la première dans l'ouverture. Mais celle-ci était assez étroite, et le postérieur de la naine s'y trouva coincé. Avec un grognement d'excuse, Flint flanqua un bon coup d'épaule dedans pour la faire passer.

Perian disparut comme si quelque chose ou quelqu'un l'avait tirée de l'autre côté. Flint sursauta et jeta un coup d'œil prudent par la fissure. Une paire de mains saisirent le col de sa tunique et l'attirèrent à son tour.

Flint secoua la tête et s'agenouilla en grognant. Toisant Perian, étendue devant lui, se tenait la créature la plus crasseuse qu'il ait vue depuis longtemps.

— Que je sois pendu ! s'exclama Flint. Un nain des ravins !

— Quoi vous faire ici ? Monstre vous attraper, dit l'Aghar avec un claquement de langue réprobateur.

— Où sommes-nous ? demanda Flint en regardant autour de lui.

— Vous à Trouboueux ! s'exclama fièrement le nain.

# CHAPITRE XVI

Lorsqu'il créa le monde, Réorx le Forgeron, dieu de la neutralité et maître de l'invention, eut besoin d'hommes pour l'aider. Pendant de nombreuses années, les humains travaillèrent en harmonie sous sa bienveillante surveillance. Mais peu à peu, ils s'enorgueillirent de leurs talents et voulurent les utiliser à leurs propres fins.

Au début de l'Age de la Lumière, Réorx en prit ombrage et transforma certains d'entre eux en une nouvelle race. Il les dépouilla de ce qu'il leur avait appris, ne leur laissant qu'un désir brûlant d'inventer et de construire, et il leur octroya une taille aussi minuscule que leurs objectifs.

Les gnomes venaient de naître.

Hiddukel le Maléfique, dieu de la cupidité, en conçut une immense satisfaction. Il savait que Réorx avait travaillé dur pour faire jaillir l'ordre du chaos. Et voilà que l'équilibre entre le Bien et le Mal s'en trouvait perturbé.

Hiddukel alla trouver un autre dieu de la neutralité, Chislev, et le convainquit d'intercéder auprès de Réorx, afin que celui-ci crée une gemme capable d'*ancrer* la neutralité dans le monde de Krynn. Cette pierre gris clair, destinée à contenir et à diffuser l'essence de Lunitari, devait être prélevée sur la lune rouge de la magie neutre.

Bien que toujours en colère contre les gnomes,

Réorx s'avisa que ceux-ci pouvaient encore le servir. Il leur présenta le plan d'une Grande Invention qui serait alimentée par une pierre magique : la gemme grise.

Ainsi, les gnomes fabriquèrent une échelle mécanique capable d'atteindre la lune et, avec un filet donné par Réorx, allèrent cueillir la gemme pour la Grande Invention. Mais lorsqu'ils revinrent sur Krynn et ouvrirent le filet, la pierre bondit dans les airs et s'élança vers l'ouest.

Fascinés, la plupart des gnomes empaquetèrent leurs possessions et la suivirent au-delà des rivages occidentaux. Sur le passage de la pierre magique fleurissaient de nouvelles plantes et de nouvelles races animales, tandis que les anciennes changeaient tout à coup de forme.

Alors, Réorx comprit que Chislev et lui avaient été trompés.

Les investigations des gnomes les conduisirent jusqu'à un prince barbare nommé Gargath. Persuadé qu'il s'agissait d'un cadeau de ses dieux, Gargath avait capturé la gemme volante avant de l'enfermer au sommet d'une tour. Il refusa de la rendre aux gnomes, qui n'eurent d'autre choix que de lui déclarer la guerre.

Après plusieurs tentatives de siège, les gnomes pénétrèrent enfin dans la forteresse. Alors, la gemme grise émit une lumière d'une puissance aveuglante. Lorsque les gnomes retrouvèrent la vue, ils se battirent entre eux. La moitié convoitaient la gemme, les autres n'éprouvaient que de la curiosité à son égard.

Le pouvoir de la gemme les affecta de telle sorte que les premiers devinrent des nains et les seconds des kenders. Ces nouvelles races se répandirent rapidement en Ansalonie.

Des mariages entre gnomes et nains naquirent les Aghars qui, hélas pour eux, n'héritèrent aucune des qualités de leurs géniteurs. S'en apercevant, les deux sociétés s'empressèrent de bannir les unions interraciales. Chassés par les leurs, les nains des ravins durent s'installer dans les ruines des cités ravagées par le Cataclysme, où ils purent développer... une absence totale de culture.

Avant le Cataclysme, Trouboueux était une mine très productive, qui alimentait en fer les forges de Thorbardin. Mais suite à la catastrophe, tous les accès à la civilisation naine se trouvèrent coupés, à l'exception d'un tunnel presque vertical.

Pourtant, les trois cents Aghars ( ou « exilés » ) qui vivaient à Trouboueux réussirent à tirer leur épingle du jeu. Les passages où ils s'étaient réfugiés croisaient des cavernes organiques de toute beauté, creusées par des torrents souterrains. Ils les décorèrent de petits animaux pétrifiés et autres trésors arrachés aux poubelles de Thorbardin.

Ainsi, au moment où Flint et Perian y arrivèrent, Trouboueux était une merveille de la nature que les Aghars avaient réussi à transformer en décharge.

*
* *

— Ils ne pensent quand même pas que nous allons dormir ici ? geignit Perian.

Nomscul, le nain des ravins qui les avait sauvés, était parti chercher de la nourriture et prévenir ses amis. La jeune femme tâta nerveusement la couverture grisâtre drapée sur une chaise sans pieds, et repoussa du bout de sa botte un vieil os qui traînait sur le sol poussiéreux.

Frissonnante, elle chercha du regard un endroit où asseoir.

La pièce mesurait environ vingt pieds de côté. Elle avait été taillée à même le granit. De vieilles poutres à moitié rongées par les ans traversaient son plafond ; on voyait que les Aghars en avait arrachées certaines.

Quelques petits tapis, des peaux d'animaux ayant perdu tous leurs poils et des coupons de soie ou de dentelle dans un état de saleté repoussante couvraient partiellement le sol.

Des morceaux de poteries brisées, des squelettes de rats, des armes rouillées, des dizaines de bouts de chandelle, des ustensiles tordus, un demi-tisonnier, un canoë troué, un luth dépourvu de cordes et une pile de bottes dépareillées composaient la décoration de la pièce.

Flint se laissa tomber sur une paillasse de mousse et entreprit de se curer les dents à l'aide d'une écharde.

— Oh, j'ai vu bien pire, dit-il en gloussant.

Il regarda Perian se ronger les ongles.

— Vous devriez vous détendre un peu. Je vous accorde que le cadre n'est pas des plus luxueux, mais nous ne nous y attarderons pas.

« Il y a dix minutes à peine, nous étions en danger de mort. Vous aviez tellement peur qu'il a fallu que je vous porte comme un sac. De quoi vous plaignez-vous ? »

Perian se tourna vers lui et lui jeta un regard glacial.

— Que veux-tu dire par là ? Me crois-tu incapable de me débrouiller seule ?

Flint éclata de rire.

— Désolé. J'ai oublié que je parlais à un soldat. J'ai l'habitude de malmener les jeunes et les serveuses, expliqua-t-il en pensant à ses amis de Solace.

La colère de Perian se mua en un étonnement mêlé de dégoût.

— Oh, ce n'est pas ce que vous croyez ! s'empressa d'ajouter Flint. Ce sont mes compagnons qui... Peu importe.

Il passa une main lasse sur son visage ; il n'avait pas l'habitude de s'expliquer. Il se roula en boule sur le lit de mousse et ferma les paupières.

— Tu ne vas quand même pas dormir ? s'indigna Perian.

Flint rouvrit un œil.

— Et pourquoi pas ? Au moins jusqu'à ce que cet Aghar nous apporte à manger.

— Mais comment peux-tu ? Après ce que nous venons de subir !

— Justement, grogna Flint. J'ai terriblement besoin de sommeil. Tous mes muscles et mes os me font mal ; ma peau est la seule chose qui tienne encore tous ces morceaux ensemble. Croyez-vous que j'ai toujours cette tête-là ? Si oui, vous vous trompez. Mais les aventures ne me valent jamais rien.

— Tu veux dire que ce genre de chose t'arrive souvent ? s'étonna Perian.

Voyant qu'elle ne le laisserait pas dormir, Flint soupira et s'assit sur sa couche.

— En général, ça ne se complique pas autant, reconnut-il. On entre dans un donjon, on tue les monstres, on récupère le trésor, et voilà. Ne me dites pas que vous ne l'avez jamais fait ?

— Je suis la capitaine de la Garde du Thane ! protesta la jeune femme. J'entraîne mes troupes pour les manœuvres et la parade, et je vis dans les plus beaux baraquements du plus riche niveau de Thorbardin. Je n'ai pas l'habitude de ça !

D'un geste de la main, elle désigna la pièce.

— Oh, si ce n'est que ça...

Flint flanqua un coup de poing dans son oreiller de mousse et laissa sa tête tomber dessus.

— Allongez-vous donc un peu. Croyez-moi, quand vous serez moins fatiguée, cet endroit ne vous paraîtra plus aussi repoussant, dit-il d'une voix lasse.

— Mais tu ne comprends pas ! Je ne *peux* pas dormir ici !

Un silence. Perian détourna le regard et marmonna :

— Si tu veux tout savoir, il me faudrait une cigarette d'herbe bleue.

— Je suis sûr que les nains des ravins vont vous trouver quelque chose à fumer, grogna Flint sur un ton qui exprimait bien ce qu'il pensait des consommateurs d'herbe bleue.

— Je sais que c'est une mauvaise habitude, mais c'est à peu près la seule que j'aie, se défendit Perian en mâchouillant une mèche de ses cheveux roux. Je ne peux pas fumer n'importe quoi ; je suis habituée au meilleur mélange des Entrepôts Nord de Thorbardin...

Flint allait répliquer vertement lorsqu'une cacophonie, dans le couloir, annonça le retour de leur hôte.

— Nomscul apporte repas ! s'écria l'Aghar avec un sourire.

Il avait expliqué à ses deux invités qu'il était le chamane de Trouboueux, celui qui gardait les reliques et les légendes. Il faisait office de sage, de guérisseur, et il était considéré comme le meilleur cuisinier du clan, ce qui lui valait le respect des autres Aghars.

Nomscul portait une veste de laine qui lui tombait aux genoux et comportait une multitude de poches de toutes les tailles. Une grosse bourse rouge pendait à sa ceinture.

Dans les mains, il tenait deux gros bols remplis d'une mixture grise et filandreuse. Il posa le premier sur les genoux de Flint et le second sur une table branlante, en invitant Perian à asseoir.

Bien qu'excédé de n'avoir pu prendre de repos, Flint dut reconnaître que le ragoût avait une odeur appétissante. Il accepta avec gratitude la cuillère tordue que lui tendit leur hôte.

— Hum..., délicieux, lâcha-t-il entre deux bouchées. Qu'est-ce que c'est ?

— Asticots des cavernes sauce moisissure, répondit Nomscul, rayonnant.

Flint se remit à mâcher très lentement. Il leva la tête vers Perian. La jeune femme s'était immobilisée, sa première bouchée à trois pouces des lèvres. Les yeux écarquillés, elle reposa sa cuillère et regarda le bol d'un air incrédule.

— Toi aimes ? demanda Nomscul, anxieux.

Flint s'essuya la bouche d'un revers de manche et repoussa le récipient.

— C'était très bon, très... euh, goûteux.

Ravi, l'Aghar bondit vers la porte.

— Moi vais en chercher encore !

— Attends ! s'écria Flint. Tu es très gentil, et nous te sommes reconnaissants de nous avoir sauvés. Mais à présent, nous aimerions filer.

Nomscul hocha vigoureusement la tête.

— Roi et reine veulent filet ? Restez ici, moi revenir.

— Quel étrange petit bonhomme, commenta Flint après son départ. Il a dû aller nous chercher une escorte.

— Que signifiait cette histoire de roi et de reine ? demanda Perian, intriguée.

Flint haussa les épaules.

— Oh, c'est probablement le titre honorifique qu'ils donnent à leurs invités.

Perian hocha la tête. Désœuvrée, elle fouilla les recoins de la pièce et dénicha bientôt un peigne auquel il ne restait plus que six dents.

— Ouille ! s'écria-t-elle en tentant de remettre un peu d'ordre dans ses boucles rousses. Vivement que je puisse quitter ces vêtements boueux, c'est tout juste si j'arrive encore à plier les genoux !

— Où pensez-vous aller une fois que nous serons sortis d'ici ? questionna Flint avec curiosité.

— Chez moi, bien sûr. Quelle question ! Où veux-tu que... ( La jeune femme s'interrompit brutalement et porta une main à sa bouche. ) Oh, je vois ce que tu veux dire ! Pitrick me croit morte ; je ne peux pas rentrer à Thorbardin !

Désespérée, elle se laissa tomber sur le lit en gémissant :

— Que vais-je faire ? Les Theiwars sont ma famille ; aucun autre clan ne voudra de moi ! Et j'ai toujours vécu sous terre ; je ne saurais pas me débrouiller à la surface.

— Pourquoi voulez-vous rester parmi ces menteurs et ces assassins ?

— Tous les Theiwars ne sont pas comme Pitrick, tu sais ! dit Perian, piquée au vif. On y trouve pas mal de demi-derros comme moi, et même des Hilars de pure souche !

— Et Réorx sait si les Hilars au sang bleu ( et les nains des montagnes en général ) sont réputés pour leur charité ! Il suffit de voir l'exemple de la Grande Trahison, ricana Flint, sarcastique.

— Crois-tu que tout a été rose après le Cataclysme ? s'indigna Perian. Des milliers d'entre nous sont morts de faim. A la surface, au moins, vous aviez de quoi vous nourrir ! ( Elle éclata d'un rire amer. ) Les nains des collines ne sont que des bigots ignorants.

— Ça leur fait au moins un point commun avec ceux des montagnes !

Un silence gêné s'abattit dans la pièce.

— Non que ça ait la moindre importance, soupira enfin Perian. De toute façon, je ne peux plus retourner à Thorbardin.

— Ne t'inquiète pas, dit Flint en lui flanquant une tape paternelle dans le dos. ( Il se racla la gorge. ) Tu t'habitueras à la vie en plein air, j'en suis certain. Tu ne ressembles pas aux autres Theiwars.

— Qu'en sais-tu ? Tu ne les connais pas.

— Mais je te connais, toi. Tu n'as rien d'une derro. Et tu ne penses pas comme eux non plus, sans ça, tu n'aurais jamais pris ma défense contre Pitrick. Au fait, pourquoi as-tu fait ça ? demanda Flint en plissant les yeux.

Perian s'agita, mal à l'aise.

— Je n'en sais rien. Il y a des années que je vois Pitrick abuser de tout et de tout le monde. Je crois que quelque chose s'est brisé en moi quand j'ai entendu ce qu'il a fait à ton frère, puis quand j'ai vu l'Aghar tomber. J'en avais assez enduré, il fallait que je réagisse.

« Mais très franchement, je n'aurais pas cru qu'il me pousserait dans le trou ! ( Elle serra les poings. ) Il mérite de crever dans d'atroces souffrances. »

— Ne t'inquiète pas, c'est ce qui va lui arriver, gronda Flint. Je lui ferais payer la mort d'Aylmar et tout ce que nous avons subi.

## CHAPITRE XVII

Nomscul réapparut, tenant à la main un filet en lambeaux. Il se dirigea vers Flint et le lui tendit cérémonieusement.

— Qu'est-ce que c'est ? s'enquit le nain, étonné.

— Filet que roi et reine ont demandé, répondit Nomscul, triomphant.

— Mais nous ne voulons pas de filet ! s'écria Flint, consterné. Nous voulons partir d'ici ! Partir, nous en aller, tu comprends ? Montre-nous le chemin ; ou, si tu es trop occupé, indique-nous la sortie.

Alors que l'Aghar lui jetait un regard lourd d'incompréhension, Flint tenta de se calmer et reprit plus lentement :

— Combien existe-t-il de passages pour sortir de Trouboueux ?

Nomscul s'essuya le nez avec sa manche, ne réussissant qu'à le salir davantage, et leva trois doigts.

— Grande fosse par où roi et reine arrivés, décharge et crevasse dans grotte, récita-t-il, solennel.

— Quelle décharge ? demanda Perian, qui craignait le pire.

— Dans entrepôts. Plein de bonne nourriture mise par nains à grands yeux, dit Nomscul en écarquillant les siens.

— Et la crevasse ? interrogea Flint. Où se trouve-t-elle ?

Nomscul ôta un scarabée qui s'était pris dans ses cheveux et le goba.

— Par là, dit-il en désignant le couloir derrière lui d'un geste du pouce. Après les chambres des Aghars. Beaucoup d'Aghars à Trouboueux, alors beaucoup de chambres.

— Ça fera l'affaire, dit Flint en prenant Perian par le bras et en l'entraînant vers la porte. On cherchera jusqu'à ce qu'on trouve quelque chose qui ressemble à une grotte. Trouboueux ne peut pas être si grand.

Nomscul eut l'air consterné par cette déclaration. Il plongea la main dans une de ses poches et en sortit un petit sifflet de bois qu'il plaça entre ses lèvres. Il souffla si fort que son visage vira au cramoisi.

Perian et Flint sursautèrent, mais avant qu'ils puissent interroger leur hôte, des dizaines d'Aghars s'étaient précipités à l'intérieur de la pièce et se bousculaient pour les approcher.

— On voit bien que lui roi ! Lui nez énorme !

— Ça être vos vrais cheveux, reine ? Normalement, cheveux pas de cette couleur !

— Deux chaises pour roi et reine ! Hic hic hic oulà ! Hic hic hic oulà !

Flint et Perian furent bientôt séparés par la marée des Aghars. Ils tentèrent de se frayer un chemin vers la porte, mais les petits bonshommes s'agrippaient à leurs vêtements, tendant la main vers leurs cheveux.

Que voulaient-ils donc ?

— Roi veut s'en aller ! cria Nomscul.

Tous les Aghars, dans un rayon de trois pas, se jetèrent sur Flint et le plaquèrent au sol.

— Que se passe-t-il ? demanda Perian d'une voix aiguë, une bonne dizaine de nains des ravins accrochés à ses basques.

Les Aghars qui retenaient Flint s'éparpillèrent dans un grouillement de bras et de jambes. Flint bondit sur ses pieds, les poings serrés.

— Roi et reine devoir rester à Trouboueux ! déclara Nomscul en grimpant sur une table pour mieux se faire entendre. La *provision* a dit !

— Pro-vi-sion ! Pro-vi-sion ! scandèrent les Aghars en chœur.

Ils se mirent à danser et à bondir autour de leurs visiteurs éberlués.

— De quoi parlez-vous ? Quelle provision ? s'enquit Perian.

Nomscul écarquilla les yeux de stupeur ; puis il grimaça d'un air entendu.

— Vous tester chamane pour savoir si lui sait !

Et d'un ton de fausset, il se mit à déclamer :

— *Roi et reine descendront de la boue*
*Atterriront au fond avec bruit mou*
*Aghars les couronneront en dansant*
*Roi et reine resteront pour toujours*

— Ça m'a tout l'air d'une prophétie, grommela Flint. Une *prévision !*

— Mais c'est terrible ! gémit Perian. Ça ne rime même pas !

Les Aghars formèrent un cercle autour d'eux ; ils tentèrent de les repousser.

— Toucher roi ! Toucher reine ! s'exclamèrent les petites créatures avec enthousiasme.

— Bas les pattes ! grogna Flint.

Il voulut bondir vers la porte, mais la foule trop dense le maîtrisa très vite.

— Ligotez roi ! ordonna Nomscul.

Des douzaines de mains crasseuses soulevèrent Flint du sol et l'assirent de force dans une chaise branlante. Huit Aghars s'assirent sur lui pour le maintenir en place pendant que Nomscul et une femme nommée Fétide couraient autour de son siège, une bonne longueur de corde à la main.

— Détachez-moi immédiatement, misérables bouffeurs d'asticots ! rugit Flint en se débattant comme un beau diable.

Mais la chaise ne céda pas sous son poids, les Aghars ne lâchèrent pas prise, et il dut se résigner à son sort.

Les mains dans le dos, Nomscul approcha son visage de celui de Flint et lui fit un immense sourire.

— Reine pas s'en aller.

Effectivement, Perian se tenait debout dans un coin de la pièce, un sourire narquois aux lèvres.

— Toi promets d'être notre roi, et nous te détacher, pépia Nomscul.

Flint détourna la tête et cracha sur le sol.

— Moi, roi des nains des ravins ? Plutôt crever !

# CHAPITRE XVIII

Pitrick arriva en vue de chez lui et poussa un soupir de soulagement. La journée avait été si riche en événements qu'il n'avait pas eu l'occasion d'appliquer du baume sur son pied déformé, et celui-ci commençait à le faire souffrir.

Il caressa amoureusement son heurtoir de diamant. Si quiconque d'autre que lui ou ceux qui avaient ses faveurs touchait l'énorme pierre, un éclair magique le foudroyait sur place.

Pitrick avait de nombreux ennemis, chez les Theiwars comme dans les autres clans, prêts à payer très cher pour se débarrasser de lui. Certains d'entre eux étaient morts dans d'atroces souffrances à cet endroit précis.

Mais même cette pensée ne put dissiper la colère du mage. Il pénétra dans ses appartements et sonna son valet de chambre.

— Legaer ! Maudit sois-tu ; pourquoi ne m'attends-tu pas à la porte ?

Quand son serviteur apparut, il lui flanqua une claque retentissante, les pointes de son anneau de téléportation laissant une trace sanglante sur la joue du malheureux.

— Cinq secondes ! Tu m'as fait attendre cinq secondes ! Je devrais te punir pour ta paresse ! Et je croyais t'avoir dit de conserver ton voile, contempler ton visage hideux me rend malade.

D'un geste rageur, il ôta sa cape et la jeta au domestique.

— Tu as de la chance que je sois aussi tolérant. Personne d'autre que moi ne supporterait ta présence !

Pourtant, il était seul responsable de l'apparence de son valet.

Lorsque Legaer avait été recruté, peu de temps après le suicide de son prédécesseur, il s'était senti honoré de servir un personnage aussi important. Mais ce n'était pas hasard que Pitrick choisissait toujours les plus beaux des jeunes Theiwars comme esclaves et cobayes.

Si ses expériences ne suffisaient pas à les défigurer, il finissait par les tuer « accidentellement » ou par les mutiler pour des méfaits imaginaires. Les domestiques ne faisaient pas long feu dans sa maison. Dès qu'il avait brisé leur esprit, Pitrick se lassait d'eux et s'en débarrassait.

— Va me chercher une chope de bière de champignons, ordonna-t-il au malheureux qui trottait sur ses talons. Et tâche qu'elle soit à la bonne température ; sinon, tu connais la sanction !

Legaer disparut dans l'obscurité, et Pitrick prit mentalement note d'imaginer de nouvelles tortures. Il avait déjà coupé les deux oreilles de son valet, et celui-ci avait encore besoin de ses doigts.

Il se laissa tomber sur un banc de pierre devant le foyer éteint de sa salle à manger. Il voyait mieux dans le noir que les autres derros, et ne tolérait aucune lumière chez lui, sauf lorsque la température tombait très bas et qu'il était obligé de se chauffer.

Legaer revint bientôt avec la boisson demandée. Pitrick le congédia d'un geste ; il n'était pas d'humeur à profiter de sa terreur.

Il sirota avidement son breuvage et attendit qu'apparaissent les premiers effets hallucinogènes qui l'aidaient à atteindre un stade de concentration optimal.

Mais quelque chose le tourmentait, quelque chose qui n'avait rien à voir avec son épuisement physique.

C'était comme si une étincelle venait de s'éteindre en lui, comme si sa quête de pouvoir n'avait soudain plus aucun sens.

Tout ça à cause de cette sorcière de Perian. Il avait été obligé de la pousser dans l'abîme : elle était la seule qui ne se pliât pas à sa volonté. Même le Thane Réalgar n'était qu'un jouet entre ses mains. Dans la cité, personne ne l'aimait, mais tout le monde le craignait et le respectait.

A l'exception de cette maudite femelle.

Il avait mobilisé toutes les ressources de son imagination pour essayer de la dompter. Mais elle était plus forte que lui, et elle lui répétait fréquemment qu'elle mourrait plutôt que de le laisser poser les mains sur elle.

Elle était très résistante à la magie, sans doute grâce à son sang hilar. Et de toute façon, la vaincre par sorcellerie n'eût constitué qu'une demi-victoire.

Pitrick avait longtemps cru que le chantage aurait raison d'elle, car elle chérissait plus que tout son poste de capitaine de la Garde du Thane.

Mais la jeune femme avait été plus maligne que lui : elle avait compris qu'il bluffait, qu'il ne révélerait jamais son secret. Une fois bannie du clan, elle lui échapperait pour toujours. Ce n'était pas dans son intérêt.

Pitrick n'avait jamais douté qu'il triompherait un jour, ni mesuré à quel point cette ambition avait pris de la place dans sa vie. Un étrange sentiment l'envahit ; sans doute était-ce ce que les autres appelaient le regret...

Tout ça était la faute de ce maudit nain des collines ! Il fallait voir le regard admiratif que lui avait lancé Perian, alors qu'elle n'avait jamais accordé à Pitrick que de la haine et du mépris. Plus que son attitude frondeuse, à laquelle le bossu était habitué, c'était cela qui l'avait rendu fou.

Et maintenant, elle était morte. Il ne réaliserait jamais son rêve de la dompter, de la posséder, de la voir frissonner à ses pieds comme Legaer. Jamais.

A cet instant, le domestique arriva dans la pièce avec une deuxième chope de bière de champignons, qu'il posa près de son maître en prenant garde de ne pas le déranger. Mais Pitrick perçut sa présence, et une idée démoniaque naquit dans son esprit. Il saisit Legaer par le col et l'attira vers lui.

— Il existe peut-être un moyen de ramener Perian et de faire d'elle ma servante, chuchota-t-il avec un rictus sinistre. Hélas, quelqu'un occupe déjà ce poste...

Terrifié, Legaer se débattit. Pitrick sourit et, d'un geste vif, lui brisa la nuque.

— Mais je crois que nous venons de résoudre ce problème.

*
\* \*

Nomscul prit la bourse rouge attachée à sa ceinture et la colla contre le nez de Flint, projetant un petit nuage de poussière qui fit éternuer ce dernier.

— Qu'est-ce que tu essaies de faire, m'étouffer ? grommela-t-il entre ses dents.

— Pourquoi toi résistes à magie ? s'étonna Nomscul. Oh, moi sais : magie pas fonctionner sur rois.

— Mais je ne veux pas être votre roi ! rugit Flint en se débattant.

— Ça être grand honneur, pourtant. Aghars attendent que toi viennes depuis très longtemps.

La lèvre inférieure tremblante, Nomscul sortit de ses poches une dague sans manche et un pendentif incrusté de mousse.

— Si toi pas être roi, qui prendre trésors que les Aghars gardent depuis Griffes-de-Chat ? Qui sauver nous ?

Un concert de sanglots et de gémissements s'éleva dans la pièce. Les nains des ravins se jetèrent à genoux et se frappèrent la tête contre le sol.

— Par pitié, taisez-vous ! hurla Flint.

123

Le silence se fit ; tous les Aghars se tournèrent vers lui.

— Ecoute, Nomscul, dit-il plus calmement, j'ai une idée. Il est tellement amusant d'être votre roi, que je veux t'en faire profiter aussi. J'ai décidé de te nommer roi pour une journée.

— Provision pas marcher comme ça, dit gravement Nomscul. Moi pas tombé de chute de boue avec reine.

Flint aurait voulu se gratter le menton. D'habitude, ça l'aidait à réfléchir, mais il était si bien saucissonné qu'il pouvait à peine remuer les mains.

Il considéra les options qui s'offraient à lui. Pourquoi ne pas jouer le jeu pendant un moment ? Après tout, il n'avait pas d'affaires pressantes en cours.

Son principal objectif était de venger la mort d'Aylmar. Or, il lui faudrait du temps et de l'aide pour infiltrer Thorbardin. Et les Aghars pourraient peut-être lui fournir les deux...

— C'est bon, j'accepte, lâcha-t-il. Je serai votre roi. Vous pouvez me détacher.

— Toi promets que toi pas t'enfuir ? demanda Nomscul, méfiant.

Flint leva les yeux au ciel.

— Je jure sur mon honneur de Forgefeu que je serai votre roi et que je ne m'enfuirai pas.

— Pendant combien de temps ?

— Une promesse est une promesse, soupira Flint. Je resterai aussi longtemps que vous aurez besoin de moi.

— Et je serai votre reine, offrit Perian en faisant un pas en avant.

Elle fit un clin d'œil à son compère.

Une immense clameur monta de la foule d'Aghars et se propagea dans le couloir où se pressaient tous ceux qui n'avaient pas pu approcher les nouveaux monarques.

— Chercher couronne ! Chercher couronne !

Flint vit les Aghars se passer quelque chose de main en main, jusqu'à ce que l'objet atteigne Nomscul. Le chamane brandit une couronne de fer-blanc ébréchée et la plaça fièrement sur la tête de Flint.

— Maintenant, détachez-moi, grommela celui-ci, agacé.

Des dizaines d'Aghars se précipitèrent pour lui obéir ; certains tirèrent sur les nœuds, d'autres mordirent les cordes à belles dents. Finalement, les liens se détendirent et Flint put se lever.

Les Aghars nageaient en plein délire : leur sauveur était arrivé ! Nomscul siffla pour les faire taire, mais sans succès. Irrité, il brandit sa bourse rouge au-dessus de sa tête et tapa dessus, soulevant un petit nuage de poussière. Aussitôt, les nains des ravin se turent.

— Vu ? dit le chamane en se tournant vers Flint. Moi t'avoir dit que ça magique. ( Il fit face à la foule. ) Nous faire cérémonie de couronnement pour... Comment vous appeler ? Ah, oui. Cérémonie dans Salle du Grand Ciel pour roi Plink et reine Furiane. Moi fais cuisine et tout le monde danse !

Tels des lemmings, les Aghars s'éparpillèrent pour aller préparer les festivités. Perian s'approcha de Flint.

— Demande-leur d'envoyer des Aghars à la décharge des Entrepôts Nord pour chercher de la nourriture décente, chuchota-t-elle à l'oreille du nain. Je peux leur dire où ils trouveront la meilleure. ( Son visage s'éclaira. ) Et puis, ils pourraient peut-être me rapporter un peu d'herbe bleue, pendant qu'ils y sont.

— Ça ne te paraît pas trop risqué ? objecta Flint.

— Oh, ils font ça tout le temps. Il faut juste leur apprendre à être plus sélectifs dans le choix de leurs larcins.

N'ayant pas plus envie que ça de se nourrir d'asticots, Flint décida que c'était une bonne idée. Muni des directives de Perian, deux Aghars s'en furent vers les entrepôts.

Mais son estomac n'était pas le seul souci du nain, qui s'inquiétait pour Basalt. Logiquement, son neveu avait dû rejoindre le village depuis longtemps. Flint ne pouvait pas lui laisser croire qu'il était mort.

Il rédigea donc un message et chargea deux Aghars nommés Garf et Cainker de l'apporter à Basalt. Il n'espérait pas vraiment que ses coursiers réussissent, mais cela valait la peine d'essayer.

Puis, comme Perian était partie se faire pomponner en vue des festivités, il se retrouva seul et put enfin sombrer dans un sommeil bien mérité.

*
* *

Assis derrière son bureau de granit, les sourcils froncés, Pitrick lécha inconsciemment la goutte de sueur qui s'apprêtait à tomber sur le grimoire posé devant lui. Il parcourut du regard les dernières pages et, avec un juron, referma l'ouvrage.

Il allait devoir sacrifier son parchemin de souhait. Les sorts d'animation, de résurrection et de clonage nécessitaient tous le cadavre du sujet.

Même celui de réincarnation ne lui servirait à rien, d'autant qu'il ne pourrait prévoir sous quelle forme Perian reviendrait, et qu'il n'aurait guère l'utilité d'un insecte.

Bien sûr, le parchemin de souhait présentait des avantages. Pour l'utiliser, il n'aurait pas besoin de composants encombrants, dégoûtants ou difficiles à trouver, ni de mémoriser une incantation. Et il obtiendrait *forcément* un résultat.

Mais il devrait se montrer prudent dans sa formulation, s'il ne voulait pas que le résultat diffère trop de ce qu'il attendait. Les souhaits s'accomplissaient toujours à la lettre, et la moindre imprécision de langage pouvait avoir des conséquences désastreuses.

En outre, chaque souhait faisait vieillir le jeteur de sort de cinq ans. Mais avec sa longévité de nain, Pitrick ne s'en inquiétait guère.

Il se tourna vers les étagères où il rangeait ses bocaux : dents, morceaux de fourrure, sang, os, ongles, glandes, salive et peau de diverses créatures, ainsi que des substances visqueuses plus ou moins identifiables.

Tendant la main vers une pile de parchemins, il en choisit un dont les bords étaient décorés à l'encre rouge. C'était le plus grand des trésors découverts dans les possessions de son maître après l'avoir assassiné, bien des années auparavant. Il l'avait gardé en vue d'une occasion spéciale. Cette occasion venait de se présenter.

Glissant le parchemin sous son bras, Pitrick fit les cent pas dans la pièce en réfléchissant à voix haute :

— Voyons... Je veux quoi exactement ? Je la veux vivante ; je veux qu'elle soit ma prisonnière, et je veux qu'elle redevienne aussi belle qu'avant de se faire dévorer par la bête.

« Je pourrais aussi l'obliger à m'adorer... Non, ce ne serait plus vraiment Perian, et je n'aurais pas le plaisir de la dompter moi-même. »

Pitrick enjamba distraitement le cadavre de Legaer, saisit sa chope de bière et en prit une gorgée pour se rincer la bouche. Puis il la recracha dans l'âtre. Il était fin prêt.

Il se planta au milieu de la pièce et défit soigneusement le cordon de satin fané qui fermait le parchemin. Il se redressa autant que le lui permettait sa bosse, ferma les yeux et prononça la phrase qu'il avait préparée :

— Je souhaite que Perian Cyprium revienne d'entre les morts, qu'elle soit aussi belle que la dernière fois que je l'ai vue, qu'elle apparaisse devant moi, qu'elle n'ait pas le pouvoir de quitter mes appartements, ni de se suicider ou de me faire le moindre mal.

Il rouvrit les yeux.

Une rafale de vent surgie de nulle part balaya le sol de son bureau, souffla sur les papiers empilés avec soin et lui arracha le parchemin des mains. Pitrick s'adossa à un pilier pour se protéger et attendit que le sort fasse effet.

La bourrasque se changea en brise. Puis l'air redevint calme et froid comme la mort.

Rien ne se produisit.

Pitrick n'eut pas besoin de fouiller ses appartements. Il savait que Perian ne s'y trouvait pas.

Il resta planté sur place, les poings serrés si fort que ses ongles s'enfoncèrent dans ses paumes.

Pourtant, il sentait qu'il avait vieilli de cinq ans. Alors pourquoi son sort avait-il échoué ?

# CHAPITRE XIX

— Sers-m'en une autre, marmonna Basalt en poussant sa chope vide vers Moldoon.

L'aubergiste remplit le récipient à contrecœur.

— Vas-y doucement quand même, dit-il sur un ton un peu sec, quand le jeune nain la vida d'un trait.

Le comportement de Basalt l'inquiétait beaucoup. Il avait toujours bu plus que de raison. Après la mort de son père, il était devenu irritable, mais depuis la disparition de Flint, Moldoon le trouvait carrément sinistre.

Le jeune nain passait son temps à s'apitoyer sur lui-même, à noyer dans la bière son chagrin et sa nouvelle haine des derros. Il avait le sentiment de ne pouvoir faire confiance à personne. De toute façon, même s'il racontait son histoire, qui voudrait croire un ivrogne ?

— Ecoute, dit Moldoon en se penchant vers lui, Hildy doit venir ce soir faire une livraison. Je pense qu'elle aura besoin d'aide...

— Tu parles, ricana Basalt d'une voix pâteuse. Elle ne voudra rien avoir affaire avec moi !

— Evidemment, si tu la traites aussi mal que tu te traites toi-même... ! répondit Moldoon, qui commençait à perdre patience.

Il s'éloigna pour prendre une commande tandis que Basalt se perdait dans la contemplation de la mousse restant au fond de sa chope.

Finalement, le jeune nain se leva et se dirigea vers la porte. Il songea à rentrer chez lui, mais l'idée de se heurter à son oncle Ruberik l'arrêta. Il ne supporterait pas un autre sermon.

Découragé, il se laissa tomber sur les marches du porche, sans se soucier du vent glacial qui s'infiltrait dans ses vêtements. Il avait l'impression que rien ne pouvait plus l'atteindre.

Alors qu'il laissait errer son regard sur l'avenue, il aperçut une petite carriole qui se dirigeait vers lui. Probablement Hildy, qui venait faire sa livraison. Une seconde, le fardeau de Basalt lui parut plus léger ; puis il se souvint des sermons peu subtils de la jeune femme, qui le poussait à arrêter de boire et à se chercher un travail.

Le rouge lui monta aux joues. Il était peut-être temps de se racheter une conduite pour séduire celle qui lui avait donné son premier ( et seul ) baiser.

— Bonsoir, gente damoiselle, dit-il en s'inclinant galamment devant elle. Puis-je vous aider ?

Etonné, Hildy lui tendit la main. Il la souleva par la taille et la posa sur le sol à côté de lui.

— Navrée vous dévisager de la sorte, dit la jeune femme sur un ton gentiment moqueur, mais vous ressemblez beaucoup à une de mes vieilles connaissances. En plus poli. ( Elle lui fit un clin d'œil. ) Merci pour ton offre. Le temps de vérifier la commande de Moldoon et je reviens.

Basalt la regarda entrer dans l'auberge. Soudain, il se sentit plus heureux que depuis très longtemps. Il sifflota un petit air gaillard et entreprit de préparer la carriole pour le déchargement.

Il fit descendre et cala sur le sol la première des deux planches qui servaient de rampe. La seconde lui échappa des mains et éclaboussa de boue le bas de son pantalon. Il était de si bonne humeur qu'il n'y prit même pas garde, mais tout le monde ne partageait pas son insouciance.

— Hé, le nain des collines !

Basalt leva les yeux, surpris, et découvrit le visage rageur d'un garde derro.

— Espèce de maladroit ! Tu as sali mes bottes !

Basalt se raidit et se prépara à riposter vertement. Puis il se souvint que Hildy n'allait pas tarder à revenir, et son envie de faire bonne impression l'emporta sur son ressentiment.

— Je suis désolé, marmonna-t-il. C'était un accident.

Il voulut se remettre au travail, mais une main se posa lourdement sur son épaule.

— Menteur ! s'exclama le derro, furieux. Tu as fait exprès, je t'ai vu ! Pour te faire pardonner, tu vas nettoyer mes bottes, et plus vite que ça !

Il était large d'épaules et portait une cotte de mailles, de gros gantelets de fer et un heaume. De plus, une épée pendait à sa ceinture. Basalt comprit qu'il ne pourrait pas se défendre.

Le visage brûlant de honte et de colère, il allait s'exécuter lorsqu'il vit que Hildy et Moldoon, probablement attirés par le bruit de leurs voix, étaient sortis sur le pas de la porte.

— Alors ? J'attends, gronda le derro.

— Va les faire cirer par ta gobelours de mère ! pépia Hildy, indignée.

Une petite foule se massa autour de Basalt et du garde, dont les yeux se mirent à lancer des éclairs. Soudain, Basalt se moqua bien de se faire tuer. Voir Hildy venir à sa rescousse, ou pire, être blessée par le derro, serait plus qu'il n'en pourrait supporter.

— Même un gobelours n'aurait pas pu engendrer ce tas de graisse, grogna-t-il pour ramener sur lui l'attention du derro.

— Ces monstres ne laisseraient pas non plus une femme se battre à leur place, dit le garde. Bien que celle-ci semble capable de me distraire pendant une heure ou deux, mais pas de cette façon...

Pour Basalt, ce fut la goutte d'eau qui fit déborder le vase. Poussant un grognement animal, il se jeta sur le derro et le saisit à la gorge. Son adversaire riposta : un bon coup de poing qui l'envoya rouler à terre, la joue en sang.

Fou de rage, Basalt se releva, chargea en baissant la tête et cueillit le derro à l'estomac. Surpris par la force du coup, le garde recula. Puis il éclata de rire tandis que le jeune nain se redressait en titubant, le crâne marqué par les fixations métalliques de son armure.

— Maintenant, à genoux, et nettoie mes bottes ! s'exclama-t-il, triomphant.

La haute silhouette de Moldoon s'interposa entre les deux combattants.

— C'en est plus qu'assez, dit le vieil homme en baissant les yeux vers le derro, une expression haineuse sur son visage d'ordinaire paisible. Allez-vousen.

Il leva les mains pour repousser le garde. Mais celui-ci tira son épée en criant :

— C'est à moi d'en décider ! Je vais te montrer comment les Theiwars se font respecter.

Et il plongea sa lame dans le torse de Moldoon.

Le vieil homme recula en se tenant la poitrine. Il baissa les yeux et regarda, incrédule, une fleur écarlate éclore sur son tablier.

A moitié assommé, Basalt vit l'aubergiste s'effondrer dans une mare de boue, le regard étrangement fixe. Hildy poussa un cri et s'agenouilla près du moribond pour prendre sa tête dans son giron.

Alors, Basalt vit rouge. Il saisit la planche qui avait déclenché l'incident et, avec plus de force qu'il n'aurait cru en posséder, l'abattit sur la tête du derro. Celui-ci lâcha son épée, qui alla se planter dans la boue. Basalt plongea pour s'en saisir. Mais avant qu'il puisse l'atteindre, une silhouette massive s'interposa.

— Ça suffit ! rugit Tybalt. Il y a déjà eu assez de morts dans cette ville. Pas besoin d'y ajouter un pendu.

Basalt voulut repousser son oncle, mais plusieurs

autres nains des collines se saisirent de lui pour l'immobiliser.

Tybalt se tourna vers le derro, qui s'était relevé et portait la main à sa hachette.

— Quant à vous, vous venez avec moi, dit-il sévèrement. Je crois que Soucolline va vous offrir un petit séjour à l'ombre.

Le garde allait protester, mais quelque chose, dans le regard de son interlocuteur l'en empêcha. Il considéra les quelques trente ou quarante nains des collines qui avaient assisté à la scène, et jugea préférable d'obtempérer.

— Mais..., s'étrangla Basalt. Moldoon ! Par Réorx, donne-moi ton arme ! Laisse-moi lui faire payer !

— Non. La loi s'en chargera, répondit sèchement son oncle. C'était une bagarre de rue ; des tas de témoins pourront confirmer ta version des événements. Mais dis-toi bien que tu aurais pu éviter tout ça...

Dans les yeux des autres villageois, Basalt lut de l'horreur et de la pitié. Il se tourna vers Hildy qui sanglotait, le corps sans vie de Moldoon toujours serré dans ses bras.

Soudain, Basalt ne put plus supporter le regard des nains de Soucolline. Il se dégagea et s'enfuit en courant, sans but précis. Aveuglé par ses larmes, il trébucha plusieurs fois, se releva et repartit.

Finalement, ses poumons en feu l'obligèrent à s'arrêter. Il s'adossa à une palissade pour reprendre son souffle.

Il entendit des enfants glousser derrière lui. Ce son joyeux eut le don de raviver sa fureur.

— Allez-vous-en, petits imbéciles ! siffla-t-il sans se retourner.

Mais les rires redoublèrent. Basalt fit volte-face, prêt à flanquer aux petits insolents une frousse qu'ils n'oublieraient pas de sitôt.

Deux créatures d'une saleté inimaginable se précipitèrent vers lui en agitant des lianes et des cordes au-dessus de leur tête.

Basalt était trop étonné pour réagir. L'un des assaillants lui donna un coup d'épaule qui le fit tomber sur le sol. Mal remis de sa lutte avec le derro, le jeune nain se débattit faiblement, mais les créatures eurent tôt fait de le saucissonner.

Alors leur odeur lui monta aux narines. Avant de sombrer dans l'inconscience, Basalt comprit qu'il n'avait pas affaire à des enfants.

Mais pourquoi des nains des ravins voulaient-ils le capturer ?

# CHAPITRE XX

Pitrick en était déjà à sa sixième chope de bière en moins de trois heures. D'ordinaire, il ne s'adonnait aux délices de la boisson qu'à des fins méditatives, car il ne souhaitait pas devenir dépendant d'autre chose que de ses ambitions.

A présent, Perian Cyprium, la capitaine aux cheveux de flamme l'avait roulé !

Par un inexplicable miracle, elle avait pu se soustraire à son pouvoir et le parchemin de souhait, qu'il avait chéri pendant des années, était parti en fumée sans le moindre résultat !

— Comment ai-je pu me laisser manipuler de la sorte ? gémit Pitrick à voix haute. Comment ai-je pu laisser cette femelle m'obséder à ce point ?

« Je la hais, et pourtant je la veux. Je brûle de désir pour elle. Il me la faut ! Le destin conspire-t-il contre moi ? La magie a-t-elle résolu de me faire défaut ? Je n'ai commis aucune erreur ! »

Quelqu'un toqua à sa porte ; Pitrick se figea. La bière l'avait plongé dans une sorte de brume. *Pourquoi Legaer ne va-t-il pas ouvrir ? Ah, c'est vrai. J'ai peut-être disposé de lui un peu trop vite.*

On toqua à nouveau. Pitrick se leva. De très méchante humeur, il se dirigea vers la porte en boitant.

— Qu'est-ce que c'est ? aboya-t-il en ouvrant à la volée.

Un soldat en armure noire se tenait devant lui, visiblement interloqué par son allure.

— Que veux-tu ?

— Seigneur, l'officier responsable des Entrepôts Nord requiert votre présence aussi vite que possible.

— Pourquoi donc ? demanda Pitrick.

— Nous avons capturé un Aghar, seigneur. Notre officier pense que vous devriez l'interroger, dit le soldat en frissonnant sous le regard du bossu.

— Etait-il nécessaire de me déranger pour une question d'aussi peu d'importance ? Je me moque bien des allées et venues de ces pouilleux. Appliquez-lui le traitement habituel... à moins que tu ne m'aies pas encore tout dit.

Le messager transpirait à grosses gouttes, ce qui illustrait assez clairement la réputation de Pitrick.

— A vrai dire, Excellence, l'Aghar a tenté de voler quelque chose qui vous appartenait. Dans vos entrepôts personnels.

L'incident semblait anodin, mais Pitrick songea qu'il avait besoin de distraction. Une bonne séance de torture ne lui ferait pas de mal.

D'un geste, il congédia le garde, puis toucha son anneau de téléportation en se représentant mentalement les Entrepôts Nord.

— Alors ? Où est votre officier ? demanda-t-il aux deux soldats devant lesquels il venait d'apparaître.

Médusés, ceux-ci secouèrent la tête et tendirent la main vers un tunnel. Sans un mot de remerciement, Pitrick s'y engagea.

Les entrepôts étaient un véritable dédale de passages et de grottes abritant les cultures de Thorbardin, ainsi que plusieurs lacs souterrains regorgeant de poisson. L'air était humide, et l'odeur de moisi prenait à la gorge dès qu'on entrait.

Pitrick arriva devant le prisonnier qu'encadraient deux gardes derros et un officier.

— Alors, que se passe-t-il ici ? demanda-t-il, irrité.

L'officier fit preuve d'un sang-froid admirable et répondit sans se démonter :

— Nous l'avons surpris dans un de vos entrepôts,

Excellence. En temps normal, nous ne vous aurions pas dérangé pour un incident pareil, mais la petite vermine semblait chercher quelque chose de précis. D'habitude, les Aghars se contentent de fouiller les décharges...

Pitrick foudroya du regard le prisonnier qui ouvrit de grands yeux d'oisillon apeuré. Il essaya de sourire pour amadouer le bossu, dévoilant un trou à la place de ses incisives, mais Pitrick lui flanqua une gifle retentissante.

— Vous avez bien fait, dit-il à l'officier. Que contenait l'entrepôt où vous l'avez trouvé ?

L'officier eut l'air plus soulagé que flatté.

— De l'herbe bleue, Excellence. Votre réserve personnelle. Jusqu'ici, les Aghars ne nous ont volé que de la nourriture ; alors, ça m'a paru bizarre. J'ai préféré vous mettre au courant.

Pitrick hocha la tête et s'approcha du prisonnier. Toute couleur quitta instantanément le visage de celui-ci.

— Alors comme ça, on s'adonne aux plaisirs de l'herbe, hein ? demanda le bossu d'une voix doucereuse. C'est un honneur de rencontrer un Aghar aux goûts si raffinés. Puis-je savoir ce qui te plaît dans ma production ?

Le prisonnier cligna des yeux.

— Dans quoi ? demanda-t-il, hébété.

— L'herbe bleue, expliqua Pitrick, impatient. C'est bien pour la fumer que tu voulais en voler, non ?

— Oh, non ! Herbe bleue pas pour Sandan, gloussa le nain des ravins.

— Vraiment ? Pour qui, alors ? demanda Pitrick en plissant les yeux.

— Pour nouvelle reine de Trouboueux ! clama fièrement l'Aghar. Jolie reine ! Elle choisi Sandan pour lui ramener !

Pitrick supposa que Trouboueux devait être un des misérables nids où s'entassaient les nains des ravins. La colère monta en lui à l'idée qu'une femelle pouilleuse puisse tranquillement savourer son herbe. Mais pourquoi ? Pourquoi une créature habituée à se nourrir de déchets se soucierait-elle autant de la qualité de ses cigarettes ?

— Parle-moi de la nouvelle reine de Trouboueux, dit-il sur un ton pressant. Après tout, je représente le Thane des Theiwars. Il voudra peut-être rencontrer votre souveraine.

— Non, non. Reine a déjà un roi. Mais Thane peut rendre visite. Nous faisons grosse fête pour couronnement du roi Plink et de la reine Furiane.

— Plink et Furiane règnent-ils sur Trouboueux depuis longtemps ?

— Oh, oui ! Deux jours... peut-être plus ! Roi et reine descendus par le grand trou, comme dans la provision.

— Dis-moi un peu à quoi ressemble la reine Furiane. Est-elle grosse et couverte de verrues ?

— Oh, non ; reine très jolie. Petit nez et cheveux comme du métal rouillé, babilla l'Aghar, heureux de faire partager son savoir à un derro si ignorant.

Pitrick se détourna. Effrayés par son expression, les gardes reculèrent.

Les pièces du puzzle s'assemblaient peu à peu dans la tête du bossu. La reine Furiane était sûrement Perian, et son roi, ce maudit nain des collines. Les cheveux roux, le goût de l'herbe bleue...

Tout collait à la perfection. Et ça expliquait l'échec de son sort : Perian ne pouvait revenir à la vie, puisqu'elle n'était jamais morte !

Une rage froide monta en Pitrick. Cette femelle bâtarde avait dû bien rire à l'idée de fumer son herbe à son nez et à sa barbe. Mais il le lui ferait payer très cher.

— Je vais te tuer, siffla-t-il en se tournant vers Sandan, et après toi, ton clan entier succombera ! Je massacrerai tous les Aghars de Thorbardin, de mes propres mains. Je l'aurai ! Elle ne pourra pas m'échapper !

Il bondit en avant, saisit l'Aghar à la gorge et le secoua comme une poupée de chiffon. Puis il le lâcha, referma sa main droite autour de l'amulette qui pendait à son cou et tendit son index gauche vers le malheureux prisonnier.

Un éclair magique jaillit de son doigt et frappa Sandan à la poitrine.

L'Aghar poussa un cri pitoyable et se raidit, de la fumée montant de ses hardes. Ses yeux roulèrent dans leurs orbites ; Pitrick était tellement furieux qu'il envoya encore deux décharges dans son cadavre.

Le bossu prit une inspiration pour se calmer et se tourna vers les gardes.

— J'ai beaucoup à faire dans les jours à venir. J'entends que vous ne parliez de cet incident à personne : je m'en occuperai personnellement. S'il y a la moindre fuite, je saurai d'où elle vient, et vous paierez tous les trois.

— Vous pouvez compter sur notre discrétion, Excellence ! s'écria l'officier. Nous serons muets comme des tombes.

— Ce sera toujours mieux que de vous retrouver dedans, grommela Pitrick en tournant les talons.

Il toucha son anneau de téléportation en songeant à la salle du précipice : le dernier endroit où il avait vu Perian et l'espion.

Dès qu'il se fut matérialisé, il s'approcha du bord et plissa les yeux. Etait-il possible que ses deux victimes aient survécu à leur chute ?

Il le fallait bien : aucun Aghar n'avait assez de cervelle pour inventer une histoire comme celle que Sandan venait de lui raconter.

Trouboueux. Le fond de l'abîme devait constituer un passage vers cet endroit. Avec un nom pareil, Perian lui serait peut-être reconnaissante de la tirer de là...

Quant au nain des collines, il en ferait son affaire.

Il ne pouvait pas utiliser son anneau pour descendre dans le précipice : en effet, l'objet magique ne l'emmenait qu'en des lieux déjà connus.

Mais il avait un sort qui ferait parfaitement l'affaire.

Il fouilla dans les pochettes de sa ceinture et en tira une plume, qu'il tordit entre ses doigts en incantant à voix basse. Puis il fit un pas en avant.

Il se sentit plonger. Ecartant les bras, il remonta et se retourna pour bénéficier d'une meilleure perspective. Quelque chose s'agita dans une mare de boue et de vase ; il comprit que ce devait être la bête.

Il fila dans la caverne en frôlant son plafond. Un gargouillement retentit sous lui. Pour la première fois il aperçut le prédateur ; on aurait dit une limace géante munie de pattes et de tentacules.

Malgré lui, Pitrick se sentit quelque peu effrayé. *Si cette chose me poursuivait, je me précipiterais sans doute vers le fond de la caverne*, raisonna-t-il en volant jusque-là.

Mais malgré toutes ses recherches, il ne découvrit pas le moindre passage. A contrecœur, il décida de se poser pour bénéficier de la même perspective que ses victimes.

Alors, il aperçut un rai de lumière devant lui et un frisson de joie mauvaise le parcourut. *C'est donc ainsi qu'ils m'ont échappé...*

Il se rapprocha de l'ouverture et tendit l'oreille. Des applaudissements et des rires montaient de l'autre côté de la paroi.

— Je vais vous donner de bonnes raisons de hurler, gloussa-t-il en reprenant son envol et en s'immobilisant à vingt pieds du sol.

Quel sort allait-il utiliser ? Il voulait d'abord récupérer Perian, puis s'assurer que le nain des collines ne se mettrait plus jamais en travers de son chemin.

Il songea d'abord à changer Flint en escargot, puis à le faire exploser. Plus il y pensait, plus il trouvait d'idées réjouissantes, et plus la bête se rapprochait de lui. Quand elle arriva à son niveau, il était presque malade de rire.

Il n'allait pas attaquer Trouboueux seul, pas quand il pouvait bénéficier d'une aide pareille.

Deux tentacules se tendirent vers lui ; Pitrick poussa un hurlement lorsque le premier lui effleura le pied. Il se propulsa hors d'atteinte et examina le mur de la caverne, puis referma une main autour de son amulette.

— *Gro-ath goe Kratsch-yill !* aboya-t-il en fixant la paroi.

La lumière familière s'étendit comme une nappe et couvrit la roche. La surface grisâtre tremblota et sembla fondre.

Soudain, elle éclata comme une tomate trop mûre. Un torrent de boue se déversa dans la caverne des Aghars.

Et la bête, sentant des dizaines de proies vulnérables, se précipita vers elles.

# CHAPITRE XXI

— Encore un peu de champignons ? demanda Nomscul en tendant un plat sous le nez de ses nouveaux souverains.

— Merci, mais je n'en peux plus, répliqua Flint en levant les mains en signe de reddition. Je garde le peu de place qui me reste pour les côtelettes.

De l'autre côté de la caverne, embrochée sur un énorme épieu d'acier, la viande de porc finissait de cuire en projetant des gouttes de graisse.

Malgré leurs craintes initiales, Flint et Perian devaient reconnaître que le repas préparé par Nomscul était succulent.

Ayant vécu à la surface toute sa vie, Flint n'aurait jamais cru qu'on puisse produire sous terre une nourriture aussi variée et abondante. Jusque-là, il avait dégusté dix sortes de champignons différents, du poisson cru et cuit, des patates et de délicieuses feuilles de lichen.

— J'ai rarement aussi bien mangé, avoua-t-il en posant les mains sur sa panse.

— Ça n'était pas trop mal, concéda Perian. Je suis habituée à mieux, mais la plupart de ces mets proviennent de nos entrepôts, de toute façon. Et Nomscul est un très bon cuisinier.

« J'aimerais quand même que Sandan arrive avec mon herbe bleue. Je me demande pourquoi il met si longtemps à revenir. »

Les quatre cents Aghars de Trouboueux s'étaient rassemblés dans la Salle du Grand Ciel pour la cérémonie du couronnement. Ils faisaient la fête depuis plusieurs heures ; le sol de la caverne était jonché de nourriture, de lambeaux de vêtements et de nains des ravins endormis.

La Salle du Grand Ciel était partagée en deux par le cours d'eau peu profond qui traversait Trouboueux sur toute sa longueur. Ici, l'onde se jetait dans une succession de trois bassins rocheux où s'ébattaient joyeusement des dizaines de jeunes Aghars. Contrairement aux tous les autres nains de Krynn, ceux-ci semblaient apprécier le contact de l'eau et être de très bons nageurs, au grand étonnement du couple royal.

Flint, Perian et une douzaine d'Aghars ( leur « cour » ) étaient assis sur une rive du torrent. Un petit pont de pierre enjambait deux bassins, les reliant à la plus vaste partie de la caverne, celle où étaient rassemblés les autres Aghars.

Nomscul et Fétide avaient tour à tour porté des toasts à leurs souverains. Le premier, en sus de ses fonctions de cuisinier et de chamane, avait proposé à Flint de devenir son conseiller. Quant à la deuxième, Perian l'avait nommée femme de chambre et demoiselle de compagnie.

Des champignons, des feuilles de lichen et des têtes de poisson volaient dans les airs. Plusieurs tombèrent devant Flint et Perian, manquant de peu leurs royales jambes. Nomscul jeta un regard sévère aux coupables et porta la main à sa bourse rouge.

Les plaisantins jugèrent préférable de s'éloigner.

— A quoi jouez-vous ici ? demanda Flint.

Nomscul lui jeta un regard lourd d'incompréhension.

— Vous ne faites pas de sport ? Rien de plus organisé que cette gigantesque mêlée ?

— Agharpulte ! s'écria Nomscul en bondissant sur ses pieds. Roi veut dis... distruc... distrac... Euh, regardez !

143

Très excité, il se tourna vers la foule et mit ses mains en porte-voix.

— Agharpulteurs, ici ! Vite !

Aussitôt, les convives se précipitèrent vers le pont de pierre en se bousculant.

— Vous aimer ça, dit Nomscul, rayonnant. Nous appris en regardant Theiwars s'entraîner à guerre.

Des équipes de nains des ravins commencèrent à former des pyramides vivantes, tandis que d'autres se positionnaient en retrait.

Sur un ordre de Nomscul, ils chargèrent et s'élancèrent vers le sommet des pyramides, pendant que les Aghars qui composaient ces dernières se jetaient tête la première vers le sol. Grâce à l'élan ainsi acquis, les nains du haut se trouvèrent projetés de l'autre côté de la pièce, où ils s'écrasèrent parmi le public.

Flint hurla de rire en voyant les petites créatures s'écrouler les unes sur les autres ou traverser la caverne en agitant leurs quatre membres et en poussant des cris perçants.

— Ils vont finir par se faire mal, grommela Perian en fronçant les sourcils.

— Oh, ne te fais pas de souci : ils ont le crâne plus dur que l'armure de ton Thane ! dit Flint. ( Il se tourna vers Nomscul. ) Où as-tu dit que vous aviez appris ce sport ?

— Nous aller tranquillement dans grande salle et voir Theiwars casser murs avec quatre-pultes. Nom stupide parce qu'eux envoyer un seul rocher à la fois. Mais jeu avoir l'air rigolo, alors nous faire Agharpulte.

— Il parle sans doute des catapultes avec lesquelles l'armée du Thane s'entraîne au second niveau, expliqua Perian. Les gardes visent des cibles peintes sur les murs. Mais je ne croyais pas que les Aghars s'étaient approchés assez pour les voir faire. Le terrain se trouve plutôt loin d'ici.

Des larmes de rire roulant sur ses joues, Flint regarda l'Aghar le plus bouffi qu'il ait jamais vu se propulser dans les airs et tenter un saut périlleux, pour finalement s'écraser contre un mur, avec un « splash » retentissant.

*Splash ?*

Flint se tendit et plissa les yeux pour mieux voir la paroi opposée de la caverne. Sans tourner la tête, il agrippa le bras de Perian et lui dit :

— Regarde, là-bas ! A ton avis, que se passe-t-il ? On dirait que le mur est en train de fondre.

Perian hoqueta. Les yeux écarquillés de stupeur, elle regarda la roche glisser lentement vers le sol, élargissant le tunnel qui conduisait à la fosse.

— La caverne s'effondre ! hurla-t-elle en bondissant sur ses pieds. Il faut faire sortir tout le monde !

Inconscients du danger, les Aghars continuèrent à se jeter les uns sur les autres.

— Ce n'est pas un effondrement, grogna Flint. On dirait plutôt que le mur se transforme en boue.

— Mais... c'est celui derrière lequel se trouve le ver charognard, balbutia Perian.

A cet instant, ils virent de longs tentacules passer par l'ouverture.

— Il arrive ! s'écria Flint. Nous devons évacuer les Aghars et nous barricader !

— Va-t-en ! hurla Nomscul en agitant les mains en direction du ver.

D'autres Aghars s'avisèrent de la présence du monstre et poussèrent des cris terrifiés. La moitié du grand corps visqueux était déjà engagée dans le tunnel.

— Ils vont se piétiner ! s'exclama Flint, portant instinctivement la main à sa ceinture.

Mais bien entendu, la hache ne s'y trouvait pas. Il n'avait même plus son vieux couteau rouillé pour défendre son « royaume ».

Des hurlements s'élevèrent dans la Salle du Grand Ciel, et les Aghars s'élancèrent dans toutes les directions. Certains se dirigèrent vers la Salle du Trône ou les tunnels, mais la plupart se contentèrent de tourner en rond, les bras tendus devant eux, ou se jetèrent sur le sol en tremblant et se couvrirent la tête des mains.

— Suivez-moi ! s'écria Perian en saisissant un couteau à viande.

Officier de la Garde du Thane, elle avait l'habitude de montrer l'exemple — et qu'on lui obéisse. Elle courut vers le pont de pierre, prête à affronter le monstre. Nomscul bondit sur ses talons.

— Repliez-vous dans la Salle du Trône ! tonna Flint.

Mais le vacarme ambiant couvrit le son de sa voix. Il saisit Fétide par le col et l'attira près de lui.

— Ecoute-moi ! Conduis tout le monde dans la Salle du Trône !

La naine des ravins hocha la tête en tremblant de tous ses membres. Terrorisée, elle exécuta néanmoins les ordres de son roi.

Flint se tourna vers le lieu de l'action et vit plusieurs Aghars se précipiter courageusement sur la bête. Mais les tentacules les cueillirent au vol et les paralysèrent.

Les petites créatures s'effondrèrent ; par chance, le ver ne s'arrêta pas pour les dévorer. Il y en avait tant d'autres devant lui !

Flint chercha Perian du regard et s'élança à sa suite. La jeune femme était en train de traverser le pont lorsqu'elle s'immobilisa en poussant un cri. Nomscul, qui venait juste derrière elle, trébucha et tomba dans le torrent.

Flint leva les yeux pour voir ce qui avait provoqué l'émoi de sa compagne. La mâchoire faillit lui en tomber : Pitrick, l'assassin bossu d'Aylmar, volait au-dessus de la foule, se dirigeant sur Perian !

Flint brandit sa fourchette ( la seule arme qui lui restât, si dérisoire fût-elle ), et voulut se porter au secours de la jeune femme. Pendant qu'il se frayait un chemin au milieu des Aghars, Pitrick atterrit près de Perian et lui saisit le poignet. La « reine » se débattit, mais le bossu l'obligea à reculer contre la rambarde.

Pendant ce temps, Nomscul était sorti de l'eau. Dégoulinant, il chargea le derro qui osait s'attaquer à sa souveraine. Pitrick le repoussa d'un seul coup de ses lourdes bottes.

— Ton pourvoyeur d'herbe bleue a eu un petit accident. Mais ne t'inquiète pas : une fois prisonnière dans mes appartements, tu en auras autant que tu voudras, siffla le bossu à la figure de Perian.

Son haleine empestait la bière de champignons. Il saisit son amulette et plongea les yeux dans ceux de la jeune femme.

— *Kan-straithian !* aboya-t-il.

Un éclair bleu jaillit entre ses doigts. Aussitôt, il lâcha Perian et se tourna vers Flint qui arrivait à la rescousse.

La jeune femme tenta de s'enfuir, mais ses pieds refusèrent de bouger, comme si on les avait collés au pont. Elle voulut se tourner, ouvrir la bouche et parler, mais elle constata qu'elle était paralysée.

147

# CHAPITRE XXII

— A toi, maintenant, gronda Pitrick, les yeux brûlant de haine.

Il pointa un doigt osseux vers Flint. Celui-ci comprit qu'il ne pourrait atteindre le bossu avant qu'il lance son sort.

— *Incinerus... Incinetoria*, entonna Pitrick, se préparant à engloutir son ennemi dans les flammes.

Il ne remarqua pas Nomscul, qui s'était relevé et contournait en douce la silhouette pétrifiée de Perian.

— Incin-machin toi-même ! s'écria le chamane Aghar sur un ton de défi, en brandissant sa bourse au-dessus de sa tête.

Il la secoua de toutes ses forces, projetant un nuage de poussière en direction du mage.

— Ah... Aaaaaah... Tchoum !

Pitrick éternua si fort que son souffle faillit renverser l'Aghar.

— Immonde larve ! haleta-t-il en flanquant un coup de pied à Nomscul.

Pour la deuxième fois en moins de cinq minutes, celui-ci vola dans les airs et atterrit dans le torrent.

A cet instant, Flint atteignit le pont et se rua sur le derro, fourchette brandie. Pitrick, dont le nez le chatouillait encore, tira une longue dague de sa ceinture.

Le choc les envoya rouler tous les deux sur la rive, l'arme dans une main et le poignet de leur adversaire dans l'autre. Pitrick réussit à prendre le dessus, mais Flint le désarçonna d'un puissant coup de reins. Ils bondirent sur leurs pieds et se firent face.

— Tu croyais pouvoir m'échapper, nain des collines ? croassa le bossu, le souffle court.

Il se jeta sur son adversaire, mais Flint réussit à esquiver en lui portant un coup à la poitrine. Les dents de sa fourchette déchirèrent la robe du mage, puis se tordirent en heurtant la cote de mailles qu'il portait dessous.

— Mais moi aussi, je suis plein de surprises, siffla Pitrick. Et en voici une autre : quand j'en aurai terminé avec toi, je massacrerai tous les habitants de ton village. Merci de m'avoir révélé que Soucolline était devenu un danger pour moi.

— Pour ça, il faudra que tu vives assez longtemps, grogna Flint.

Mais la menace du bossu le glaçait d'effroi. Il devait arrêter ce monstre, et tout de suite !

Avec une rapidité surprenante, le mage fit volte-face et s'élança vers le pont. Flint bondit à sa suite.

— Je suis libre ! s'écria soudain une voix de femme.

Les effets du sort de paralysie venaient de cesser. Perian fit un sourire carnassier et, son couteau à viande toujours à la main, marcha sur Pitrick d'un air résolu.

Au lieu de saisir son amulette, le bossu éclata de rire. Il toucha l'anneau qu'il portait à sa main gauche et disparut.

Perian poussa un cri. Flint leva la tête : Pitrick se tenait derrière la jeune femme ; il lui avait retourné un bras dans le dos.

— Je dois m'en aller pour le moment, ricana le bossu. Mais je reviendrai prendre possession de ce qui m'appartient.

Flint s'élança vers lui. Il vit Pitrick porter la main à son anneau sans lâcher Perian, et ce fut comme si une dague glacée s'enfonçait dans son cœur.

149

Mais aucun des deux adversaires ne s'attendait à la réaction de la jeune femme. Juste avant que le derro ne les téléporte, elle pivota vers lui, brandissant son couteau à viande.

Pitrick leva un bras pour se protéger le visage. Il réalisa trop tard que ce n'était pas ce que Perian visait.

La lame s'enfonça dans la main du bossu, qui poussa un hurlement. Du sang jaillit à gros bouillons de l'endroit où deux de ses doigts venaient de tomber dans le torrent.

Deux de ses doigts, dont celui qui portait l'anneau.

— Finis-le ! s'écria Flint en se précipitant vers Perian.

Un éclair de colère et de peur illumina le regard du derro. Il vit Flint charger et recula en titubant vers l'extrémité du pont. De sa main intacte, il farfouilla dans une de ses bourses.

Flint le vit sortir une petite bouteille transparente, mais il ne ralentit pas pour autant. Le bossu avala d'un trait le contenu de la fiole. Flint se jeta sur lui et le plaqua à terre. Il leva sa fourchette tordue, prêt à la plonger dans le cou du mage.

Mais le corps de son adversaire se transforma sous lui en un pâle nuage de vapeur. Flint lui flanqua plusieurs coups de son arme improvisée, sans le moindre effet. Le nuage s'éloigna de lui, puis traversa l'ouverture conduisant à la fosse et disparut.

— Malédiction ! jura le nain en voyant son ennemi lui échapper.

— Ce n'est pas fini ! s'écria Perian. Regarde !

Flint fit volte-face et vit que le ver charognard avait atteint l'entrée du tunnel conduisant à la Salle du Trône. Dans son sillage gisaient des dizaines d'Aghars paralysés.

Alors, Flint prit conscience de la voix de Nomscul, qui s'époumonait depuis plusieurs minutes :

— Allez, Agharpulteurs ! Faites Agharpulte ! Assommez grosse bête !

Des équipes de nains des ravins se précipitèrent vers le monstre, formèrent des pyramides et se jetèrent sur lui sans se soucier du danger. Flint ne comprit pas vraiment ce qu'ils espéraient faire ; toujours est-il que le ver charognard fut manifestement distrait par le spectacle des corps volant au-dessus de sa tête et s'écrasant contre les murs.

Flint se précipita vers eux, les encourageant de la voix et réfléchissant aussi vite que possible. Que pouvait-il faire ? Sa fourchette ne lui avait déjà pas servi à grand-chose contre Pitrick, mais contre un ver charognard...

Pris d'une inspiration, Flint modifia sa trajectoire et se dirigea vers le feu où rôtissaient les côtelettes.

*Dommage de gaspiller cette bonne viande,* songea-t-il en empoignant la broche chauffée à blanc et en la faisant tomber sur le sol.

Sans se soucier de ses brûlures, il ôta sa tunique, s'entortilla les mains dedans et saisit à nouveau la broche.

— Sautez ! Plus vite ! hurla Perian derrière lui, en s'efforçant de diriger les efforts des Agharpulteurs.

De plus en plus de ses sujets réussissaient à atteindre la bête. Ils ne lui faisaient pas le moindre mal, mais monopolisaient son attention.

Voyant que Flint peinait avec sa broche, Perian se précipita vers lui et empoigna une des extrémités de l'arme improvisée. Tous deux placèrent sur leur épaule droite la longue tige métallique garnie de côtelettes et chargèrent.

La broche s'enfonça entre deux des segments du ver, à moins de trois pieds de sa tête. Du pus bleu jaillit de la blessure et couvrit peu à peu la viande.

Perian et Flint esquivèrent un assaut vicieux et plongèrent la broche plus profondément dans la chair du monstre.

Le corps du monstre fut parcouru d'un tremblement.

Perian et Flint fouaillèrent ses entrailles à la recherche d'un organe vital. Dans un ultime spasme, le ver charognard s'immobilisa.

Autour d'eux gisaient des dizaines d'Aghars paralysés ou assommés. Flint était couvert d'égratignures, d'ecchymoses et de jus de côtelettes. Le sang de Pitrick tâchait encore la robe de Perian.

Epuisés, les deux nains se dévisagèrent en silence pendant un long moment.

— Quand... quand Pitrick t'a attrapée, j'ai eu peur qu'il t'enlève et que je ne te revoie plus jamais, marmonna Flint, les yeux baissés. ( Puis, levant la tête : ) Je suis si heureux...

Il tendit les bras vers elle et la serra contre sa poitrine.

— Je suis heureuse aussi, chuchota Perian en tendant ses lèvres vers celles de Flint.

Le cœur du nain cogna plus fort que lorsqu'il avait cru mourir entre les mains de Pitrick.

Mais il se dégagea de l'étreinte de la jeune femme.

— On ne peut pas faire ça, marmonna-t-il dans sa barbe. Nous sommes différents. C'est sans espoir.

— Qui a dit ça ? souffla Perian d'une voix rauque.

— Moi.

# CHAPITRE XXIII

— Tu crois vraiment qu'il le ferait ? demanda Flint à Perian en arpentant nerveusement la Salle du Trône. Qu'il détruirait un village entier juste pour se venger de moi ?

Plusieurs heures s'étaient écoulées depuis la fin de la bataille qui les avait opposés au mage derro. Le nain et sa compagne avaient d'abord aidé les Aghars à évacuer la Salle du Grand Ciel et à transporter les blessés jusqu'à une infirmerie de fortune.

Neuf nains avaient perdu la vie au cours du combat contre le ver charognard ; les autres se remettaient lentement de leur paralysie.

Flint avait ensuite ordonné qu'on rebâtisse le mur changé en boue, histoire de décourager une autre tentative d'invasion, et qu'on débite le cadavre du monstre en petits morceaux pour en disposer plus facilement.

Puis il était revenu jusqu'à la Salle du Trône, où Perian avait passé du baume sur ses brûlures avant de lui bander les mains. Tous deux étaient bien trop fatigués pour dormir.

Assise au bord du lit de mousse, penchée au-dessus d'une petite table, Perian hocha vigoureusement la tête en réponse à la question de Flint.

— Pitrick est le nain le plus fou et le plus cruel que j'aie jamais rencontré. Une fois, il a même... Peu importe, dit-elle avec un geste évasif.

Flint semblait si préoccupé qu'il n'aurait guère apprécié son récit.

— Moi et mon fichu tempérament ! grogna le nain. Je n'aurais jamais dû lui dire que le village était au courant de son trafic. D'autant plus que c'était un mensonge.

Il flanqua un coup de pied rageur dans le mur. Perian secoua ses boucles rousses.

— Tu ne peux pas te reprocher les actes de Pitrick ! Il a toujours détesté les nains des collines. Un jour ou l'autre, il aurait fini par s'en prendre à Soucolline.

— Mais j'ai précipité le processus, se lamenta Flint. J'espère au moins pouvoir rentrer avant qu'il ne soit trop tard.

Perian leva la tête des notes qu'elle était en train de prendre sur un vieux bout de parchemin.

— Songe que grâce à toi, ils auront au moins une chance de se défendre.

Flint fronça les sourcils.

— Merci d'essayer de me réconforter, mais je sais que tout est ma faute.

Perian fit la moue.

— Je suppose que l'obsession de Pitrick me concernant n'a pas arrangé les choses. Tout ça ne serait pas arrivé si je l'avais affronté plus tôt, ou si j'avais raconté au Thane ce que je sais sur lui. J'aurais aussi pu lui donner ce qu'il voulait...

A cette pensée, elle frissonna, et Flint sentit son sang bouillonner dans ses veines.

— Non, dit-il avec force. Ç'aurait été pire que la mort.

— C'est vrai, reconnut Perian.

Embarrassé, Flint baissa les yeux vers le parchemin posé devant elle.

— Que fais-tu donc ?

— Une liste des choses que nous aurons besoin d'emporter à Soucolline. Combien y a-t-il de lieues jusque-là ?

— Comment ça, « nous » ? Tu veux dire que tu m'aiderais ? demanda Flint sans oser y croire.

— Et comment ! Essaie un peu de m'en empêcher ! lança Perian sur le ton du défi.

— Mais pourquoi ? Pourquoi risquer ta vie pour des étrangers ?

— Tu n'en es plus vraiment un, dit-elle en riant. Tu m'as sauvé la vie deux fois en... Combien, cinq jours ?

Flint leva les yeux au ciel.

— Tu n'aurais jamais couru le moindre danger sans mon intervention, lui rappela-t-il.

Perian fit une grimace.

— On ne va pas revenir là-dessus. De toute façon, j'avais atteint le point de rupture. Tu ne comptais quand même pas abandonner ta reine et tes sujets ?

Flint se gratta la barbe et tritura machinalement l'anneau de téléportation que Pitrick avait abandonné derrière lui avec deux de ses doigts.

— En fait, tu vas sans doute rire, mais... je me demandais si je n'allais pas les emmener. Après tout, je leur ai donné ma parole de ne pas les quitter. Ils ne sont pas les meilleurs combattants de Krynn — à mon avis, ce serait plutôt l'inverse —, mais je n'ai jamais vu de peuple plus brave.

« La façon dont ils se sont jetés sur le ver charognard... Je ne crois pas qu'une vulgaire armée de nains des montagnes, aussi bien entraînée fût-elle, les intimidera le moins du monde.

Le visage de Perian s'éclaira.

— Bonne idée ! Quand devrons-nous...

Soudain, les échos d'une vive conversation leur parvinrent aux oreilles. S'attendant au pire, Flint et Perian s'entre-regardèrent avant de bondir vers la porte pour jeter un œil dans le couloir.

— Cainker revenu ! Garf revenu ! s'écria Nomscul en courant vers eux. Eux ramènent neveu du roi !

A bout de souffle, il pila quelques pouces devant Flint.

155

Celui-ci cligna des yeux, incrédule.

— Basalt ? Je n'arrive pas à croire que ces deux têtes de pioche soient arrivés jusqu'à Soucolline, et encore moins qu'ils aient localisé mon neveu. Mais pourquoi l'ont-ils ramené ?

— Roi et reine venir voir ! Lui pas très content.

— Pas étonnant ! s'exclama Flint. Ils étaient censé lui donner mon message, pas le kidnapper ! Où est-il ?

— Dans grotte, expliqua Nomscul. Cainker et Garf ont fait passer neveu par crevasse dans mur.

— Tu ferais mieux de nous conduire à lui, soupira Flint en se passant une main sur le visage.

Ils suivirent un long tunnel en ligne droite sur environ deux cents pieds, calcula le nain en comptant ses enjambées ( un vieux truc appris au cours de ses explorations de donjons ). Ni Perian ni lui n'avaient encore visité cette partie de Trouboueux, et il voulait être sûr de retrouver la sortie.

Le tunnel bifurqua vers la droite. Deux cents pas plus loin, il se divisa en deux.

— Ce côté mener à Salle du Grand Ciel, expliqua Nomscul. Nous prendre autre côté.

Au bout de cent pas, le passage rétrécit et bifurqua vers la gauche.

— As-tu remarqué que nous nous enfoncions ? demanda Perian en se tournant vers Flint, qui fermait la marche.

— Heureusement, haleta le nain. C'est la seule chose qui me permette d'avancer. On est encore loin ?

— Grotte juste là ! s'écria Nomscul en s'arrêtant si brusquement que Perian buta sur lui, et Flint sur Perian.

Sans réfléchir, Flint posa ses mains sur les épaules de la jeune femme et, enfouissant le visage dans ses boucles rousses, prit une longue inspiration.

Il réalisa ce qu'il faisait et bondit en arrière comme si les cheveux de Perian l'avaient mordu.

— Euh, Nomscul est descendu par là, dit doucement la jeune femme en lui jetant un regard oblique.

Flint passa la tête de côté pour mieux voir.

— Oh, non ! Un escalier !

Une volée de marches s'enfonçait dans le sol en serpentant. Ils n'eurent d'autre choix que de l'emprunter.

— Quatre-vingt-huit, quatre-vingt-neuf ! dit Flint en posant enfin le pied sur le sol.

Ils débouchèrent dans une superbe grotte naturelle, éclairée par une source que le nain ne put identifier. Le plafond était aussi haut que celui de la Salle du Grand Ciel. Une petite cascade jaillissait du mur droit et formait une mare qui alimentait un torrent disparaissant sous le mur gauche. Des poissons blancs dépourvus d'yeux folâtraient dans l'eau glacée.

Des rangées de stalactites et de stalagmites évoquaient irrésistiblement les tuyaux d'un orgue. Le sol était couvert d'une mousse aux reflets verts, jaunes et roses. Flint comprit que c'était elle qui dispensait tout l'éclairage.

— N'est-ce pas magnifique ? souffla Perian, émerveillée, en se dirigeant vers un banc de pierre naturelle.

— Si, répondit Flint, dont la poésie n'avait jamais été le fort. Nomscul, où est mon neveu ?

Un grognement retentit derrière lui. Il fit volte-face. Basalt était agenouillé près d'une stalagmite, à laquelle le retenait une courte laisse. Les Aghars l'avaient saucissonné à l'aide de rubans, de ceintures, de lianes et de nombreux matériaux d'origine incertaine.

Son visage enflé était couvert de sang séché et de la poussière « magique » de Nomscul. Sa barbe et ses cheveux semblaient aussi sales que ceux des Aghars.

— Basalt ! s'écria Flint en se précipitant vers lui pour le délivrer.

Epuisé le jeune nain s'effondra sur le sol. Perian prit un peu d'eau fraîche dans ses mains en coupe et lui aspergea le visage.

Basalt reprit lentement connaissance. Il s'aida de la stalagmite pour se relever. Ses yeux se posèrent sur

Flint, et il faillit s'évanouir à nouveau. De stupeur, cette fois.

— Oncle Flint ! s'écria-t-il. Mais tu es mort !

— Ah non, ça ne va pas recommencer ! grommela Flint avec une exaspération feinte. D'abord Garth, et maintenant toi ! Mais qu'est-ce que je vous ai fait ?

Incapable de se retenir plus longtemps, il éclata de rire et donna à son neveu une accolade d'ours.

— Tu n'es pas en très bon état, mais ça me fait rudement plaisir de te voir ! (Il se tourna vers Nomscul.) Où sont les deux andouilles qui ont kidnappé ce petit et l'ont rossé de coups avant de le ligoter à un poteau comme un chien ? En tant que roi, j'exige des explications ! tonna-t-il.

Nomscul haussa ses frêles épaules et leva les mains en signe d'ignorance.

— Ne sois pas trop dur avec eux, intervint Basalt. Je ne leur ai pas facilité la tâche. (Il fronça les sourcils.) C'est quoi cette histoire de roi ? Où sommes-nous ? Que se passe-t-il ici ?

— J'aurais dû m'en douter, maugréa Flint. C'était déjà bien beau qu'ils te retrouvent ; je ne pouvais pas en plus espérer qu'ils suivent mes directives.

« Ils ne t'ont pas donné mon message, n'est-ce pas ? A l'origine, ils devaient simplement te dire que j'allais bien, pas te ramener. »

— Maintenant que je suis là, tu vas pouvoir m'expliquer ça toi-même.

Flint se gratta le front.

— Comment dire ? Je suis le nouveau roi de Trouboueux, la cité aghar dans laquelle nous nous trouvons.

— Laisse-moi deviner : tu as fait un pari et tu as perdu, dit Basalt en éclatant de rire malgré ses contusions.

Perian se racla la gorge pour attirer l'attention du jeune nain et fit un pas vers lui.

— Tu dois être Basalt. Je m'appelle Perian Cyprium, dit-elle en lui tendant la main.

— C'est ma reine, expliqua Flint.

Son neveu lui jeta un regard étonné mais admiratif.

— Et autant te le dire tout de suite, poursuivit Perian, les pouces dans les passants de sa ceinture. Au cas où tu ne l'aurais pas deviné, je suis une naine des montagnes.

Basalt plissa les yeux.

— Je crains de ne pas bien comprendre.

— Asseyons-nous ; je vais tout te raconter, proposa Flint en le conduisant vers le banc de pierre. Mais je te préviens, ça risque d'être un peu long...

*
* *

— Combien de temps faudra-t-il à Pitrick pour organiser les troupes qu'il enverra à Soucolliné ? demanda Flint en se tournant vers Perian, une fois son récit terminé.

La jeune femme se mordit les lèvres.

— Voyons... Je suppose qu'il utilisera mes hommes. Il voudra préserver le secret autour de son intervention, et la Garde du Thane est la seule force loyale au trône theiwar. Elle se compose exclusivement de derros pur sang, tous très bons combattants, et qui comptent parmi eux plusieurs mages comme Pitrick.

— Alors, combien de temps ? répéta Flint, impatient.

— Ce n'est pas si simple ! protesta Perian. Il y a beaucoup de facteurs à prendre en compte. Ils sont cinq cents, tous en pleine forme, mais ils n'ont pas combattu à la surface depuis... au moins trente ans, à ma connaissance. Avant, j'étais trop jeune pour m'intéresser à ces questions.

« A mon avis, il leur faudra une bonne quinzaine de jours pour se préparer... Mais Pitrick risque de les obliger à partir avant. Je dirai dans une semaine, peut-être moins. »

— Et il va nous falloir trois jours pour nous rendre sur place, dont deux pour imaginer un moyen de faire marcher trois cents Aghars dans la même direction.

— Ce qui nous laissera peu de temps pour organiser les défenses de Soucolline, fit remarquer Perian.

— A supposer que nous persuadions les habitants de l'imminence d'une attaque, ajouta Basalt.

Flint fronça les sourcils et essaya de se représenter en train de convaincre les villageois. Sachant à quel point ceux-ci prisaient l'argent des derros, ça ne lui semblait pas gagné d'avance.

En réfléchissant, il fit tourner distraitement l'anneau de Pitrick autour de son doigt. Des picotements remontèrent le long de son bras et gagnèrent sa poitrine.

— Attention ! s'exclama Perian. Tu es en train d'activer l'anneau de téléportation !

Flint secoua la tête.

— Tu veux dire que Pitrick n'est pas le seul à pouvoir s'en servir ?

— Bien sûr que non. C'est pareil pour la plupart des objets magiques, d'ailleurs. Il m'a expliqué son fonctionnement une fois, sans doute pour m'effrayer. Il m'a dit qu'il lui suffisait de le faire tourner et de s'imaginer l'endroit où il voulait se rendre pour s'y retrouver aussitôt.

— Ça me donne une idée, dit Flint en se tournant vers Basalt. Je ne peux pas quitter les Aghars, parce que j'ai promis d'être leur roi. Mais si tu te téléportais à Soucolline, tu donnerais aux villageois trois jours de plus pour préparer leurs défenses.

« Tu n'as qu'à commencer par raconter ton histoire à Moldoon. Il te croira et il pourra t'aider à convaincre les autres. »

Basalt recula comme si son oncle l'avait giflé.

— Mais je ne peux pas ! gémit-il en détournant la tête. Moldoon est mort, et c'est ma faute !

— Comment ça ? s'exclama Flint, le prenant par les épaules et le secouant comme un prunier. Moldoon est mort ? De quoi parles-tu ?

Entre deux sanglots, Basalt raconta les événements de la veille, juste avant que les Aghars ne le kidnappent.

— Moldoon s'est interposé entre nous, et le derro lui a plongé sa lame dans la poitrine, conclut-il en sanglotant, le visage entre les mains.

La douleur de Flint ne fit qu'alimenter sa haine des derros.

— Basalt, dit doucement Perian, l'homme appelé Moldoon n'a fait que ce que son cœur lui dictait. Tu n'es pas responsable de sa mort.

— Bien sûr que si, gémit le jeune nain en levant vers elle ses yeux bouffis de larmes. Oncle Ruberik et les autres avaient raison : je ne suis qu'un ivrogne et un bon à rien, incapable de se défendre lui-même.

« Et je ne vous ai même pas parlé de la patrouille derro qui m'a découvert dans la montagne, avant que je rentre à Soucolline. Les soldats m'ont fait détaler comme un lapin ; ils n'ont même pas voulu gaspiller leurs forces à me tuer. Oh, si seulement ils l'avaient fait ! »

Au grand étonnement de Perian, Flint flanqua à son neveu une claque retentissante.

— Ça suffit comme ça, dit-il sévèrement. Tu t'es assez apitoyé sur le sort de ton père, sur celui de Moldoon et sur le tien. Maintenant, tu as autre chose à faire. ( Son visage s'adoucit. ) Tu dois leur montrer qu'ils avaient tort, Basalt. Tu dois rassembler tout ton courage et toute ta volonté pour leur faire admettre quelque chose qu'ils ne voudront pas entendre. Et tu dois réussir, parce que le sort de Soucolline repose sur tes épaules.

— Tu crois vraiment que j'arriverai à les convaincre ? chuchota Basalt.

Flint lui sourit d'un air encourageant.

— Bien entendu.

Il lui tendit l'anneau de téléportation. Basalt le prit, l'examina pendant quelques secondes, puis le glissa en hésitant à son majeur gauche.

— Va d'abord trouver le reste de la famille, ordonna Flint. Malgré leur cupidité et leurs airs pompeux, tes oncles sont des Forgefeu. Si tu leur montres que tu as changé, ils te donneront une deuxième chance. Tu verras.

« Maintenant, concentre-toi sur l'endroit où tu veux arriver. »

Basalt ferma les yeux et se représenta sa chambre, dans la demeure familiale.

— Raconte-leur tout ce que tu sais, et dis-leur que nous serons là dans trois jours. On compte sur toi.

La silhouette du jeune nain scintilla devant eux.

— Tu peux le faire, Basalt ! cria Flint juste avant que son neveu disparaisse.

# CHAPITRE XXIV

Flint laissa tomber le bouclier de bois fendu de toutes parts.

— Nous ne trouverons pas assez d'armes ici pour nous équiper, et je ne te parle même pas de nos trois cents « sujets » ! dit-il en plissant le nez.

Depuis près d'une heure, ils fouillaient la Salle du Grand Ciel à la recherche d'équipements utilisables, mais sans succès.

De l'autre côté du torrent, une vingtaine d'Aghars étaient occupés à entasser de grosses pierres pour remplacer le mur que Pitrick avait transformé en boue. Un deuxième groupe finissait de découper en morceaux la moitié antérieure du ver charognard.

Enfoncée jusqu'aux cuisses dans une pile de bottes dépareillées, de pots brisés et de restes de nourriture, Perian observait la vieille hache qu'elle venait de dégager.

— Tu as trouvé quelque chose d'intéressant ? demanda Flint.

La jeune femme sursauta et glissa discrètement l'arme dans la boucle de sa ceinture. Les plis de sa tunique vinrent aussitôt recouvrir le manche.

— Hein ? Désolée, je ne t'ai pas entendu.

Flint approcha d'elle.

— Où allons-nous trouver de quoi équiper les Aghars ? On ne peut quand même pas les envoyer au combat avec des fourchettes à viande !

163

Perian se laissa glisser au pied du tas de détritus.

— Ne t'inquiète pas ; Nomscul a dit qu'il y avait encore plein de tas à fouiller. Et puis, les Agharpulteurs n'ont pas vraiment besoin d'armes.

— Génial. Alors, disons qu'il nous faudrait deux cents Agharpultes, ricana Flint en la rejoignant.

Perian se tourna vers lui, les mains sur les hanches.

— Ecoute, tu pourrais essayer d'y mettre du tien ! Sinon, je... je... Oh, et puis je ne vois pas pourquoi je m'embête avec toi ! Tu es le nain des collines le plus borné que j'aie jamais rencontré !

— Vraiment ? Et Réorx sait que tu dois en connaître beaucoup ! lança Flint, narquois.

— Au moins un de trop, dit la jeune femme.

Flint eut du mal à s'empêcher de sourire. *Comme elle est différente des autres naines ! En cent quarante ans, je n'ai jamais rencontré personne qui lui ressemble.*

Il faillit tendre la main pour repousser une boucle rousse tombée sur le front de Perian, mais il se reprit au dernier moment. *Pourquoi mes mains cherchent-elles sans cesse des excuses pour la toucher ? Nous savons tous les deux que les nains des collines ne peuvent s'unir à ceux des montagnes.*

— Alors, on ne dit plus rien ? demanda Perian.

Embarrassé, Flint détourna le regard.

— Nous avons trop de travail pour perdre notre temps en joutes verbales, dit-il maladroitement.

— Oh, très bien ! s'écria la jeune femme, vexée. Après tout, j'ai hâte d'en finir avec la campagne de Soucolline.

— Personne ne t'oblige à la faire, lui rappela Flint.

Perian plissa les yeux.

— Il se peut que tu ne comprennes pas cette notion, mais mon sens de l'honneur m'oblige à tenir parole.

— Je ne t'ai jamais rien demandé.

— Je parlais de celle que j'ai donnée aux nains des ravins.

— Oh.

Un silence. Perian tourna les talons et s'éloigna en direction du pont de pierre, le menton levé.

Flint jura entre ses dents. Pourquoi avait-il réagi de la sorte ? *Rattrape-la, fais-lui des excuses : tout ce que tu veux pourvu qu'elle ne te regarde plus avec cet air dégoûté !*

— Aaaaaaaaaaaïe !

Flint sursauta et se tourna vers l'endroit d'où venait le cri. Un petit nuage de fumée tourbillonnait autour des Aghars chargés de débiter le ver charognard, et qui pour l'heure gesticulaient bizarrement.

— Comment avez-vous réussi à mettre le feu sur vous ? grommela Flint dans sa barbe en se dirigeant vers les lieux du drame.

Pourtant, malgré la fumée nauséabonde, il ne distingua pas la plus petite flamme. En revanche, les Aghars étaient couverts d'une substance noire et gluante, qu'ils s'efforçaient désespérément d'essuyer. Chaque fois qu'ils en faisaient tomber un peu sur le sol, elle explosait en produisant un nuage toxique.

— Ça brûler !
— Ça faire fondre doigts !
— Comme bombe !
— Tout collant !
— Ça faire trou dans mon cerveau !
— Ça être ton oreille, dit calmement Nomscul en inspectant la tête de l'Aghar gémissant.
— Jetez-les dans le torrent ! s'écria Perian, saisissant deux des blessés par le col et les laissant tomber dans la mare la plus proche.

Lorsque les deux petites créatures sortirent de l'eau, leur peau était rose vif, mais elles ne semblaient pas affectées outre mesure.

Voyant le succès obtenu par sa compagne, Flint se hâta de l'imiter. Bientôt, tous les ouvriers victimes de la mystérieuse substance noire se rassemblèrent autour de leur roi en claquant des dents.

— Qu'est-ce qui se passe encore ici ? gronda Flint.

— Moi utiliser sac magique pour arrêter cris, mais pas marcher. Toujours marcher avant ! Roi maudire sac ? demanda Nomscul, méfiant.

— Bien sûr que non, soupira Flint. C'est juste de la pou... Oh, peu importe. D'où vient ce truc gluant ?

— Entrailles du monstre, expliqua le petit chamane. ( Il tendit le doigt vers la moitié de ver encore intacte. ) Roi voir sac de beurk, ici ? Nous couper comme roi dire, et beurk sauter sur nous.

— Ce doit être une poche de poison, suggéra Perian. Comment allons-nous nous débarrasser du reste de ce cadavre sans le faire exploser ?

Flint se gratta la barbe.

— Passe-moi ta dague.

A contrecœur, la jeune femme la lui tendit. Flint s'en saisit et préleva un peu de substance noirâtre. Celle-ci coula sur le sol et explosa avec une bouffée de fumée acide, mais la lame resta intacte.

*Autrement dit, ce truc est corrosif pour la peau, mais pas pour les matériaux solides,* en déduisit Flint.

— Combien y en a-t-il, à ton avis ? demanda-t-il en rendant sa dague à Perian.

— Je ne sais pas trop. La poche abdominale a l'air énorme, et ce monstre n'en avait peut-être pas qu'une. Pourquoi cette question ?

— Je crois, dit Flint en souriant, que nous venons de trouver notre arme secrète...

\*
\* \*

Basalt rouvrit les yeux et découvrit le visage ébahi de son oncle Ruberik.

— Qu'est-ce que ça signifie, jeune homme ? D'où viens-tu ? Que t'est-il arrivé ? Il me semble que tu nous dois des explications ! s'écria Ruberik, indigné.

— Tybalt t'a cherché toute la nuit, nous étions terriblement inquiets, renchérit Bertina.

Basalt se dirigea vers la cheminée. Face à un tel

accueil, le courage faillit lui manquer. Mais il se souvint que Flint avait confiance en lui, qu'il l'avait chargé d'une mission très importante, et que le sort de toute sa famille ( sans compter le reste du village ) reposait maintenant sur ses épaules.

— Tu as l'air plus cabossé qu'une vieille enclume. As-tu passé la nuit à boire ? demanda Ruberik.

— Maman, oncle Rubie, commença Basalt, la gorge serrée, j'ai quelque chose à vous dire. Vous n'allez sans doute pas me croire, mais il le faut ! Papa n'est pas mort d'une crise cardiaque : il a été assassiné par un mage derro !

Bertina eut un hoquet de surprise.

— Voilà que tu te mets à mentir pour couvrir tes frasques ! s'exclama Ruberik. J'ai tout essayé : te parler, te tancer, te faire honte, et c'est tout ce que tu trouves à dire ?

Il marcha vers son neveu et le saisit par le poignet.

— Peut-être une journée ou deux en prison te feraient-elles le plus grand bien. Une fois les effets de l'alcool dissipés, tu aurais tout le temps de réfléchir à ton comportement !

Malgré le nœud qui se formait dans son estomac, Basalt ne se laissa pas démonter.

— Laisse-moi au moins m'expliquer ! Je suis navré de t'avoir fait peur, mais les derros se préparent à attaquer Soucolline et nous avons peu de temps pour organiser notre défense.

— Allons bon, voilà autre chose ! s'exclama Ruberik, excédé.

— Basalt, tu n'es pas très cohérent, mais je ne t'ai jamais vu aussi sincère, intervint Bertina. Calme-toi et explique-nous ce qui te met dans cet état.

— Ça me semble évident, non ? bougonna Ruberik. J'en ai déjà assez entendu. Il est temps de...

— Rubie, l'interrompit sa belle-sœur, laisse-le parler.

Basalt fit un sourire reconnaissant à sa mère.

— Je sais que j'ai mal agi ces derniers temps, mais

je n'ai rien bu depuis hier soir, et je ne suis pas non plus un menteur.

« Papa s'est fait tuer parce qu'il avait découvert que les derros expédient des armes à une nation du Nord. Et oncle Flint m'a raconté qu'il avait failli subir le même sort. »

Ruberik se frappa le front.

— Pas de doute, c'est ce qu'on appelle une source fiable : mon assassin de frère aîné !

Basalt fronça les sourcils.

— Ecoute-moi jusqu'au bout, s'il te plaît. Ensuite, si tu ne me crois pas, j'accepterai de me rendre à oncle Tybalt. De toute façon, ça n'aura plus la moindre importance, parce que si tout le village est aussi borné que toi, nous serons morts d'ici une semaine, ajouta-t-il, l'air sinistre.

Cette fois, même Ruberik ne sut pas quoi répondre.

— Flint a été obligé de tuer le derro parce qu'il l'avait surpris à fouiller dans son chariot, expliqua Basalt.

— Quel rapport avec la mort de ton père ? demanda Bertina, se tamponnant les yeux avec son mouchoir.

Le jeune nain faillit hurler de frustration. Comment convaincrait-il les habitants du village s'il n'arrivait même pas à s'expliquer avec sa famille ? Il prit une longue inspiration et recommença depuis le début.

\*
\* \*

— Perian était capitaine de la Garde du Thane avant que Pitrick ne la pousse dans la fosse avec oncle Flint. Elle est certaine que le bossu mettra sa menace à exécution, conclut Basalt.

*Voilà. J'ai fait de mon mieux. Maintenant, advienne que pourra.*

Pendant une longue minute, sa mère et Ruberik ne trouvèrent rien à dire.

— Pourquoi Flint n'est-il pas revenu nous raconter ça lui-même ? demanda enfin Ruberik.

— Ah, oui, j'oubliais : les Aghars avaient une sorte de prophétie que Flint et Perian ont réalisée sans le vouloir. Ils les ont nommés roi et reine de Trouboueux, et ils leur ont fait jurer sur l'honneur qu'ils ne s'enfuiraient pas.

Basalt se mordit la lèvre. Il sentait bien que cette partie de l'histoire risquait de ruiner son peu de crédibilité. Ses épaules s'affaissèrent.

— Vous ne me croyez pas, hein ? Si je ne l'avais pas vu de mes propres yeux, je suppose que je réagirais de la même façon.

— Heureux de t'entendre dire quelque chose de sensé, marmonna Ruberik.

Basalt tendit sa main droite.

— Mais j'ai l'anneau ! Tu m'as vu me téléporter ici. Où aurais-je pu me procurer un objet comme celui-là ? Et pourquoi serais-je revenu vous raconter des mensonges, au lieu de me rendre n'importe où ailleurs sur Krynn, comme j'en avais le pouvoir ?

Ruberik se leva et enfila sa veste.

— Allez viens, on va voir ton oncle Tybalt.

Bertina leva un regard attristé sur son beau-frère.

— Tu livrerais mon fils aux autorités ?

— Je le ferais s'il mentait, mais visiblement, ce n'est pas le cas. Mon garçon, nous avons un sacré boulot en perspective, si nous voulons réveiller cette ville !

*
* *

— Nous sommes confrontés à un nouveau problème, annonça doucement Pitrick.

Depuis son incursion à Trouboueux, il avait bien réfléchi, et décidé que les nains des collines représentaient une trop grande menace pour qu'on les ignore.

— Oui ? répondit distraitement le Thane.

— Les habitants de Soucolline préparent un soulèvement.

— Vraiment ? Et que comptes-tu faire pour y remédier ?

— La seule chose possible : détruire le village.

# CHAPITRE XXV

— Et ensuite ? demanda Ruberik à Tybalt. Toute la famille sera d'accord avec nous, surtout qu'elle ne dépend pas financièrement des derros. Mais comment crois-tu que les autres réagiront ?

— Mal, certainement, répondit son frère en mâchonnant le tuyau de sa pipe, les pieds posés sur sa table de travail.

Ruberik, Bertina et Basalt se trouvaient dans le bureau du gendarme. Assis sur des tabourets de bois, le jeune nain et sa mère attendaient en silence le résultat des délibérations, Ruberik faisant les cent pas dans la pièce. Malgré la tension presque palpable, Basalt sentait une unité familiale nouvelle pour lui, et qu'il trouva très réconfortante. Il leva timidement les yeux vers Tybalt.

— Si nous pouvions convaincre deux ou trois citoyens parmi les plus en vue, ça nous donnerait davantage d'influence, suggéra-t-il.

— Le problème, c'est que les gens « en vue » sont ceux qui ont profité des largesses des derros, dit Ruberik derrière lui.

— Ils ne lèveront pas le petit doigt, renchérit Tybalt, sauf si nous leur démontrons qu'il y a du danger.

— Le seul moyen, c'est de rassembler tout le monde et d'aller jeter un coup d'œil à l'intérieur des chariots, intervint Bertina. Quand ils verront toutes ces armes, ils seront bien obligés de réagir.

— Le problème, objecta Ruberik, c'est que s'ils ne nous croient pas, ils refuseront de créer un incident avec les derros en envahissant leur enclos. Non, il va falloir leur apporter des preuves sur un plateau d'argent.

— Nous n'avons qu'à y aller nous-mêmes ! s'exclama Basalt en bondissant sur ses pieds. A nous quatre, on pourra facilement se glisser dans l'enclos, capturer les derros qui s'y trouvent, fouiller les chariots et appeler les villageois pour leur montrer la vérité. Si nous ne trouvons rien, la faute retombera sur nous, et les autres n'auront rien perdu.

Un long silence. Puis Tybalt reposa les pieds à terre et se pencha en avant.

— Très bien ; voilà de quoi nous aurons besoin...

*
* *

Lorsqu'ils arrivèrent en vue de l'enclos aux chariots, les rues de Soucolline grouillaient déjà de monde. Tybalt se tourna vers son neveu.

— Quand tu veux, mon garçon. Souviens-toi du plan dont nous avons discuté dans mon bureau et tout se passera bien.

Basalt hocha la tête. Il jeta un coup d'œil par le portail de bois et se concentra sur l'ancienne forge de Delwar. Le cœur battant à tout rompre, il fit tourner l'anneau de téléportation autour de son doigt.

Une seconde plus tard, il se tenait à quelques pas du petit abri de pierre. *Je commence à bien maîtriser le truc,* songea-t-il, se rengorgeant.

Il regarda autour de lui. Deux gros chariots étaient garés à sa droite ; une paire de jambes se déplaçait entre eux. Basalt fit volte-face et ouvrit la porte de la forge. Ses yeux s'adaptèrent très vite à l'obscurité ambiante. Il vit trois derros se réveiller en sursaut et s'asseoir sur leur lit.

— Debout, bouffeurs de champignons ! Je vous ai

amené des œufs à gober pour le déjeuner ! cria-t-il avant de s'enfuir à toutes jambes, les gardes sur les talons.

Le quatrième derro contourna les chariots et chargea avec ses camarades.

En courant, Basalt repéra un coin de l'enclos, vingt pas environ sur sa droite. Il ralentit pour laisser les gardes le rattraper ; au moment où ceux-ci allaient lui tomber dessus, il fit tourner son anneau et se téléporta le long du mur.

Stupéfaits, les derros s'arrêtèrent. Les yeux plissés pour se protéger contre la lumière, ils cherchèrent du regard le nain des collines.

— Hé ! par ici, rats d'égout puants ! Vous êtes aveugles, ou quoi ?

Furieux, les gardes s'élancèrent vers lui en tirant leur dague. Basalt se tourna vers un tonneau posé contre le mur, près de la forge, et attendit le dernier moment pour se téléporter à nouveau.

Les derros poussèrent un hurlement de rage, repérèrent leur proie et repartirent à l'attaque. Mais cette fois, l'un s'arrêta à mi-chemin et lança sa dague en direction de Basalt. L'arme frôla l'oreille du jeune nain. Les trois autres derros se hâtèrent d'imiter leur camarade, mais le nain avait déjà disparu.

Il se matérialisa non loin des chariots, s'assura que les gardes l'avaient repéré et s'élança entre les deux voitures. Alors qu'il les dépassait, son oncle Tybalt, qui s'était dissimulé derrière, lui lança une épée. Basalt fit demi-tour juste à temps pour voir les derros se jeter dans le piège des Forgefeu. Tybalt et Ruberik tendirent deux solides lances à hauteur de leurs genoux ; emportés par leur élan, les derros allèrent s'affaler de tout leur long dans la boue.

Quelques secondes plus tard, Tybalt, Ruberik, Basalt et même Bertina pointaient une épée sur leur gorge découverte.

— Tu avais raison, mon garçon, admit Ruberik.

Bertina adressa à son fils un sourire rayonnant.

— Va chercher le maire et tous les autres membres du conseil que tu pourras trouver, ordonna Tybalt. Pendant ce temps, nous allons ligoter ces quatre-là. Le plus dur reste à faire.

*
* *

La nouvelle de la trahison des derros se répandant dans le village, les habitants affluèrent autour de l'enclos. Certains, tel le marchand Micah, protestèrent de l'innocence de leurs partenaires commerciaux. D'autres, parmi lesquels Hildy, le capitaine de la milice et le maire, reconnurent aussitôt la gravité de la situation.

— Peu m'importe ce que tu penses, Micah. Le conseil a pris sa décision, trancha Holden, le maire, debout sur un tonneau. Il est évident que les Theiwars nous ont menti et qu'ils se servent de nous pour préparer une guerre.

« Nous avons tous vu les armes cachées dans ces chariots, et nous avons entendu le témoignage des prisonniers. Si tu oubliais deux secondes les pièces d'acier que tu as engrangées ces derniers mois, tu te rendrais compte que nous avons raison.

« A présent, écoutons les suggestions d'Axel Largelame, le capitaine de notre milice. »

Holden descendit du tonneau ; les villageois aidèrent Largelame, un vétéran qui avait livré bien des campagnes dans sa jeunesse, à prendre sa place. Le militaire portait un surcot vert impeccable, un heaume muni d'ailettes, des cuissardes, ainsi qu'une longue dague qui pendait à sa ceinture, comme celles des officiers de cavalerie humains. Il se racla la gorge avant de prendre la parole :

— Comme le savent déjà ceux d'entre vous qui font partie de la milice, notre arsenal se compose essentiellement d'outils de chasse, de menuiserie et de jardinage. Il nous a toujours suffi contre les pillards et les bandits.

« Mais si nous voulons nous défendre contre les nains des montagnes, nous aurons besoin de beaucoup d'armes de qualité, afin de constituer des formations homogènes. Par chance, nous venons de mettre la main sur quarante lances, trente-cinq épées et autant de haches. Notre milice comptant environ trois cent cinquante membres, ça nous en laisse deux cent cinquante à équiper. Mais il va falloir faire vite.

« Deux autres chariots devraient arriver demain. Nous nous emparerons de leur contenu, ce qui fera cent armes de plus. Ensuite, les Theiwars s'apercevront de la disparition de leurs voitures, et il ne faudra plus compter sur leur générosité. »

— Où allons-nous trouver les cent cinquante armes manquantes ? cria quelqu'un dans la foule.

— C'est une bonne question, admit Largelame. En récupérant les socs de charrues, les forgerons pourront en fabriquer quelques-unes de plus, mais ça ne suffira pas.

— Nous ne pouvons pourtant pas nous battre les mains nues !

Basalt se fraya un chemin jusqu'au tonneau.

— Ecoutez, j'ai une idée, dit-il en se hissant à côté de Largelame.

Le capitaine de la milice fit taire la foule.

— C'est le jeune homme qui nous a prévenus de l'attaque des derros. Alors, Forgefeu, à quoi penses-tu ?

— Deux chariots sont partis hier soir en direction de la côte. Nous savons que le voyage prend quarante-huit heures : les derros cheminent toute la nuit et dorment le jour. Si nous envoyons à leur poursuite un véhicule suffisamment rapide, nous devrions les rattraper avant le crépuscule.

— On pourrait utiliser le mien, proposa Hildy. Il est plus petit que les chariots des derros, et il devrait aller beaucoup plus vite.

— Parfait ! Mesdames, messieurs, nous aurons besoin de volontaires pour accompagner Forgefeu et

Hildy. Choisissez vos armes parmi celles que nous venons de réquisitionner et mettez-vous en route sur-le-champ.

« Les autres, rendez-vous dans une heure au square pour commencer à fortifier le village. Au travail ! »

# CHAPITRE XXVI

— Allez, Gris-Sabot, encore un effort ! cria Hildy au massif cheval de trait, ses tresses blondes volant derrière elle.

La pauvre bête banda ses muscles, mais la pente de la passe était raide, et le chariot transportait sept personnes : Hildy, Basalt et cinq jeunes autres nains armés jusqu'aux dents.

— Plus vite !

Hildy n'utilisait pas de fouet ; pourtant, Gris-Sabot, l'écume aux lèvres, faisait visiblement de son mieux pour la contenter.

Ils se trouvaient à six heures de route à l'est de Soucolline, et ils n'avaient pas la moindre idée de l'endroit où ils rattraperaient les derros. Dans peu de temps, ils quitteraient les montagnes et s'engageraient dans les plaines bordant la Nouvelle-Mer. Le déplacement deviendrait alors plus facile.

Basalt jeta un regard anxieux au soleil qui descendait à l'horizon. Ils devaient atteindre le campement des derros avant le crépuscule, sans quoi ils perdraient une centaine d'armes.

— Tu crois qu'on est encore loin ? s'enquit Turq Rocfoyer, un jeune nain musclé aux larges épaules.

— Je l'ignore, avoua Basalt. Mais d'après les calculs du maire, ça m'étonnerait.

— Combien de vermines à ventre blanc allons-nous trouver là-bas ? demanda Horld, un autre de leurs camarades.

177

— Trois par chariot ; deux qui se rendent sur la côte et deux qui en reviennent... Ça devrait faire douze en tout.

— Et nous ne sommes que sept.

— Mais l'effet de surprise jouera en notre faveur, dit Basalt. ( Puis, plus bas : ) Enfin, je l'espère.

Il était étonné que les autres s'en remettent à son avis. D'habitude, il faisait partie des gens qu'on ne remarquait pas, sauf quand il était trop soûl et qu'il commençait à faire du raffut.

Pantelant, Gris-Sabot arriva enfin au sommet de la colline la plus haute du Chemin de la Passe. A partir de là, le terrain descendait jusqu'à la côte.

— Hue, coco ! Hue ! s'écria Hildy.

Soudain déchargé de son fardeau, le cheval s'élança au petit trot, le chariot cahotant derrière lui. Basalt s'accrocha à son siège pour ne pas être éjecté. Il tourna la tête vers Hildy, dont le visage arborait une expression de détermination farouche.

Il pensa aux cinq jeunes gens qui, assis à l'arrière, attendaient ses directives. *Que dois-je faire ? Je ne suis pas un aventurier !*

Plus ils se rapprochaient de leur objectif, plus Basalt sentait ses certitudes s'effriter. *Moi et mes idées stupides ! Je suis en train de risquer la vie de six personnes, en plus de la mienne !*

Puis il se souvint des paroles de son oncle Flint. Peut-être ses camarades et lui réussiraient-ils à vaincre les derros. Après tout, ils étaient jeunes, forts et bien armés. Et avec un peu de chance, le soleil serait de leur côté.

Au pied de la colline, la route était bordée de grands pins et de quelques demeures isolées. Tandis que les ombres s'allongeaient devant eux, Basalt sentit la crainte d'arriver trop tard lui étreindre le cœur.

— Regarde là-bas ! chuchota soudain Hildy en désignant des traces de roues qui sortaient du chemin et se dirigeaient vers une construction de rondins, cinquante pas plus loin.

On aurait dit une grange sans fenêtres, mais aux portes grandes ouvertes. Quatre lourds chariots derros étaient garés devant. Un nain des montagnes en armure noire regarda passer la carriole de Hildy en plissant les yeux. Aucune monture n'était en vue.

— Baissez la tête ! siffla Basalt à l'attention de ses cinq camarades. Et toi, Hildy, continue ton chemin. Faisons comme s'ils ne nous intéressaient pas.

Deux cents pas plus loin, il demanda à la jeune femme de s'arrêter et d'aller se ranger sur le bas-côté.

— Tout le monde descend ! Dépêchons-nous ; le soleil sera bientôt couché.

Ses camarades saisirent leurs armes et l'entourèrent. Basalt réalisa qu'ils attendaient ses ordres.

— D'accord, dit-il d'une voix rauque, mal assurée. Nous devons faire le moins de bruit possible ; il ne faut pas qu'ils nous entendent venir. La surprise sera notre meilleur atout.

Ils se dirigèrent en file indienne vers le bâtiment qui abritait les derros. Basalt avait pris la tête de la procession ; il s'immobilisa soudain et s'accroupit en faisant signe aux autres de l'imiter.

— C'est toujours le même garde ; les autres doivent être à l'intérieur, chuchota-t-il. Je vais m'occuper de lui. Dès que j'aurai terminé, foncez vers la grange.

Ses camarades hochèrent la tête. Hildy posa un baiser sur sa joue couverte de taches de rousseur.

— Pour te porter chance, expliqua-t-elle, les yeux pétillant de malice.

Basalt rampa jusqu'à la lisière des arbres et regarda le derro, qui s'ennuyait, décrire des cercles autour des chariots.

Alors qu'il lui tournait le dos, Basalt se dirigea vers lui à petits pas rapides. Il avançait sur la pointe des pieds, plié en deux, en priant pour ne pas faire craquer une branche. Mais il marcha dans une flaque de boue avec un « ploutch ! » sonore.

Surpris, le derro fit volte-face et cligna des yeux.

— C'est déjà l'heure de la relève ? dit-il en prenant Basalt pour un de ses camarades.

— Oui, c'est l'heure, grogna le jeune nain.

Toute la rage, toute la frustration et toutes les humiliations qu'il devait aux derros se focalisèrent sur le garde. Il brandit sa hache à la lame argentée et la lui abattit sur le cou. Le derro s'effondra.

Basalt se figea. C'était la première fois qu'il tuait quelqu'un ; n'aurait-il pas dû éprouver un certain remords ? Pourtant, il avait beau chercher en lui-même, il n'y trouvait que de la résolution.

— Ça, c'était pour Moldoon, chuchota-t-il avec un dernier regard au cadavre.

Puis il fit signe à ses compagnons, qui le rejoignirent sans bruit. Ensemble, ils passèrent les portes ouvertes de la grange.

Le temps que leurs yeux s'habituent à l'obscurité, ils entendirent jurer les derros, puis sentirent une odeur de crottin de cheval monter à leurs narines.

Plusieurs gardes, assis autour d'un petit feu de camp, bondirent sur leurs pieds en dégainant leurs armes. D'autres, enroulés dans leur sac de couchage, se relevèrent maladroitement.

Basalt brandit sa hache pour bloquer l'épée d'un derro et contre-attaqua avec une férocité dont il fut le premier surpris. Plus expérimenté, le garde réussit à lui entailler la jambe. Mais Basalt l'obligea à reculer jusqu'à un mur et, esquivant un coup vicieux, lui abattit son arme sur le crâne.

Du sang et de la cervelle dégoulinèrent sur le sol de la grange. Le derro tomba comme une masse.

Basalt dégagea sa hache et fit volte-face. Plusieurs autres gardes gisaient sur le sol ; un de ses camarades, blessé à la cuisse, grimaçait de douleur.

Hildy plongea son épée dans le ventre d'un derro et chercha du regard un autre adversaire. Mais les gardes survivants prirent leurs jambes à leur cou. Turq et Horld voulurent les poursuivre. Basalt les en empêcha :

— Laissez-les partir. Nous avons les armes ; c'est le plus important.

Hildy s'agenouilla à côté de Drauf, le jeune nain blessé. Elle déchira un morceau de sa tunique et lui banda la jambe.

— L'os n'a pas été touché ; tu te remettras vite, dit-elle en souriant.

— Rentrons à Soucolline, ordonna Basalt en aidant son camarade à se relever. La lune devrait suffisamment éclairer notre chemin. Nous allons prendre les deux chariots pleins d'armes et laisser les autres ici.

— Emmenons tous les chevaux, suggéra Hildy. Comme ça, les derros seront bloqués s'ils reviennent.

— Bonne idée.

Suivant les explications de Flint, Basalt ouvrit le double fond des voitures et identifia celles qui contenaient les armes. Ses camarades déchargèrent les charrues, dont le poids les aurait retardés ; puis, ils reprirent le chemin de Soucolline.

# CHAPITRE XXVII

Flint passa le reste de la journée à recueillir le poison dans tous les pots et vases intacts de Trouboueux. Plus d'une fois, il dut plonger pour rattraper un récipient qu'un Aghar maladroit avait renversé, ou se charger de jeter dans le torrent un ouvrier fumant.

Lorsque le soir arriva, il était littéralement épuisé.

Les deux jours suivants furent consacrés à l'entraînement des Aghars. Perian possédait une expérience certaine en ce domaine ; hélas, les nains des ravins étaient hermétiques à ses instructions.

— En ligne ! s'époumona la jeune femme. En ligne !

Elle marcha sur un Aghar qui se tenait un bon pas devant les autres.

— Quel est ton nom, citoyen ?
— Spittul, ô grande reine.
— Es-tu certain de vouloir devenir soldat ?
— Oui, ô énorme reine.

Flint éclata de rire. Perian serra les dents.

— Alors recule et ne bouge plus.

Puis elle se dirigea vers Flint qui, allongé dans la mousse, observait la manœuvre. Elle se campa au-dessus de lui, les mains sur les hanches.

— Comment veux-tu que j'exerce mon autorité sur eux si tu passes ton temps à te moquer de moi ? fulmina-t-elle.

— De toute façon, c'est sans espoir, hoqueta Flint

en s'essuyant les yeux. Tu ne peux pas mener ces chimpanzés des tunnels de la même façon que des vétérans. Ils n'y arriveront jamais. Ils ne sont pas faits pour marcher en ligne.

— Alors que suggères-tu ? Les rassembler en troupeau et leur crier « Chargez ! » à la première occasion ? Ils se feraient sauter avec leurs propres bombes !

— Probablement, concéda Flint. Je crois qu'il faudrait essayer une autre tactique, plus en rapport avec leurs capacités.

— Mais je t'en prie, railla Perian.

Flint se leva et se dirigea vers la masse confuse d'Aghars.

— Tout le problème consiste à se rapprocher suffisamment des méchants pour leur jeter le beurk dessus sans se faire écrabouiller, dit-il, s'efforçant d'adopter un langage à la portée de ses interlocuteurs.

« Visiblement, nous n'y arriverons pas en nous jetant tous ensemble dans la mêlée. Mais peut-être pourrions-nous avancer par petits groupes. »

Il parcourut son armée du regard et tendit le doigt vers la dizaine d'Aghars qui semblaient prêter attention à ses propos.

— Vous, là ! Je veux que vous alliez tous ensemble vers le mur et que vous reveniez.

Les Aghars s'exécutèrent en se poussant, se bousculant et se donnant des coups de coude.

— Très bien, déclara Flint. C'est un bon début. On va tâcher de faire encore mieux.

Il positionna les Aghars afin que les premiers tiennent leurs boucliers devant eux, les autres les mettant au-dessus de leur tête.

— Recommencez en gardant vos boucliers comme je les ai placés, ordonna-t-il.

Les Aghars se précipitèrent vers le mur. Lorsqu'ils revinrent vers Flint, une moitié avaient lâché leurs boucliers, et l'autre les tenaient n'importe comment.

— Pathétique, soupira Perian. Nous sommes dans une impasse.

Flint secoua la tête.

— Je ne suis pas d'accord avec toi. Ils étaient bien partis ; c'est le retour qui leur a posé problème. Avec un peu de pratique, ils pourraient y arriver.

— De toute façon, à quoi ça leur servira-t-il ?

— Je vais te montrer. ( Flint se tourna vers ses cobayes. ) Ramassez chacun un gros caillou et reprenez votre position.

Une mêlée indescriptible s'ensuivit.

— Stop ! hurla Flint. Ne bougez plus. Une seule chose à la fois. D'abord, ramassez un gros caillou. Maintenant, replacez vos boucliers comme je vous ai montré. Bien. Marchez vers l'endroit par où le monstre est entré. Quand je dirai « tirez », lancez le caillou sur le mur.

Les Aghars zigzaguèrent jusqu'à la paroi nouvellement reconstruite. Au signal de Flint, ils lâchèrent leurs boucliers, lancèrent leurs projectiles au hasard et se laissèrent tomber sur le sol en hurlant de rire.

Flint se rapprocha de Perian.

— Tu avais raison ; c'est sans espoir. Nous devrions dire aux habitants de Soucolline de fuir pendant qu'il en est encore temps.

— Pas du tout, protesta la jeune femme. Ils font beaucoup de progrès ! Comment appelles-tu cette manœuvre ?

— La tortue.

Ils concentrèrent leurs efforts sur la pratique de l'Agharpulte et de la tortue ( que les petites créatures rebaptisèrent aussitôt la tortille ). Perian fut ravie de découvrir que les Aghars visaient très bien, probablement parce qu'ils devaient assommer de petits rongeurs pour varier un peu leur ordinaire à base de champignons.

Lorsque les deux jours d'entraînement prirent fin, les « tortilleurs » parvenaient à traverser la Salle du Grand Ciel, à lancer leurs « bombes » et à revenir sans que leur roi ait besoin de les harceler.

C'était plus que Flint n'en espérait, mais loin d'être suffisant.

— Ecoutez, dit-il en frappant dans ses mains. Venez un peu par ici.

Les Aghars se rassemblèrent autour de lui.

— Ce dont vous avez besoin, c'est d'un rythme pour synchroniser vos mouvements. ( Il commença à faire les cent pas devant ses troupes, les mains nouées derrière le dos. ) J'ai donc décidé de vous apprendre une chanson naine très spéciale.

Un murmure parcourut la foule.

— Roi ? demanda Nomscul en levant la main. Nous déjà connaître chanson.

Avant que Flint puisse les arrêter, tous les Aghars beuglèrent :

— *Gros soleil jaune,*
*Pas de caca dans l'œil,*
*Sommeil toute la journée,*
*Feuilles dorment dans le ciel,*
*Scarabées brûlent,*
*Gris, gris, gris,*
*Vieil homme ronfler,*
*Arbres nous appeler*
*Pour manger.*
*Feuilles brûlent,*
*Tant pis,*
*Hiver les aurait tuées.*

— Non, non, NON ! rugit Flint pour dominer cette cacophonie. Ça ne va pas du tout. Ecoutez plutôt ça : c'est l'*Hymne de Guerre Nain*. Il fait partie de votre héritage. Enfin, en quelque sorte.

Flint se racla la gorge et se redressa fièrement. De sa voix basse, légèrement rauque, il entonna le chant qui n'avait pas franchi ses lèvres depuis qu'il avait quitté les siens, des dizaines d'années plus tôt :

— *Sous les collines, la lame de la hache*
*Jaillit des cendres, au cœur du feu*
*Chauffée et martelée, le manche vient ensuite*
*Dans les collines on forge le souffle de la guerre !*
*L'âme du soldat apprivoise*
*Le champ de bataille !*

*Ami reviens couvert de gloire
Ou couché sur ton bouclier.*

*Par les montagnes, au souffle du vent
Les haches rêvent de pierre
De métal devenu vivant, d'un âge d'or,
La pierre sur le métal, le métal sur la pierre.
L'âme du soldat rêve
Le champ de bataille !
Ami reviens couvert de gloire
Ou couché sur ton bouclier.*

*Le rouge du fer, extrait de la mine
Le vert du bronze, l'éclat du cuivre
Les étincelles jaillissent de la forge du monde
Donnent la vie à son rêve et le rêve à sa vie.
L'âme du soldat bénit
Le champ de bataille !
Ami reviens couvert de gloire
Ou couché sur ton bouclier.*

Au début du deuxième couplet, Flint s'aperçut que la voix de Perian se joignait à la sienne. Son timbre de baryton et le clair alto de la jeune femme se mêlèrent, formant un contraste qui les mettait tous deux en valeur. Quand Flint butait sur un mot, Perian était là pour le lui souffler.

Lorsqu'ils chantèrent les dernières notes, le cœur de Flint était gonflé de passion, de fierté et de... de *nanitude*. Perian à son côté, l'hymne de sa race ne lui avait jamais paru plus chargé de signification. Il n'aurait pas cru avoir tant de points communs avec ses cousins des montagnes.

Quand il se tut, il s'avisa qu'il tenait la main de la jeune femme dans la sienne. Il se tourna vers elle et, à travers les larmes qui bordaient ses paupières, vit qu'elle avait également les yeux humides.

— Quivalen Sath, souffla Perian.

— Existe-t-il un autre compositeur au monde ? ajouta Flint en souriant.

— Roi et reine chanter encore ! s'exclamèrent les Aghars. Nous apprendre ! Chantez ! Chantez !

Flint et Perian s'exécutèrent de bonne grâce. Pendant une heure, les Aghars s'entraînèrent à répéter les paroles. Jamais encore leurs souverains ne les avaient vus aussi concentrés sur une tâche.

Une nouvelle compréhension passa entre eux. Pour finir, lorsqu'ils chantèrent seuls, Flint et Perian ne s'offusquèrent même pas du tour qu'avait pris leur hymne.

— *Sur les collines, le pet de la vache*
*Descend le cours du fleuve*
*Dans les collines, la morve du buffle de guerre*
*Serpente comme l'onde.*
*Le soldat bâfre et augmente*
*Le tour de sa taille !*
*Ami reviens couvert de graisse*
*Et vautré sur ton bouclier.*

# CHAPITRE XXVIII

Du haut de ses quatre pieds, ses cheveux blancs lui cascadant sur les épaules, le Thane Réalgar du clan Theiwar passait en revue les six cents soldats de sa Garde personnelle, alignés sur trois rangs dans le Champ de Parade.

Cette unité et ses coûteux baraquements occupaient le second niveau de la ville, juste au-dessous des luxueuses résidences des nobles. Cette position, qui les éloignait de la fumée et des odeurs de forge du premier niveau, soulignait le prestige dont ils jouissaient.

Les hommes de la Garde du Thane portaient un plastron noir brillant fait de l'acier le plus fin et un heaume assorti. La couleur de leur panache identifiait leur compagnie. Chacun d'eux possédait au moins deux armes.

Le premier rang se composait des Lames Sanglantes, reconnaissables à leur panache écarlate. Choisis pour leur robuste constitution et leur férocité, ces derros maniaient la hache avec une précision presque inégalée sur Krynn. Ils portaient également un bouclier et une épée courte. Leur entraînement était si dur qu'un quart des recrues y laissaient la vie. Les Lames Sanglantes n'avaient pas le droit de se marier ; ainsi, ces hommes n'avaient-ils d'autre loyauté que celle qui les attachait à leur unité.

Au second rang, les derros arboraient des panaches

noirs et combattaient sous le nom de Flèches Noires. Ils utilisaient une lourde arbalète, très difficile à charger mais dont les carreaux pouvaient pénétrer la plus solide des armures. Tous étaient capables de faire mouche sur une cible de la taille d'un œuf placée à deux cents pas de distance.

La troisième ligne regroupait les Epées d'Argent, des vétérans coiffés de plumes grises. Choisis pour leur agilité et munis de boucliers plus petits que ceux des Lames Sanglantes, ces derros maîtrisaient toutes les tactiques du corps à corps. Ils savaient s'infiltrer dans les rangs ennemis en profitant des plus petites brèches. Tous étaient intelligents, motivés et agressifs. Pour se rendre plus effrayants, ils se barbouillaient le visage de charbon et d'ocre avant chaque combat.

Outre ces trois compagnies, la Garde du Thane comptait un porte-étendard, des musiciens, des officiers, des éclaireurs, et surtout six mages capables de léviter ou de déchaîner des tempêtes de glace. Leur peau était encore plus pâle que celle des autres derros. Au lieu d'une armure, ils portaient des tuniques noires matelassées.

— Pitrick ! rugit Réalgar en se tournant vers le conseiller qui boitillait sur ses talons. Les troupes sont dans une forme splendide. Perian Cyprium faisait vraiment du bon travail avant que la mort l'emporte prématurément.

Il jeta un coup d'œil soupçonneux au bossu, dont l'explication ne l'avait pas convaincu. Mais le mage soutint son regard sans ciller, et il choisit de ne pas pousser ses investigations plus avant. Pitrick lui était bien plus précieux qu'un capitaine.

— J'aimerais beaucoup que tu remplaces Perian à la tête de ma Garde, dit-il d'une voix traînante.

— Si vous voulez, Excellence. Avec des troupes comme celles-ci, nous effacerons Soucolline du continent avant même que ses habitants aient eu le temps de dire « ouf ! ». Nous partirons en milieu d'après-midi, de façon à atteindre la sortie du tunnel au crépuscule et à voyager de nuit.

Réalgar hocha la tête.

— Et la neige ? D'après mes calculs, ce doit être l'hiver à la surface.

— Les conducteurs de chariots m'ont assuré qu'il faisait encore beau pour la saison, et que la neige ne nous gênerait pas. Il faudra à peu près deux jours pour arriver à Soucolline. Au soir du troisième, nous attaquerons.

\*
\* \*

— Qu'est-ce que Perian peut bien me vouloir à cette heure-ci, la veille de notre départ ? s'interrogea Flint à voix haute en se dirigeant vers la grotte où la jeune femme lui avait donné rendez-vous.

Il avait passé sa journée à empaqueter le poison explosif et à nettoyer les quelques armes découvertes pendant la fouille des tas de détritus. Quelques minutes plus tôt, Nomscul était venu le trouver et lui avait dit en gloussant :

« — Reine Furiane veut que roi la retrouve dans jolie grotte quand fini. Elle avoir grosse surprise ! »

Pour indiquer qu'il ne parlerait pas, le petit chamane s'était posé sur la bouche une main aux ongles noirs de crasse.

Flint atteignit le haut de l'étroit escalier et dévala les marches quatre à quatre. Arrivé en bas, il s'arrêta pour reprendre son souffle et pénétra dans la caverne.

Aussitôt, Fétide lui sauta dessus.

— Roi enlever ses vêtements et venir avec moi ! pépia-t-elle en tentant de le déshabiller.

— Qu'est-ce que tu racontes ? Arrête ça tout de suite ! Bas les pattes, j'ai dit ! Où est Perian ? demanda Flint en luttant pour conserver sa tunique.

— Ici, dit la jeune femme en surgissant de derrière une stalagmite. ( Elle éclata de rire en découvrant la scène. ) C'est bon, Fétide. Laisse-nous.

La dame de compagnie lâcha son roi à regret et

disparut dans l'escalier. Horriblement gêné, Flint rajusta ses vêtements.

— Que se passe-t-il ici ? bougonna-t-il pour cacher son embarras.

— Je te jure que je n'avais pas demandé à Fétide de t'agresser de la sorte, pouffa Perian. Mais elle a dû penser que, puisque j'avais ôté mon armure, tu voudrais en faire autant.

Flint constata qu'elle portait une robe bleu-vert moulante. C'était sa couleur préférée, et il devait reconnaître qu'elle allait divinement bien avec les boucles rousses de la jeune femme.

Pour la première fois, il distinguait vraiment la silhouette de Perian : ses chevilles fines, ses cuisses musclés, ses hanches larges, sa taille bien prise, ses...

Flint s'empourpra et s'obligea à lever les yeux vers le visage de la jeune femme. Celle-ci lui sourit et tendit la main en un geste d'invite.

— Viens, ta surprise va refroidir.

— Quelle surprise ? demanda Flint, vaguement inquiet.

— Si je te le disais, ça n'en serait plus une, voyons ! Tu n'as quand même pas peur de te retrouver seul avec moi ? le taquina Perian.

— Pfft ! Sûrement pas !

Flint suivit sa compagne jusqu'au banc, près du bassin. Cinq marmites fumantes étaient posées dessus, en compagnie d'une unique chandelle et de deux écuelles de métal.

— A quoi devons-nous ce festin ? demanda Flint en se léchant les babines d'avance.

— Je l'ai préparé en l'honneur de notre dernière soirée.

Flint se laissa tomber sur le tapis de mousse et glissa ses jambes sous le banc.

— Il n'y a pas vraiment de quoi faire la fête, dit-il en se renfrognant. Nous allons emmener une armée de pouilleux combattre un magicien fou et...

— Je sais, soupira Perian. Ne pourrions-nous pas oublier la réalité pendant quelques heures ?

Elle s'assit en tailleur en face de Flint. Du bout de sa dague, elle touilla le contenu d'une marmite et déposa une bonne portion de son contenu dans l'assiette du nain.

— Pousses blanches sautées sauce à l'oignon, annonça-t-elle. ( Puis, désignant tour à tour chacun des quatre autres récipients : ) Champignons, viande en sauce rouge, soupe de tortue et poisson à la crème.

— Où as-tu trouvé tout ça ? demanda Flint en avalant sa première bouchée.

Perian posa ses coudes sur le banc ; le menton appuyé sur ses poings, elle battit des cils en inclinant la tête.

— Je crains bien d'avoir envoyé deux Aghars piller les réserves des Theiwars. Ça leur a pris du temps, mais ils ont réussi à se procurer tout ce que j'avais demandé sans se faire attraper.

« Au fait, je n'avais pas mis d'herbe bleue sur ma liste... C'est un vice dont j'ai décidé de me passer. Je te signale également que j'ai tout préparé seule. »

— Quelle femme ! Elle est belle, elle est intelligente, elle a du caractère, et en plus elle sait cuisiner, murmura Flint entre deux bouchées.

Perian ne parut pas l'avoir entendu. Ils mangèrent en silence ; lorsqu'ils eurent nettoyé la dernière marmite, Flint se frotta l'estomac, l'air repu.

— C'était vraiment délicieux.

— Contente que ça t'ait plu, dit Perian en se levant. J'espère que ma deuxième surprise en fera autant.

Elle disparut entre deux stalagmites et revint quelques instants plus tard, tenant un long paquet enveloppé dans de la toile de coton. Flint fronça les sourcils. Il ne voyait vraiment pas ce que ça pouvait être.

— Ç a fait déjà deux jours qu'elle est prête, mais je n'ai pas eu l'occasion de te la donner jusque-là, dit Perian en lui tendant son cadeau.

Flint défit l'emballage et devint livide.

— Que se passe-t-il ? demanda Perian, déçue par sa réaction. Je l'ai nettoyée de mon mieux. Je sais qu'elle est vieille, mais c'est une très bonne arme de fabrication naine. Elle ne te plaît pas ?

Le souffle coupé, Flint contemplait le manche de chêne poli, la lame d'acier immaculé ornée de délicates runes. D'un index tremblant, il en suivit le tracé. Ses doigts s'en souvenaient encore, après toutes ces années.

Car l'arme qu'il tenait entre les mains n'était autre que sa bien-aimée Hache Tharkienne.

— Où l'as-tu trouvée ? demanda-t-il enfin.

Perian ne comprenait plus rien.

— Dans une des piles de détritus de la Salle du Grand Ciel. Je ne sais pas pourquoi, mais à la seconde où je l'ai vue, j'ai su qu'il fallait que je te l'offre.

— Tu ne savais pas que c'était la mienne ? Mais non, suis-je bête ! Tu ne pouvais pas, puisque je ne t'ai jamais raconté cette histoire.

— Quelle histoire ? De quoi parles-tu ? Est-ce la hache que tu as laissée tomber dans la fosse ? demanda Perian, les sourcils froncés.

Flint secoua vigoureusement la tête.

— Non. Mon frère, celui que Pitrick a assassiné, me l'avait donnée le jour de ma majorité, il y a bien longtemps. Nous l'avions trouvée ensemble du temps où nous courrions l'aventure.

« Plus tard, je l'ai perdue dans le repaire d'une bande de gobelours, au cœur des Monts Kharolis. Je suis revenu la chercher, mais elle avait déjà disparu. Aucune hache ne m'a mieux servi depuis. J'étais persuadé de ne jamais la revoir... »

Il contempla l'arme comme il l'eût fait du corps d'une amante.

— Quelle étrange coïncidence de la retrouver ici, murmura Perian. ( Elle haussa les épaules. ) Son ancien propriétaire a sans doute fini dans l'estomac du ver charognard. J'ai réussi à déchiffrer quelques-unes des runes, mais pas toutes. Sais-tu ce qu'elles racontent ?

Flint secoua la tête en glissant la hache à sa ceinture.

— Non. Je n'ai jamais eu le temps de les faire traduire.

Soudain, il réalisa que la surprise et l'émerveillement lui avaient fait oublier ses bonnes manières.

— Je ne sais pas comment te remercier. C'est le plus beau cadeau qu'on m'ait jamais fait. Il me redonne espoir pour demain.

Perian rougit.

— Je suis contente que cette hache te plaise, et qu'elle représente tant de choses à tes yeux.

Elle se détourna pour leur verser deux tasses de thé fumant.

— Moi, je n'ai rien à te donner, dit tristement Flint. ( Une idée lui traversa l'esprit. ) Ah, si, attends !

Il plongea la main dans sa tunique et en sortit un pendentif dont il fit passer la chaîne au-dessus de sa tête.

— Ce n'est pas grand-chose, prévint-il en le tendant à la jeune femme.

— Oh ! Une feuille !

Ravie, Perian saisit le bijou de bois. Sa face supérieure était sombre et douce comme de la soie. Sa face inférieure était blanche, et on y voyait un réseau de nervures plus vraies que nature. La jeune femme leva les yeux vers Flint.

— Tu l'as sculptée toi-même ?

Flint se frotta le nez.

— Oh, ce n'est pas une de mes meilleures pièces, juste un petit souvenir qui me rappelait la forêt de Soucolline, lorsque je vivais au loin.

— Je l'adore ! s'exclama Perian en lui tendant le pendentif. Tu m'aides à le mettre ?

Les doigts tremblants de nervosité, Flint lui passa la chaîne autour du cou et la regarda glisser le bijou entre ses seins. Gêné, il détourna la tête.

— D'une certaine façon, dit-il tout bas, tu es pareille à cette feuille. Son bois est solide, mais plus tendre qu'il n'y paraît. Ses deux faces s'opposent et se complètent, et lorsque le soleil se reflète dessus, elle ressemble à une veine d'argent au fond d'une mine. Le tremble est à mon goût le plus bel arbre de Krynn.

Sans un mot, Perian tendit la main vers Flint.

— Ecoute, dit celui-ci, la voix brisée par l'émotion. Je sais bien que les nains des collines et des montagnes ne peuvent pas... Tu sais...

Il fit un vague geste de la main.

— D'un autre côté, ni toi ni moi ne ressemblons beaucoup aux gens de notre peuple. Et la vie est trop courte pour laisser passer les moments de bonheur. Je ne sais pas ce qui arrivera demain, ni après-demain, mais...

Perian se jeta dans ses bras et posa deux doigts sur ses lèvres.

— Je me moque de tout ce qui n'est pas l'instant présent.

Le cœur battant, Flint fit glisser sa robe de ses épaules et l'attira à lui.

195

# CHAPITRE XXIX

— Appel aux armes ! Appel aux armes !

La masse grouillante des Aghars se répandit dans la chambre à coucher royale. Pressées de prévenir leurs souverains, les petites créatures se bousculaient et se griffaient les unes les autres.

— Que se passe-t-il ? marmonna Flint, les bras passés autour de la taille de Perian.

C'était le matin du cinquième jour après l'attaque de Pitrick. Ils avaient rejoint la Salle du Trône peu de temps auparavant, après une nuit presque blanche.

Nomscul bondit à côté d'eux, en proie à une excitation visible.

— Nains des montagnes mis en marche ! Partir à la guerre avec épées et boucliers ! Nains des ravins grands espions ! Nous avoir tout vu !

— D'accord, Nomscul, je comprends.

Tout à coup, Flint se sentit terriblement éveillé. Il saisit le petit chamane par les épaules pour l'empêcher de sautiller sur la mousse.

— Combien sont-ils ? Es-tu certain qu'il ne s'agissait pas d'une simple patrouille ?

Nomscul mit les poings sur ses hanches et renifla, indigné par cet affront à son intelligence.

A regret, Flint s'écarta de Perian et sortit du lit. Tournant le dos aux Aghars, il remonta son pantalon sur son estomac et y fourra les pans de sa tunique.

— Mais... c'est impossible, protesta Perian en

étouffant un bâillement. Il est trop tôt. ( Elle se frotta les yeux de ses poings. ) Pitrick n'a pas pu organiser les troupes en si peu de temps !

— C'est à lui qu'il faut le dire, grommela Flint en enfilant ses bottes. J'espère seulement que Basalt s'est bien acquitté de sa mission : que les habitants de Soucolline soient prêts ou non, nous arrivons.

Il passa le manche de sa Hache Tharkienne dans sa ceinture et s'aspergea le visage d'eau fraîche.

— Nomscul, dis à tous les Aghars de Trouboueux qu'il est temps de partir au combat. Ils doivent prendre leurs armes, leurs boucliers, leurs vivres, et tout ce que nous avons préparé ensemble. Emmenez les « bombes » et retrouvez la reine Perian dans la grotte. Pendant ce temps, je vais jeter un coup d'œil à l'extérieur.

Perian secoua la tête.

— Je viens avec toi, dit-elle en s'habillant.

— Non. Il faut que l'un de nous reste en arrière et supervise les préparatifs des Aghars ; sinon, ils prendront des couteaux et des fourchettes à la place de leurs épées.

— Dans ce cas, mieux vaut que ce soit toi qui t'en charge. J'ai servi dans l'armée du Thane ; je connais par cœur ses unités, leurs forces et leurs faiblesses. Mon repérage sera de bien meilleure qualité que le tien.

Flint acquiesça à contrecœur.

— Bon : dans ce cas, nous irons tous les deux.

Ils retournèrent dans la grotte, passèrent devant les reliefs de leur repas de la veille et se dirigèrent vers la crevasse dont Nomscul leur avait parlé le jour de leur arrivée.

Quatre-vingt-treize enjambées après s'y être engagés ( Flint tenait à ses bonnes vieilles habitudes ), ils arrivèrent au sommet d'une petite crête couverte de pins baignés par le soleil.

Perian cligna des paupières. Elle n'avait pas l'habitude de la lumière ; les reflets sur la neige lui brûlaient les yeux.

— Je ne suis montée à la surface qu'une dizaine de fois, mais je n'avais jamais trouvé ça aussi beau qu'aujourd'hui, reconnut-elle.

« Heureusement que je suis à moitié hilar, sans quoi j'aurais du mal à m'habituer au soleil. Après des années passées à subir le chantage de Pitrick, c'est la première fois que je suis aussi heureuse de mon héritage ! »

Flint lui tapota l'épaule. Il avait le sentiment que beaucoup d'autres choses allaient changer aujourd'hui. Se tournant vers l'est, il aperçut la surface miroitante du Lac Martelpierre, à environ une journée de marche. A l'ouest, en revanche, il ne distinguait ni le Chemin de la Passe, ni les troupes derros en marche.

— Suivons le torrent, suggéra-t-il. Nous finirons par retomber sur la route.

Ils descendirent le flanc de la crête. Dix minutes plus tard, ils arrivèrent en vue de l'endroit où Flint avait bondi sur le chariot theiwar, une semaine plus tôt.

— Pas la moindre trace des derros, soupira le nain. Comment ont-ils pu progresser aussi vite ?

— A mon avis, ils ont tout simplement dressé un camp dans les environs afin d'y attendre la nuit, répondit Perian.

Elle regarda autour d'elle, puis, tendant le doigt vers un bosquet de pins, elle s'écria :

— Là ! Je viens d'apercevoir un panache écarlate, probablement celui d'une Lame Sanglante.

Flint frissonna involontairement.

— Une quoi ?

— Les Lames Sanglantes sont un des trois régiments de deux cents hommes qui composent la Garde du Thane, les deux autres étant les Epées d'Argent et les Flèches Noires. Ils se battent toujours ensemble pour conjuguer leurs forces et gommer leurs faiblesses.

— Pourrais-tu essayer d'avoir l'air moins fière d'eux ? grommela Flint.

— Désolée, fit Perian. Les vieilles habitudes ont la vie dure.

Flint siffla entre ses dents.

— Six cents soldats contre trois cents Aghars ; on ferait aussi bien de leur remettre les clés de Soucolline.

— Ça pourrait être pire, relativisa Perian. Le Thane dispose de milliers d'hommes, mais la plupart sont loyaux à Thorbardin dans son ensemble, pas seulement aux Theiwars.

— Me voilà rassuré, souffla Flint, sarcastique.

— Allez, il faut se mettre en route. Nous pouvons les prendre de vitesse en marchant toute la journée pendant qu'ils bivouaquent.

Flint hocha la tête ; ils firent le chemin en sens inverse et découvrirent Nomscul seul dans la grotte aux stalactites.

— Que fais-tu là ? s'écria Flint. Ne t'avais-je pas demandé d'organiser les troupes ?

— Troupes attendent dans escalier, dit fièrement le chamane.

Soudain, un raz-de-marée envahit la caverne : cent cinquante Agharpulteurs avec une dague glissée à leur ceinture, cent Tortilleurs munis de boucliers et cinquante « Artificiels » ( comme ils s'étaient eux-mêmes rebaptisés ) portant les bombes de poison explosif. Flint leur avait recommandé de faire attention aux récipients ; aussi pénétrèrent-ils dans la grotte en dernier, sur la pointe des pieds.

— Où sont les civières que j'avais réclamées ? demanda Flint.

Quatre Aghars apparurent, portant des civières improvisées faites de vieux cuirs tendus entre deux branches. Là étaient posées les plus grosses bombes.

— Rassemblez les unités ! Nomscul, tu conduiras les Agharpulteurs ; Vaaz, tu t'occuperas des Artificiels. Et Fétide, des Tortilleurs, ordonna Flint.

A leur crédit, il fallait reconnaître que les Aghars faisaient de leur mieux pour exécuter les ordres de leur roi. Il s'ensuivit une indescriptible mêlée au terme de laquelle émergèrent trois grands groupes correspondant plus ou moins aux catégories désignées.

Flint se sentit obligé de prodiguer à ses braves des encouragements de dernière minute :

— Aghars de Trouboueux ! Nous partons aujourd'hui livrer une... Vaaz, reviens ici !... Une grande bataille contre un ennemi sauvage et implacable, qui... Qu'y a-t-il, Nomscul ?

Le petit chamane sautillait en agitant une main au-dessus de sa tête et en se mordant les lèvres pour ne pas parler avant que son souverain l'y autorise.

— Roi bavarde trop. Nous partir ? demanda-t-il, impatient.

Flint s'empourpra. Il jeta à Nomscul un regard qui eût pétrifié toute créature intelligente, mais que l'Aghar prit pour un encouragement.

— Juste une seconde, grogna Flint, exaspéré. Ecoutez, nous avons un bon bout de chemin devant nous. Ce soir, nous nous arrêterons pour camper près du Lac Martelpierre, et j'espère que nous arriverons à Soucolline demain vers midi. Ils est vital que nous restions groupés. Essayez de vous conduire comme des soldats. Faites-le pour Perian et moi.

— Pour roi Plink et reine Furiane, hic hic hic oulà ! cria Nomscul.

Les troupes se joignirent à ses vivats avec enthousiasme.

— Dépêchons-nous d'y aller avant qu'ils se mélangent à nouveau les pinceaux, suggéra Perian à voix basse.

— Aghars, en avant ! tonna Flint en levant le bras.

# CHAPITRE XXX

Flint conduisit ses troupes hors de la montagne et leur fit effectuer un détour pour rejoindre le Chemin de la Passe, un peu après le campement des Theiwars.

La formation des unités représentait un chef-d'œuvre de précision militaire comparée à la marche qui suivit. Dans les commentaires à voix basse qu'il échangeait avec Perian, Flint compara sa tâche de général à celle d'un fermier essayant de faire migrer des poules.

Après avoir pour la quatrième ou cinquième fois ramené dans les rangs une colonne d'Aghars vagabonds, il dut reconnaître que cette comparaison faisait un tort indiscutable aux volatiles.

Pour tout arranger, de gros nuages noirs s'amassèrent dans le ciel. Bientôt, il neigea. Les Aghars oublièrent tout de la grande bataille, car ils étaient occupés à attraper des flocons avec la langue. Puis le vent se leva et la neige se changea en grêle, ralentissant considérablement leur progression.

Plus la journée avançait, plus les Aghars se dispersaient, obligeant Flint et Perian à courir dans tous les sens pour ne pas les perdre en chemin.

Enfin, ils arrivèrent dans une vallée encaissée, relativement à l'abri de la tempête.

— Reposons-nous un peu ici, proposa Perian.

Ils s'arrêtèrent, et, lorsque Nomscul et ses Agharpulteurs les rejoignirent, leur indiquèrent un bosquet de pins à moitié enfouis sous la neige en leur disant de s'y installer.

Vaaz et ses Artificiels arrivèrent peu de temps après ; Perian partit avec eux tandis que Flint attendait Fétide et ses Tortilleurs, qui formaient l'arrière-garde de l'armée.

Un quart d'heure plus tard, il n'y avait toujours pas trace des Aghars manquants. Flint commença à s'inquiéter. Le soleil s'était couché, et le vent d'automne devenait particulièrement mordant.

Le nain plissa les yeux pour mieux y voir dans la pénombre. Mais il n'aperçut pas l'ombre de ses troupes.

Il devait se faire une raison : Fétide et les Tortilleurs s'étaient perdus.

Un instant, il songea à revenir sur ses pas pour les chercher. Un pressentiment l'avertit que ce serait inutile, et il se fraya un chemin dans la neige jusqu'au bosquet de pins.

Comment expliquer à Perian qu'avant d'avoir rencontré son premier ennemi, leur armée venait de perdre une partie de ses effectifs ?

— Où sont Fétide et les Tortilleurs ? demanda la jeune femme en voyant son compagnon revenir seul.

— Je crains qu'ils ne soient égarés, ou pire, répondit Flint, lugubre. Et je n'ose pas lancer des recherches au risque de nous affaiblir davantage.

— Espérons qu'ils nous retrouveront au village, soupira Perian, le cœur gros.

Les autres Aghars ne parurent pas remarquer la disparition de leurs camarades. A leur décharge, ils étaient très occupés à chercher un endroit confortable pour y piquer un somme.

Flint et Perian calculèrent qu'il leur restait encore une heure avant que l'obscurité soit totale et que les derros se remettent en route. Ils attendirent autant qu'ils purent, mais Fétide et les Tortilleurs ne réapparurent pas.

En revanche, le vent qui avait rendu leur progression si difficile repoussa au loin les nuages chargés de neige.

— Nous devons repartir, déclara Flint. La pause est terminée.

Les Aghars s'étaient regroupés par quatre ou six pour dormir au chaud ; ils se levèrent en ronchonnant.

L'épaisse couche de neige les contraignit à marcher en ligne derrière leurs souverains, qui se relayaient pour ouvrir le chemin. Lorsqu'ils furent trop fatigués, Flint et Perian déléguèrent cette tâche aux plus fiables de leurs sujets ( dont les pistes avaient tout de même une fâcheuse tendance à zigzaguer ).

Les Aghars étaient obligés de marcher si vite et dans des conditions si difficiles qu'ils furent bientôt en sueur. *Au moins, ils n'attraperont pas froid*, songea Flint avec satisfaction.

Ils arrivèrent en haut d'une colline au pied de laquelle s'étendait une vallée d'une blancheur immaculée, traversée par une piste qui devait être le Chemin de la Passe. De l'autre côté se dressait la rive du Lac Martelpierre.

— Oh, non ! gémit Flint à voix haute. ( Il se tourna vers Perian. ) Mais tu avais dit qu'ils camperaient jusqu'à la nuit !

— Pitrick a dû vouloir profiter de la couverture fournie par la tempête de neige, répondit amèrement la jeune femme.

A deux lieues d'eux, en contrebas, trois taches de couleurs rouge, grise et noire se déplaçaient. Même en courant, les nains des ravins ne pourraient pas les rattraper.

La déception était cruelle. Il fallut à Flint toute sa volonté pour ne pas s'effondrer dans la neige en pleurant. Ils étaient en retard sur leurs ennemis et ils avaient déjà perdu une unité dans la tempête. Comment avait-il pu croire qu'ils avaient la moindre chance de vaincre ?

A cet instant, Perian lui enfonça son coude dans les côtes.

— Qu'est-ce que c'est ? demanda-t-elle, intriguée.
— Quoi donc ? répondit Flint sans même lever la tête.
— Là ! Il y a quelque chose ! dit la jeune femme en tendant un doigt vers le bas de la pente.

Flint jeta un coup d'œil et fronça les sourcils. On aurait dit que la neige ondulait. Puis il aperçut une jambe. *Quelle sorte d'animal est-ce donc ?* s'interrogea-t-il, médusé.

Puis il distingua un groupe de silhouettes qui avançaient, se dissimulant sous leurs boucliers couverts de neige.

— Ça être Tortilleurs ! s'exclama Nomscul en bondissant de joie.

Dans son excitation, il glissa sur la neige et tomba les quatre fers en l'air.

— Vieux truc, dit-il en se relevant. Approcher ennemi caché sous bouclier.

— Mais ils vont se faire massacrer, et nous sommes trop loin pour leur venir en aide ! s'exclama Flint, consterné.

— Attends, dit Perian sans détacher son regard de la scène. Les Tortilleurs ont une chance. Les derros ne les ont pas encore repérés.

Les Aghars camouflés atteignirent le Chemin de la Passe au moment où la dernière compagnie de Theiwars ( celle qui arborait des panaches gris ) passait devant eux.

Alors, une multitude de petites silhouettes jaillirent hors de la neige comme des diablotins de leur boîte, et bondirent au milieu des rangs ennemis.

Les Theiwars parurent décontenancés. Puis ils tirèrent leurs armes ; des taches écarlates ne tardèrent pas à fleurir sur la neige.

— Ce sont les Epées d'Argent, annonça Perian en serrant les poings de frustration ; l'infanterie légère du Thane. S'ils parviennent à reformer les rangs, les Tortilleurs se feront massacrer.

— Il faut absolument les aider ! s'écria Flint en s'élançant vers le lieu du combat. Tous avec moi !

Une vague d'Aghars déferla sur le flanc de la colline. Mais les Tortilleurs se désengagèrent et se précipitèrent comme un seul homme vers la rive du Lac Martelpierre.

— Bravo ! s'exclama Flint. Ils ont eu raison de s'enfuir. Ils n'avaient pas l'ombre d'une chance.

— Regarde ! Les Epées d'Argent les poursuivent ! C'était peut-être une bonne idée, après tout, dit Perian.

Tandis que les deux autres compagnies theiwars poursuivaient leur chemin, les derros au panache gris rompirent la formation et s'élancèrent à la suite des Tortilleurs, tournant le dos à Flint et au reste de ses troupes.

Après avoir piétiné un bon quart d'heure dans la neige, les Aghars menés par leurs souverains atteignirent le Chemin de la Passe. Sans s'arrêter pour reprendre leur souffle, ils volèrent au secours de leurs camarades. Peu leur importait à présent de se faire repérer.

Gagnant de l'élan à chaque pas, ils glissèrent vers la rive où les Epées d'Argent avaient acculé les Tortilleurs.

Déployés en demi-cercle, confiants, les Theiwars fondirent sur leurs proies. Quelques Aghars s'effondrèrent dans la neige ; d'autres, plus légers et plus rapides que leurs adversaires, esquivèrent leurs coups et se faufilèrent entre eux.

Les Theiwars firent volte-face pour porter une seconde attaque. Bientôt, nains des ravins et des montagnes dansèrent une étrange valse sur la rive.

Quelques minutes plus tard, ils furent rejoints par Flint, Perian et leurs troupes qui renversèrent la situation. Les Theiwars se retrouvèrent dos au lac, encerclés par une meute d'Aghars grondants.

Nomscul fit mettre ses Agharpulteurs en formation. Flint chargea sous une nuée de nains des ravins volants, qui allèrent s'écraser au milieu des rangs ennemis et atterrirent dans l'eau.

Ignorant les armes et les armures des Theiwars, le reste des Aghars se lancèrent sur eux. Les épées d'acier ouvrirent des trouées sanglantes parmi les petites créatures.

Soudain, Flint sentit le sol tanguer sous ses pieds. La mince couche de glace et de neige qui couvrait le lac se fendit sous le poids des combattants. Nains des collines, des ravins et des montagnes furent projetés ensemble dans les eaux glacées.

— Youpi !
— Ouais !
— Encore trempette !

Les Aghars barbotèrent un peu, puis regagnèrent la rive en nageant comme de petits chiens. Mais les Theiwars, alourdis par le poids de leur cotte de mailles, paniqués par l'eau et incapables de nager, coulèrent les uns après les autres.

Quelques secondes plus tard, il ne restait plus au bord du lac que des Aghars trempés qui suppliaient leur roi de les laisser retourner se baigner.

Panache immergé, une multitude de heaumes d'acier flottaient sur l'eau.

# CHAPITRE XXXI

Quelques maigres rayons de soleil filtraient des frondaisons verdoyantes. Mais c'était bien suffisant pour incommoder les soldats theiwars, qui avaient dû dresser leur camp dans un épais bosquet.

Le sol disparaissait sous une couverture de neige. Malgré le froid et l'humidité, les vétérans avaient réussi à s'installer pour dormir pendant la journée. Mais ils se sentaient glacés jusqu'aux os.

L'un d'eux restait pourtant bien éveillé. Les mains croisées dans le dos, Pitrick faisait les cent pas. La douleur qui vrillait son pied difforme ne contribuait pas à améliorer son humeur massacrante.

— Où sont-ils ? Où sont Grikk et ses hommes ? demanda-t-il en se tournant vers le soldat le plus proche, qui haussa les épaules en signe d'ignorance. Ils auraient déjà dû revenir depuis longtemps !

Il jeta un regard anxieux entre les arbres.

— Je suis certain qu'ils ont déserté ! Je les ai envoyés chercher les Epées d'Argent, et au lieu de ça, ils ont couru ventre à terre jusqu'à Thorbardin. Mais ils me le paieront ! Grikk sera écorché vif, puis rôti à feu doux ! Je veillerai à...

— Excellence ? demanda un sergent en approchant d'un pas hésitant.

— Quoi encore ? aboya Pitrick.

— Grikk est de retour, monseigneur. Il a des nouvelles.

Le bossu cligna des yeux.

— Très bien. Envoyez-le-moi.

Grikk l'éclaireur était un vétéran borgne, arborant sur la joue droite une large cicatrice infligée par une lame hilar.

— Nous avons fouillé toute la vallée de ce côté du lac, monseigneur. Il ne reste pas la moindre trace des Epées.

— Retournez-y et cherchez mieux que ça !

— Désolé, monseigneur, dit Grikk en se redressant de toute sa taille, mais nous ne pouvons pas. Le reflet du soleil sur la neige nous aveugle. Un de mes hommes s'est noyé pour ne pas avoir vu où il mettait les pieds.

A son œil injecté de sang, Pitrick comprit que l'éclaireur ne mentait pas. Il serra les poings de frustration.

— Peut-être pourrons-nous reprendre les recherches ce soir, suggéra Grikk. Ça retarderait notre attaque sur Soucolline d'une seule journée.

Pitrick songea à ce nid d'insolents nains des collines, à deux lieues de lui.

— Non ! cria-t-il. Nous agirons aujourd'hui même ! Rien ne retardera l'exécution de notre vengeance ! Quand le soleil se lèvera demain, je veux qu'il brille sur les ruines de Soucolline.

*
* *

Arrivant au sommet d'une crête, quand ils découvrirent Soucolline à leurs pieds, Flint et Perian cherchèrent des traces de fumée ou de destruction. A leur grand soulagement, ils n'aperçurent ni l'une ni l'autre. En revanche, un remblai de terre avait été érigé le long de la frontière sud de la ville, en travers du Chemin de la Passe.

— Voici donc Soucolline, lâcha Perian en essayant d'imaginer le jeune Flint dans ce cadre. On dirait que ces habitants se préparent à accueillir une armée.

Les yeux brillants de fierté, Flint lui passa un bras autour des épaules et la serra contre lui.

— Autrement dit, le gamin a réussi. Et nous aussi.

A son signal, les nains des ravins se remirent en marche dans la formation qu'il qualifiait de « ruée du chaos », autrement dit, ils se dirigèrent tous dans la même direction... à quelques dérives près.

Si la manœuvre fut facile à accomplir, le mérite en revient à la fascination qu'éprouvaient les Aghars pour Soucolline. La plupart n'avaient jamais vu d'agglomération en plein air. L'architecture des nains des collines les fascinait, et ils tournaient la tête de gauche à droite en poussant des piaillements émerveillés.

— Par Réorx, que se passe-t-il ? demanda le maire, une pelle à la main, en regardant la horde de créatures dépenaillées fondre sur sa ville. Oh, c'est vous, Forgefeu. Pouvez-vous m'expliquer pourquoi vous nous amenez ces pouilleux ?

Flint n'avait jamais beaucoup aimé Holden. Il le saisit par les revers de sa veste.

— Personne d'autre que moi ne traite mes hommes de pouilleux ! gronda-t-il. Tâchez de faire preuve de respect envers eux : ils sont prêts à mourir pour défendre votre ville !

— Oncle Flint ! s'exclama Basalt en lâchant sa pelle et en accourant vers son oncle.

Flint laissa partir le maire et étreignit son neveu.

— Je suis fier de toi, gamin, dit-il en désignant le rempart de terre et les nains qui s'affairaient autour.

— Nous avons réuni environ deux cents armes, assez pour équiper la moitié de la ville, annonça Basalt, rayonnant.

— Veux-tu dire que les habitants sont prêts à se battre pour défendre ces vieilles bicoques ? s'étonna Flint.

— Et comment ! Même ceux qui n'ont pas d'armes sont occupés à fabriquer des plastrons rembourrés pour les autres.

— Bonne idée, mais que feront-ils lorsque la bataille éclatera ?

— Nous avons rassemblé des provisions dans les grottes les plus proches. Dès que les Theiwars pointeront le bout de leur vilain nez, les vieux et les enfants iront s'y réfugier.

Tybalt, Ruberik, Bertina et Hildy les rejoignirent sur ces entrefaites. Flint leur présenta Perian, mais ils n'eurent guère le temps de s'attarder sur les civilités.

— Que font nos adversaires ? demanda Tybalt. Basalt nous a dit qu'ils s'étaient mis en marche. A quelle distance sont-ils ?

Flint jeta un regard surpris à son neveu, qui exhiba l'anneau d'acier passé à son doigt.

— Oh, c'était facile. Je me suis téléporté par petits bonds jusqu'à ce que je les aperçoive sur la rive du Lac Martelpierre, hier en fin de soirée. J'avais peur qu'ils attaquent ce matin, avant votre arrivée.

— Hé, rends-moi ça ! cria une voix coléreuse derrière eux. Sinon, je t'arrache les deux oreilles !

Flint fit volte-face. Il ne fut guère surpris de découvrir un nain des collines pourchassant un Aghar qui lui avait volé sa pelle. S'il voulait que les deux races coopèrent, il allait devoir définir certaines règles de base.

— Boitard ! Arrête ça tout de suite ! rugit-il, les poings sur les hanches.

Il poussa un soupir et se tourna vers ses camarades.

— Oui, les nains des montagnes. Nous les avons perdus de vue avant le crépuscule. Pour ce que j'en sais, ils seront peut-être là dans dix minutes.

— Ça m'étonnerait, dit Perian. Je suis sûre qu'ils ne bougeront pas pendant la journée. A mon avis, nous avons jusqu'à la tombée de la nuit pour achever nos préparatifs.

— Quelques heures de plus : c'est toujours ça, dit Flint en se frottant les mains.

Il était fier d'avoir fait avancer une bande d'Aghars plus vite qu'une armée de Theiwars.

Basalt le prit par le bras.

— Pourquoi discuter dans cette rue poussiéreuse ? Nous serons obligés d'y revenir bien assez tôt. Allons chez Moldoon ; c'est Turq Rocfoyer qui a repris les rênes de l'établissement.

Tout le monde approuva cette suggestion. Flint enjoignit à Nomscul de bien se tenir et de veiller à ce que ses compatriotes fassent de même. Puis il suivit les autres jusqu'à l'auberge.

Un moment, il crut presque que son vieil ami allait venir l'accueillir à la porte. Sa gorge se serra, et il se jura de faire payer cher la mort de Moldoon aux nains des montagnes.

C'était le début de l'après-midi ; Perian et lui étaient affamés. Turq leur apporta deux grandes assiettes de champignons en sauce et une miche de pain beurré.

— Euh, tu n'aurais pas plutôt autre chose ? demanda Flint. Je suis sûr que c'est très bon, mais la dernière fois que nous en avons mangé... Enfin, ce serait trop long à t'expliquer. Disons que si tu avais de la viande, je t'en serais éternellement reconnaissant.

Turq haussa les sourcils mais ne fit pas de commentaire. Il partit à la cuisine et revint quelques minutes plus tard avec deux steaks.

Flint et Perian se jetèrent dessus. Tybalt, Ruberik, Bertina et Basalt attendirent patiemment qu'ils aient terminé pour reprendre la conversation.

Finalement, Perian repoussa son assiette vide avec un soupir de satisfaction.

— Je n'en peux plus. Pendant que tu discutes avec ta famille, je vais aller voir ce que font les Aghars. Mieux vaut ne pas les laisser seuls trop longtemps.

— Houmpf, approuva Flint, la bouche encore pleine. Je te rejoindrai quand j'aurai terminé.

Flanqué de ses frères et de Basalt, quand il arriva près des remparts, il entendit la voix fatiguée de sa compagne fustiger les Aghars. Il pressa le pas.

— Non, plus haut ! J'ai dit, plus haut ! s'égosilla Perian.

— Mais, reine Furiane, nous faire joli trou juste là ! protesta Fétide en désignant l'ouverture que les siens venaient de faire dans le rempart. Bientôt route pouvoir passer sans problème.

— Et nos ennemis avec ! s'exclama Perian, furieuse. Tu comprends ? Nous ne voulons pas que des gens puissent passer ; c'est pour ça qu'il faut que ce mur reste intact. Enfin, maintenant, il faut le reboucher.

Enseigner aux Aghars l'art de la fortification était encore plus ingrat que de leur apprendre à se battre.

Flint s'approcha d'elle et lui prit la main pour la réconforter.

— Beau travail, dit-il en regardant autour de lui.

De fait, le mur faisait maintenant plus de six pieds de haut. En forme en fer à cheval, il défendait tout le sud et l'ouest de Soucolline.

— Nous disposons de quatre cents nains des collines et de trois cents Aghars, ajouta Flint, prenant l'air plus optimiste qu'il l'était. Au moins, nous sommes plus nombreux que les hommes du Thane.

Mais il savait qu'il n'y avait pas de commune mesure entre des soldats d'élite en armure d'acier et un paquet de villageois sans la moindre formation militaire.

— Quel est votre plan ? demanda le maire en les rejoignant.

Holden semblait pressé d'inspecter les fortifications. Maintenant que la trahison des nains des montagnes lui apparaissait clairement, il était devenu un fervent partisan de la défense du village.

Flint sourit dans sa barbe. Peut-être avait-il été injuste. Après tout, le maire ne faisait qu'appliquer la politique décidée par la majorité des citoyens.

Les nains de Soucolline s'étaient laissés allés à une vie trop facile. Mais n'importe qui en aurait probablement fait autant à leur place.

*L'essentiel, c'est qu'ils soient tous unis pour affronter l'ennemi,* songea Flint. Les quatre cents habitants, des jeunes gens à peine sortis de l'enfance jusqu'aux vénérables grands-pères, étaient tous courageux et motivés. Et ceux qui ne pouvaient pas se battre avaient pris part aux préparatifs.

Flint, Basalt et Perian se regardèrent. La question de Holden semblait stupide, mais elle révélait au moins une chose : ils n'avaient pas songé à nommer quelqu'un commandant de Soucolline.

— Je suggère que Flint Forgefeu se charge de l'établir, proposa calmement Turq.

Basalt, Hildy et Perian approuvèrent avec chaleur. Flint les regarda à tour de rôle, essayant d'envisager une autre solution. Son neveu et Hildy étaient trop jeunes. Holden n'était pas taillé pour l'action.

Quant à Perian, même si ça n'avait aucune importance pour lui, elle était une étrangère. Les villageois auraient du mal à l'accepter. Et maintenant qu'ils reconnaissaient leur erreur, Tybalt et Ruberik s'en remettaient entièrement à leur aîné pour les guider.

— C'est bon, soupira Flint.

Il réfléchit quelques instants, puis annonça d'une voix hésitante :

— Nous les rencontrerons ici.

Il désigna le mur en surveillant du coin de l'œil les réactions des autres. Comme ceux-ci ne disaient rien, il poursuivit, l'air plus assuré :

— Les Artificiels attaqueront au milieu ; j'espère que ça brisera la cohésion adverse. Puis nous essaierons de les contenir... Voyons... *ici*..., dit-il en désignant le côté droit du mur.

« Basalt, tu te tiendras là avec une petite compagnie de villageois, et tu les empêcheras d'escalader les fortifications. Perian te couvrira avec les Tortilleurs. »

Flint se tourna vers la gauche, où l'extrémité du mur avançait dans un champ nu, de l'autre côté du Chemin de la Passe.

— Tybalt et Hildy emmèneront là-bas les Agharpulteurs et le reste des villageois.

« Quand les lignes ennemies seront brisées par les

bombes, ils chargeront. Avec beaucoup de chance, nous pourrons repousser la moitié des forces du Thane avant de faire volte-face et de prendre l'autre à revers. Ces arbres les empêcheront de bien se déployer.

« Ruberik, tu sais toujours tirer à l'arbalète ? »

— Oh, je continue à m'entraîner dans la cour de la ferme, admit son frère.

— Parfait. J'ai une mission pour toi.

Flint expliqua à Ruberik ce qu'il attendait de lui ; son cadet s'éloigna à la recherche des deux jarres de terre cuite dont il aurait besoin pour réaliser son plan.

— Il faudra allumer des feux dans le champ, pour mieux visualiser la progression de l'ennemi.

Aussitôt, Tybalt et Hildy réunirent une vingtaine de nains des collines et entreprirent de ramasser du bois mort dont ils firent de petits tas.

Flint se tourna vers les autres.

— Serait-il possible d'avoir cinquante balles de foin ? Cent seraient encore mieux.

Tybalt hocha la tête.

— Il me faudra aussi de l'huile de lampe. Combien de tonneaux pouvez-vous me fournir ? demanda Flint à Holden.

— Mais... c'est une denrée très coûteuse, et... ( Le maire rougit jusqu'à la racine des cheveux. ) Euh, deux, je pense. Pourquoi ?

Flint lui expliqua ce qu'il comptait en faire, et envoya d'autres villageois chercher les ingrédients nécessaires. Petit à petit, la défense de Soucolline se mit en place.

*Ça me semble pas mal,* songea Flint avec satisfaction.

Alors que le soleil se couchait derrière les collines, il comprit que leurs ennemis ne tarderaient plus.

— S'ils réussissent à franchir le mur, que tout le monde se replie à l'intérieur de la ville. En dernier ressort, nous pourrons nous regrouper à la brasserie.

Hildy avait proposé ce bâtiment, le plus spacieux de la ville, comme lieu de repli éventuel.

— Regardez ! s'écria Perian en se tournant vers le Sud.

Les autres plissèrent les yeux pour mieux voir. Même dans la pénombre, ils distinguaient du mouvement sur le Chemin de la Passe. Une longue colonne se frayait une voie dans la boue.

— Ils ont dû repartir dès le crépuscule. Et ils arrivent à toute vitesse, constata Basalt.

— Ils seront là d'ici une heure, estima Flint ; peut-être moins s'ils se dépêchent. Ça ne nous laisse plus beaucoup de temps. Que tout le monde se mette en position !

« Faites passer le mot : que chaque nain possédant une arme vienne nous rejoindre, et que les autres se dirigent vers les abris si ce n'est pas déjà fait.

« Basalt, Hildy, prenez vos équipes et allez allumer les feux. Puis hâtez-vous de revenir. C'est ici, pas dans le champ, que vous devrez vous battre. »

Perian fit volte-face pour partir avec les autres, mais Flint la retint par le bras.

— Non, pas toi, chuchota-t-il d'une voix rauque. Pas encore.

Il l'attira contre lui. Il sentait la transpiration et le savon, une bonne odeur d'honnête homme comme les aimait la jeune femme. Elle enfouit son visage dans la barbe du nain.

— Ne me tente pas, sorcière, grogna-t-il en la serrant dans ses bras.

Il se dégagea brusquement et prit la tête de Perian entre ses mains calleuses.

— Je crois que je t'aime vraiment bien, grommela-t-il. Tâche de ne pas te faire tuer !

Perian lui donna un baiser salé comme les larmes qui roulaient sur ses joues.

— Je serai prudente, mais seulement si tu me promets d'en faire autant.

Il hocha la tête, lugubre. La jeune femme lui sourit.

— J'espère que tu t'en souviendras.

Puis elle partit rejoindre son poste.

Flint n'eut pas loisir de la regarder s'éloigner. La frénésie d'activité qui régnait sur Soucolline l'emporta dans son tourbillon. Bientôt un, puis deux, puis une rangée de feux s'allumèrent dans le champ, projetant vers le ciel des colonnes de fumées.

Alors, les troupes theiwars marchèrent sur la ville, les flammes dansant sur leurs plastrons d'acier noir. Avec un cri sauvage, elles chargèrent vers les fortifications.

# CHAPITRE XXXII

Un bruit assourdissant montait de la plaine : haches contre boucliers, lourdes bottes martelant le sol, injures échangées de part et d'autre.

Flint regarda nerveusement par-dessus son épaule, vers la ville abritée par son enceinte de terre. Les bâtiments semblaient abandonnés sous le ciel nocturne.

Et de fait, presque tous les citoyens valides se tenaient près des Aghars et de leurs souverains, les autres ayant fui vers les collines en attendant l'issue de la bataille.

— Préparez les bombes ! hurla Flint sans détacher son regard des Theiwars.

A regret, les Aghars cessèrent de faire des pieds de nez à l'ennemi et ramassèrent les récipients de verre ou de terre cuite qui contenaient leur arme secrète.

— Allumez les torches !

Plusieurs dizaines de nains des collines approchèrent des briquets d'amadou des chiffons imbibés d'huile qu'ils avaient préparés.

— Ça va leur faire un choc, grommela Flint à l'attention de Ruberik, qui se tenait à son côté.

Les Theiwars se rapprochaient, les flammes se reflétant dans leurs prunelles jaunes. Sans savoir pourquoi, Flint songea à des vers luisants voletant dans la prairie par une nuit d'été.

A présent, il distinguait les visages des soldats, leurs traits tordus par la soif de sang. La plupart avançaient au petit trot, le bouclier au bras gauche et l'arme dans la main droite.

Lors de leur implacable progression, ils piétinèrent une partie des feux. Flint aurait donné dix ans de sa vie pour disposer d'archers, d'une catapulte ou de n'importe quelle arme à longue portée.

Hélas pour eux, les Aghars devaient lancer leurs bombes de poison à la main, autrement dit à une distance variant entre cinq et vingt pas, dans le meilleur des cas. Et il ne voulait pas risquer la vie des Agharpulteurs tant que le reste de ses forces ne serait pas prêt à attaquer.

Il jeta un rapide coup d'œil sur la gauche, où Tybalt se tenait avec la majeure partie des villageois, dissimulés par le mur. Quelque part dans ce groupe se trouvaient Hildy, son frère Bernhard et sa sœur Fidélia.

Il eut une pensée pour Glynnis et Bertina, qu'il avait eu du mal à convaincre d'accompagner les enfants, les vieillards et les infirmes jusqu'à leur cachette.

Tybalt lui fit un signe de la main ; Flint ne put réprimer un sourire. Avoir sa famille près de lui en ce moment de crise lui faisait chaud au cœur. Finalement, c'étaient tous de braves petits gars, même les femmes.

— Quand ? demanda Ruberik.
— Bientôt, répondit Flint.

Il regarda la lourde arbalète qui avait autrefois appartenu à leur père. Son bois était usé, son acier terni, mais elle n'avait rien perdu de sa puissance.

— Prêt ?

Pour toute réponse, Ruberik leva son arme et épaula. Il ne visait pas les derros, mais une grosse jarre de terre cuite posée sur leur chemin.

— Tu y vois assez ? s'inquiéta Flint en plissant les yeux.

— Ne t'inquiète pas.

Immobile comme un roc, Ruberik attendait le signal de son frère.

— Encore quelques instants, dit Flint d'une voix tendue. ( Trois secondes de silence, puis : ) Maintenant !

Avec un claquement sec, le carreau vola vers les lignes ennemies. La nuit l'engloutit presque aussitôt, mais une seconde plus tard, un épais nuage de fumée, plus noire que les ténèbres, s'éleva de l'endroit où se trouvait la jarre de terre quelques instants auparavant.

— Joli coup ! s'exclama Flint en flanquant une tape dans le dos de son frère.

Mais déjà, Ruberik était occupé à recharger son arme. Le front luisant de sueur, il y engagea un deuxième projectile.

Flint plissa les yeux. Il vit les rangs des derros se disloquer quand les soldats cherchèrent à s'éloigner des vapeurs toxiques.

Il poussa un grognement de plaisir. Il ne pouvait voir leur expression dans l'obscurité, mais il l'imaginait aisément.

— Préparez les torches ! s'écria-t-il. Et les bombes de poison !

A côté de lui, Vaaz et Rôteur brandirent de petites fioles au-dessus de leur tête.

— Hé, faites-y attention !

*Il ne manquerait plus que ça explose dans nos rangs,* songea-t-il en frissonnant. Si tel était le cas, la bataille prendrait fin avant d'avoir commencé.

Derrière le mur, plusieurs dizaines de nains des collines allumèrent leurs torches et les tinrent baissées devant eux pour ne pas que les Theiwars les aperçoive. En silence, ils attendirent le signal de leur commandant.

Ruberik épaula de nouveau et visa la seconde jarre de terre cuite, posée beaucoup plus près des défenseurs que la précédente.

Les derros ne se trouvaient plus qu'à une trentaine de pas. Quand la fumée empoisonnée se répandit autour d'eux, Flint et son frère virent la souffrance qui se peignait sur leur visage.

Flint se tourna vers les Aghars qui attendaient derrière lui.

— Artificiels, feu !

— Mangez du beurk ! cria Vaaz en lançant sa fiole vers les Theiwars.

Elle s'écrasa aux pieds des premiers soldats, bientôt suivis par une nuée d'autres, et par quelques Aghars emportés par leur enthousiasme.

Un épais nuage noir enveloppa les attaquants. La fumée rampait sur le sol comme si elle était vivante, collait à la peau des derros, s'infiltrait dans leurs bottes et leurs vêtements. Elle était si lourde qu'elle s'élevait à peine au-dessus de la tête de ses victimes, se répandant comme un flot ténébreux sur le champ de bataille.

Les soldats en première ligne tombèrent comme des masses. Ceux de la seconde titubèrent et s'effondrèrent en toussant.

Comme l'espérait Flint, le poison du ver charognard ouvrit une brèche au centre de la formation ennemie. Grimpant au sommet du mur pour jouir d'une meilleure vue, le nain réalisa que les forces du Thane avaient littéralement été coupées en deux.

Les derros des derniers rangs s'arrêtèrent et regardèrent autour d'eux, indécis.

— Flint ! Par ici ! hurla Perian.

Le nain se précipita vers sa compagne.

— Les mages de Pitrick ! haleta la jeune femme en pointant un doigt vers la demi-douzaine de derros qui s'étaient frayés un chemin jusqu'en première ligne. Ils vont nous attaquer à grands renforts de magie !

La lumière d'un des derniers feux jetait des reflets rouges sur les cheveux neigeux des Theiwars. Les mages portaient de longues tuniques noires qui semblaient déplacées à côté des plastrons d'acier des soldats.

— Ça va être un vrai feu d'artifice, grommela Flint dans sa barbe.

— J'ai une idée, intervint Ruberik. Les torches sont

prêtes. Que dirais-tu d'attendre que les derros s'approchent encore un peu, puis de leur en mettre plein la vue ?

D'un geste, il désigna les ballots de paille imbibés d'huile disposés au pied du rempart.

— Génial ! s'exclama Perian en flanquant une grande claque dans le dos du frère de Flint, qui rougit jusqu'aux oreilles.

— Espérons que ça marchera.

— Il n'y a pas de raison, assura Perian.

Surpris par sa détermination, Flint mesura pour la première fois à quel point sa compagne avait l'âme d'une guerrière.

— Les derros seront complètement aveuglés, ajouta Perian. Pour eux, ce sera plus effrayant que d'affronter une armée !

Flint la dévisagea en silence pendant quelques instants. Il songeait au parfum de ses cheveux auburn, à la douceur de ses joues. Par Réorx, il aurait aimé que cette bataille soit finie !

Puis ils entendirent les sergents derros aboyer des ordres. Les rangs ennemis se reformèrent. Les soldats se massèrent derrière les mages et marchèrent vers le fossé qui défendait le mur.

— Les torches ! s'écria Flint.

Des dizaines de nains des collines se précipitèrent au sommet du mur et jetèrent leurs torches de l'autre côté, sur les ballots de foin.

Aussitôt, des colonnes de flammes montèrent dans le ciel.

Avec des hurlements d'agonie, les mages se couvrirent le visage des mains et reculèrent. Aveuglés, ils se laissèrent tomber sur le sol en gémissant.

Les soldats clignèrent des yeux et se détournèrent. Flint entendit les sergents jurer.

Les défenseurs avaient gagné un peu de répit, mais cela ne durerait pas. En revanche, les mages ne risquaient plus de leur causer de problèmes pendant un bon moment.

— Je dois retourner à mon poste, au centre du dispositif, dit Flint à Perian. Bonne chance !

221

# CHAPITRE XXXIII

Les flammes crépitaient à la périphérie du mur semi-circulaire. Au centre, la fumée noire obscurcissait toujours le champ de bataille, empêchant les derros d'avancer. A la gauche de Flint, l'ennemi hésitait, mais à sa droite, là où se tenaient les mages, les officiers poussaient leurs troupes en avant.

Basalt et Perian ne pouvaient leur opposer qu'une centaine de nains des collines et moitié moins d'Aghars. Mais leur position était facile à défendre, puisque la rivière qui serpentait au-delà du mur empêcherait les derros de passer.

Ceux-ci seraient forcés d'attaquer en position d'infériorité géographique.

Le premier rang de Theiwars atteignit le fossé et s'y engagea. La paille avait presque fini de brûler, mais le sol était encore couvert de braises qui rendaient toute progression malaisée. Les soldats étaient armés de haches de bataille à deux mains, mais ils les tenaient d'une seule : ils avaient besoin de l'autre pour assurer leur descente.

Flint vit Perian bondir en avant et abattre son arme sur le heaume d'un Theiwar. Basalt obligea un autre derro à reculer au fond du fossé. Tout au long du mur, nains des ravins et des collines luttaient pied à pied contre leurs cousins des montagnes.

Les Tortilleurs surgirent au sommet de la fortification, levèrent leurs boucliers au-dessus de leur tête et tentèrent d'assommer leurs adversaires avec.

La confusion augmenta.

Flint sentit son cœur se serrer quand plusieurs défenseurs tombèrent pour ne plus se relever. Il retint son souffle en se demandant si ses lignes allaient tenir. Un derro réussit à se hisser au sommet du mur, mais Basalt le décapita d'un coup de hache bien placé.

Perian se battait comme une furie, décochant des coups meurtriers et esquivant de justesse les ripostes. Flint faillir défaillir en voyant un derro s'approcher derrière elle et lever sa hache, mais grâce à quelque mystérieux don de prescience, la jeune femme fit volte-face à temps pour frapper la première.

Non seulement les nains des collines tenaient bon, mais ils repoussaient peu à peu les attaquants dans le fossé. Désorganisés, les Theiwars se rassemblèrent au fond de la tranchée.

Au centre, les soldats n'avaient toujours pas atteint le rempart.

— C'est la fumée qui les empêche d'avancer, fit remarquer Ruberik en désignant du menton le nuage noir.

— On dirait que ça te déçoit, constata Flint, surpris.

Son frère se racla la gorge.

— Eh bien, j'aimerais m'assurer personnellement que certains d'entre eux ne rentreront jamais à la maison.

— Garde un œil sur eux : je reviens.

— Comment ça ? Attends ! Hé ! Que veux-tu que je... ? protesta Ruberik.

Mais Flint avait déjà disparu vers le flanc gauche de la défense où Tybalt, perché au sommet du mur, regardait les derros décrire un demi-cercle pour contourner l'obstacle au lieu de se fatiguer à le franchir.

— Agharpulteurs, en position ! rugit Flint dès qu'il fut à portée d'oreille.

— Position de quoi ? demanda Nomscul.

— De tirer, andouille !

— Non, moi Nomscul. Et toi roi Plink, expliqua patiemment le petit chamane.

Flint se mordit la langue, mais à sa grande surprise, les Agharpulteurs passèrent aussitôt à l'action. La plupart visèrent même dans la bonne direction.

— Très bien, très bien, dit-il pour les encourager.

— Les derros seront bientôt sur nous, dit Tybalt, alarmé.

Flint regarda les Aghars propulsés par leurs camarades s'écraser dans les rangs ennemis, faisant tomber ou assommant plusieurs Theiwars à la fois. Mais ça ne suffirait pas.

— Nains des collines, chargez ! s'écria-t-il en brandissant sa Hache Tharkienne au-dessus de sa tête.

A sa grande surprise, une lumière blanche jaillit de son arme et se répandit sur le champ de bataille.

Aveuglés, les derros détournèrent le regard. Les villageois poussèrent un rugissement de triomphe.

— A notre victoire ! hurla Tybalt.

Les nains des collines fondirent sur les troupes ennemies. Flint vit Hildy, un air de détermination sinistre sur son petit visage, s'élancer à son tour. Son frère Bernhard et sa sœur Fidélia ne devaient pas être loin non plus.

— En souvenir de la Grande Trahison ! s'écria Turq Rocfoyer en abattant son lourd marteau sur un derro, dont le crâne explosa comme une coquille de noix.

Pris au dépourvu par la soudaineté de la charge, les Theiwars contre-attaquèrent maladroitement, tandis que les Aghars continuaient à pleuvoir sur et autour d'eux.

Flint maniait sa Hache Tharkienne avec brutalité, se frayant un sanglant chemin dans les rangs ennemis. Sa lame s'enfonça dans le plastron d'un derro qu'elle fendit en deux. Il enfonça un barrage d'assaillants aveuglés, au visage tordu par la haine, et massacra tous ceux qui n'eurent pas le bon sens de s'enfuir.

A présent, des hurlements d'agonie se mêlaient aux

cris de guerre et au bruit du métal frappant contre le métal.

Flint aperçut Fidélia. Vêtue d'une vieille armure de cuir, elle maniait une longue fourche avec une efficacité redoutable. Il entendit le rugissement de Tybalt qui tranchait de gauche et de droite à l'aide d'une énorme épée à deux mains.

Sans même le réaliser, il poussa lui aussi un hurlement sauvage et bondit en avant, entraînant à sa suite les nains des collines.

Sa hache brillait plus vivement que jamais, et il lui semblait que le manche commençait à chauffer entre ses mains. La lame était rougie du sang des Theiwars.

Il arriva près de Garf, un des « obus » des Agharpultes. Assis au sommet d'une pile de derros inconscients, le nain des ravins se massait la tête.

— Poitrine trop dure, geignit-il en donnant un coup de talon vengeur sur le plastron d'un soldat.

— Ta tête l'est aussi, fit remarquer Flint avec un sourire las.

Soudain, les yeux de Garf s'agrandirent de surprise.

— Non ! hurla Flint en voyant la pointe d'une épée jaillir de la poitrine du courageux Aghar.

Celui-ci bascula en avant, révélant le visage haineux du derro qui venait de le tuer.

Flint bondit et abattit sa hache. Le soldat tomba sur le corps de sa victime, tandis que Flint battait des paupières pour chasser les larmes qui lui brûlaient les yeux.

Il entendit Hildy crier derrière lui. Il voulut se porter à son secours, mais un nain des montagnes s'interposa. Une hache de lancer s'enfonça dans son crâne. Flint tourna la tête et fit un bref signe de remerciement à son frère Bernhard. Puis il se précipita vers Hildy, qui avait entre-temps achevé son adversaire.

Mais les derros s'étaient regroupés, et les défenseurs se retrouvèrent cernés de toutes parts. La lame d'une épée mordit cruellement le bras de Flint, qui poussa un cri de douleur. Deux derros plongèrent vers Bernhard.

D'un coup précis, le frère de Flint abattit un des Theiwars. Hélas, son arme resta coincée dans le plastron de son adversaire. Il lutta pour la dégager, mais le second derro fut plus rapide.

Les yeux agrandis d'horreur, Flint vit une fontaine de sang jaillir de la poitrine de son cadet. Bernhard lui jeta un dernier regard et tomba face contre terre.

— Salaud ! gronda Hildy en se jetant sur son assassin.

Celui-ci leva son arme pour parer. Mais Flint, tremblant de rage, le décapita net.

Malgré l'émotion qui lui étreignait la gorge, le « roi » comprit que les guerriers derros s'étaient remis de leur surprise, et que leur réaction risquait de faire très mal.

— Repliez-vous vers le mur ! ordonna-t-il.

De toute façon, les nains des collines n'avaient pas le choix. Les Theiwars les acculaient peu à peu contre la fortification.

— Essayez de tenir le sommet !

Flint abattit un autre soldat. Le manche de sa hache devenait de plus en plus chaud, et le sang de ses ennemis engluait la lame.

Arrivés en haut du mur, Tybalt et les autres cessèrent de fuir et se retournèrent. Ils haletaient et semblaient à bout de forces.

Alors, Flint regarda par-dessus son épaule et vit venir le désastre.

# CHAPITRE XXXIV

— Ne me dites pas que vous vous êtes fait battre par des nains des collines ! hurla Pitrick.

Devant lui, les deux soldats derros rentrèrent la tête dans les épaules. Le bossu entreprit de faire les cent pas en traînant derrière lui son pied déformé. Comme la colère perturbait sa concentration, il secoua la tête pour s'éclaircir les idées.

Dire que Perian était là, à portée de flèche, et qu'il n'avait pas encore pu mettre la main sur elle ! Tout son corps tremblait de rage.

Il regarda ses mains. Il aurait été bien en peine de lancer un sort ou même de tenir une arme.

Si dur que ce soit, il devait admettre que cette bataille ne serait pas facile à remporter. Et s'il ne voulait pas qu'elle tourne au désastre, il devait absolument se ressaisir.

Alors, il reprit le contrôle de lui-même. Puis il se tourna vers les deux vétérans qui avaient conduit la première attaque contre le mur.

Autour de lui, les feux allumés par les nains des collines s'éteignaient lentement faute de combustible. Les ténèbres enveloppaient ses hommes une fois de plus.

Certains soldats se rassemblèrent autour de leurs sergents pour prendre leurs ordres. D'autres s'occupèrent de leurs camarades touchés par les gaz empoisonnés. Ici, la nuit s'étendait sur eux comme une bienveillante couverture.

Mais plus loin, dans le fossé, les ballots de foin flambaient encore avec un éclat insoutenable. Les nains des collines les avaient bien eus. *Bientôt, très bientôt, j'aurai ma revanche*, songea Pitrick.

Le nuage de fumée noire défendait toujours le centre des fortifications ennemies. *Qu'importe ! Nous les submergerons par la gauche et la droite !*

— C'est que, Excellence..., balbutia un des soldats, ils se battent comme des démons, comme s'ils étaient possédés !

« Ils ont des armes et ils sont disciplinés. Leurs gaz empoisonnés sont redoutables ; nous n'en avons jamais vus de pareils... Et leur mur les met à l'abri de nos forces. »

— Sans compter les feux, renchérit son camarade. Les mages ont été complètement aveuglés, et les hommes en ont beaucoup souffert.

— Imbéciles ! Je ne tolérerai plus aucune excuse ! s'étrangla Pitrick. Attaquez à nouveau !

— Mais..., voulut protester un sergent.

— Tout de suite ! siffla le bossu.

Il saisit l'amulette aux cinq têtes de dragon qui pendait sur sa poitrine. De la lumière bleue jaillit entre ses doigts, et les yeux du sergent s'agrandirent d'horreur.

— B-bien, Excellence, bégaya-t-il.

Dans sa hâte de s'éloigner, il trébucha et manqua s'étaler. Ses hommes lui emboîtèrent le pas avec précipitation, à défaut d'enthousiasme.

Pitrick décida d'aller trouver les mages. Ceux-là méritaient une bonne leçon. Il leur apprendrait à baisser les bras aussi facilement !

Une douleur aiguë remontait le long de sa jambe, mais il serra les dents. Il lui fallut plusieurs minutes pour atteindre les six silhouettes en tunique noire. Agenouillées sur le sol, elles plaquaient des compresses d'herbe fraîche sur leurs yeux endoloris.

— Incapables ! Lâches ! Fainéants ! hurla Pitrick en leur flanquant des coups de pied. Vous ne pouvez pas abandonner maintenant. Quand l'ennemi porte un coup, il faut riposter plus fort, pas gémir comme des fillettes !

— Mais, maître, protesta un des mages. Nos yeux... Nous n'y voyons presque rien !

— Vous n'y verrez bientôt plus rien du tout si vous ne vous levez pas immédiatement ! Venez avec moi ! Nous allons les abattre par le feu et la sorcellerie !

« Debout, bande d'idiots ! Nous devons mener l'attaque ! »

Les mages se levèrent à contrecœur et s'approchèrent du mur ennemi. Pitrick ouvrait la marche. La douleur de sa blessure au pied était presque intolérable ; elle menaçait d'oblitérer toutes ses sensations.

Mais il s'en servit pour montrer aux mages la façon dont un véritable derro devait se comporter, quoi qu'il arrive. Si grand était son orgueil qu'il pressa même le pas.

Pour ne pas être aveuglé par les flammes, il s'obligea à regarder plus loin, vers l'ennemi.

En haut du mur, la bataille faisait rage. Les Theiwars avançaient par petits groupes, mais les nains des collines luttaient comme des enragés. Les derros survivants devaient se laisser tomber ou rouler vers le fond du fossé pour échapper à leur fureur vengeresse.

— Maintenant, annonça Pitrick d'une voix aiguë, je vais vous montrer comment on mène une attaque : sans pitié et sans hésitation.

Il saisit son amulette et chercha à localiser le commandant des forces ennemies. Il suffirait de l'abattre pour que les défenseurs soient complètement désorganisés, à la merci des assaillants. Mais la mêlée était si confuse qu'il ne découvrit pas ce qu'il cherchait.

Soudain, ses yeux se posèrent sur une naine qui se battait sauvagement avec sa hache, ses tresses rousses dansant autour de sa tête. Il cligna des paupières et se figea.

Perian Cyprium !

— Elle est là ! hurla-t-il sans se soucier de l'étonnement des mages.

Il leva la main, l'index pointé vers la jeune femme, goûtant déjà le sort qui allait la réduire en cendres.

Mais quelque chose l'arrêta : le désir qui montait à nouveau dans son corps difforme.

*Non,* décida-t-il en se ravisant. Une boule de feu la tuerait trop vite. Elle devait savoir qu'il était la cause de sa mort ; il voulait qu'elle sente venir la fin et que celle-ci soit la plus douloureuse possible.

Et puis, avec un peu de chance, peut-être se jetterait-elle à genoux pour le supplier de l'épargner...

— Préparez vos sorts, cria-t-il par-dessus son épaule. ( Puis, se tournant vers le clairon : ) Sonne la retraite !

Comme les notes cuivrées couvraient les bruits de combat, les derros se replièrent vers la sécurité toute relative du fossé.

— Maintenant ! cria Pitrick. Détruisez-les !

Sa main se referma autour de l'amulette.

La magie explosa.

*
\* \*

Basalt se tenait au sommet du rempart. La bataille durait depuis à peine une heure, mais on eût dit qu'il avait toujours eu les mêmes crampes dans les bras, et que cette infernale cacophonie avait toujours résonné à ses oreilles.

Au début, il avait failli céder à la panique, n'ayant pu se résoudre à frapper que pour défendre sa propre vie. Mais chaque derro tombé à ses pieds lui avait insufflé un peu plus de courage.

A présent, il se battait avec une rage froide et efficace, pour venger son père, Moldoon et tous les autres nains des collines ou des ravins qui mouraient autour de lui.

Perian se tenait non loin de lui, étonnante de maîtrise et de ténacité, hurlant des injures à ses anciens camarades. Ceux qui la reconnaissaient hésitaient un instant avant de s'en prendre à elle.

Ce moment de doute leur était souvent fatal.

Soudain, le son d'un clairon retentit, et les nains des montagnes se replièrent dans le fossé. *Nous avons gagné !* songea Basalt.

Mais Perian repéra les six silhouettes qui avançaient devant les troupes du Thane, accompagnées d'une septième, toute difforme. Ce ne pouvait être que Pitrick et ses mages.

Quand elle vit la lumière bleue jaillir entre les doigts du bossu, la naine cria « A terre ! », joignant aussitôt le geste à la parole.

Les défenseurs s'aplatirent sur le rempart. Basalt leva la tête et vit une minuscule flamme se diriger vers eux en dansant. Il songea qu'elle était très jolie.

De toute façon, rien n'aurait pu le préparer à l'horreur qui suivit.

La petite flamme s'arrêta près d'un groupe de nains des collines et explosa pour devenir une énorme boule de feu, brûlante comme l'enfer. Basalt sentit la chaleur sur sa peau, l'odeur de chair grillée dans ses narines. Il entendit les hurlements d'agonie des victimes mais ne vit rien, tant la lueur était aveuglante.

Lorsqu'elle se dissipa, il ne put que regarder, bouche bée, les corps calcinés des malheureux qui s'étaient trouvés dans la zone d'action du sort. On eût dit des statues de charbon.

D'autres étincelles fusèrent. Des éclairs d'énergie sifflèrent et explosèrent au-dessus de la tête de Basalt. Choqué, il vit deux nains des collines ( des voisins qu'il avait connus toute sa vie ) tomber raides morts à ses pieds.

Des cris s'élevèrent parmi les rangs des défenseurs ; le jeune homme sentit la panique l'envahir.

Les mages entonnèrent une nouvelle incantation, et une averse de grêlons s'abattit sur le mur. Basalt se protégea la tête des mains et enfouit son visage dans la terre en attendant que cesse le cauchemar.

De gros cailloux de glace percutèrent son corps. L'un d'eux lui frappa douloureusement le coude, un autre s'écrasa sur sa tempe et l'assomma à moitié. Serrant les dents, Basalt lutta pour ne pas sombrer dans l'inconscience.

La tempête magique cessa aussi brutalement qu'elle avait commencé. Un lourd silence tomba sur la scène, rompu seulement par les gémissements des défenseurs. Basalt se mit à genoux et se releva péniblement.

— Attention ! lui cria Perian.

Il se laissa de nouveau tomber sur le sol tandis qu'une volée de carreaux passait en sifflant au-dessus de sa tête.

*
\* \*

— A la brasserie ! hurlèrent Flint, Hildy, Tybalt et tous les autres nains des collines au courant du plan de repli.

Les murs de pierre du bâtiment les protégeraient contre l'ennemi, même s'ils les obligeaient à abandonner la ville à leurs assaillants.

Flint s'arrêta dans la Grand'Avenue et regarda le flot des défenseurs passer devant lui. Perian et Tybalt le rejoignirent, tandis que Basalt et Hildy partaient superviser l'installation des troupes.

— Malédiction ! jura Tybalt. J'ai bien cru que nous réussirions à les repousser.

— Nous avons essayé, soupira Flint.

— Combien de vies nous a coûté cet assaut magique ?

— Au moins une vingtaine, j'en ai peur, répondit Perian, l'air sombre.

— Mais les Theiwars en ont perdu davantage, ajouta Flint en s'efforçant de garder une voix neutre.

Le regard surpris de Garf et la vaillante charge de Bernhard le hantaient encore.

Perian lui fit un doux sourire.

— Et toi, avec ta hache ! Je te voyais depuis l'autre côté du mur. Tu as fait un véritable carnage.

Les derniers nains des collines passèrent devant eux en trottinant. Plus haut dans l'avenue résonnait la voix de Pitrick, qui exhortait ses troupes à avancer.

— Allons nous mettre à l'abri, suggéra Flint.

— Attends. Je veux d'abord voir où en sont les Tortilleurs : j'ai vu Fétide et un groupe d'Aghars partir dans la mauvaise direction.

— Nous n'avons plus le temps, objecta Flint.

Mais il savait qu'il ne pouvait pas abandonner ses sujets aux mains des Theiwars, pas s'il restait une chance de les sauver.

— Je n'en ai que pour une minute. Laissez la porte ouverte en m'attendant.

— Très bien, soupira Flint. Dépêche-toi.

Il la regarda disparaître entre deux maisons, puis prit la direction de la brasserie en compagnie de Tybalt.

Le dernier *bastion* des nains des collines méritait bien cette appellation. Entouré d'un mur de pierre de dix pieds d'épaisseur et muni d'une seule porte, il se composait de trois bâtiments : une grange, la brasserie proprement dite, et un entrepôt qui servait également de bureau. Chacune des bâtisses était adossée au mur d'enceinte.

A l'entrée, Ruberik montait la garde en compagnie d'une douzaine de villageois, regardant entrer les derniers défenseurs.

— Nous avons bloqué les fenêtres de la brasserie, annonça Ruberik. Une centaine des nôtres s'y sont réfugiés, armés d'épées, de lances et de fourches. Je ne crois pas que les derros réussiront à entrer.

— Tout le monde est là ? demanda Flint.

— Presque, dit Ruberik au moment où Turq Rocfoyer et une dizaine d'autres jeunes gens apparaissaient au coin de l'avenue et les rejoignaient en courant.

— Il ne reste personne sur le mur, annonça Tybalt, haletant. Du moins, personne de vivant.

Il grimaça.

— Je vais rester ici, proposa Flint. Nous pouvons garder la porte ouverte pendant quelques minutes encore, le temps que les Theiwars arrivent.

« Tybalt, Ruberik, allez voir comment s'en sortent Basalt et Hildy. Nous devons être prêts à repousser une attaque latérale. »

Ses deux frères hochèrent la tête et lui serrèrent chacun une main.

— Basalt et toi, vous nous avez donné une chance quand nous ne la méritions pas, dit calmement Ruberik. Quoi qu'il arrive, nous vous en serons toujours reconnaissants.

Embarrassé, Flint se racla la gorge.

— Comment ça, « quoi qu'il arrive » ? dit-il avec une jovialité forcée.

Ses frères sourirent et se dirigèrent vers la brasserie.

Flint leva les yeux vers le mur de pierre et se sentit quelque peu réconforté. Les défenseurs allaient être cernés, sans possibilité de fuite ou de ravitaillement. Mais leurs adversaires ne pourraient pas les déloger de leur position. S'ils réussissaient à tenir assez longtemps, les Theiwars se lasseraient peut-être.

Flint se tourna vers la Grand'Avenue. Au loin, il entendait le bruit de l'armée en marche, mais ne distinguait encore rien dans les ténèbres.

Que faisait donc Perian ?

\*
\*  \*

La naine rousse arriva au coin d'un vieil entrepôt et jeta un coup d'œil dans la rue perpendiculaire. Ne voyant aucun signe des Aghars, elle se demanda si elle devait se sentir soulagée ou s'inquiéter plus encore.

Puis elle entendit un bruit venant de la porte ouverte d'une épicerie. Elle traversa la rue et pénétra dans le bâtiment.

— Coucou, reine Furiane ! Nous prendre nourriture

pour fort, expliqua Fétide, rayonnante, en désignant une pile de bacon, de jarres d'oignons et autres denrées.

Son visage était barbouillé de sucre ; apparemment, elle avait l'intention de transporter certaines provisions en *interne*. Elle avait fourré du fromage et du pain dans son tablier, et les Aghars qui l'entouraient avaient tous les bras pleins de melons et de viande séchée.

— Bonne idée, Fétide ! Mais maintenant, nous devons nous dépêcher. Reste-t-il d'autres nains dans les rues ?

Fétide hocha la tête.

— Oui. Partis faire comme nous.

— Je vais aller voir où ils en sont. Courez jusqu'au fort aussi vite que vous pourrez.

Pendant que les Aghars s'éloignaient, Perian chercha du regard leur compatriotes. A l'ouest, les bruits de bottes des Theiwars résonnaient dans les avenues vides. Mais elle avait encore le temps de...

Une lumière bleue envahit la rue ; Perian comprit que Pitrick était tout près.

— Viens à moi ! siffla une voix jaillie de nulle part.

Perian voulut courir vers la brasserie, mais quelque chose dans le ton de cet ordre la retint.

Elle fit volte-face, prête à vomir sa haine et sa révulsion au visage du bossu, au lieu de quoi, elle se sentit faire un pas vers lui. Bouche bée, elle regarda ses pieds avancer sans son consentement.

— Je savais bien que je te trouverais ! ricana Pitrick.

Perian tenta de cracher une insulte, ou de lever sa hache pour se défendre. Mais ses lèvres comme ses bras refusèrent de bouger. Son arme glissa de ses doigts paralysés.

Un nouvel éclair de lumière bleue se refléta dans les yeux de Pitrick. Le bossu regarda sa proie se diriger vers lui et se passa la langue sur les lèvres.

Perian songea à la brasserie fortifiée, à Flint qui l'attendait. Elle mobilisa toute sa volonté pour défaire le sort de Pitrick, mais sans résultat.

*Flint !* Elle avait envie de hurler son nom, de tomber dans ses bras, mais seul dansait devant elle le visage hideux de Pitrick.

Le mage plaqua les poings sur ses hanches. Confiant, il attendit que Perian arrive à sa portée. Il semblait prendre un plaisir pervers à l'obliger à venir vers lui.

Son attention rivée sur la silhouette grotesque du bossu, Perian avait l'impression qu'ils étaient seuls au monde. Comme si les rues avaient disparu autour d'eux, ne laissant que de la lumière bleue à leur place.

Encore quelques pas et elle serait à côté du monstre.

— Viens à moi, sorcière ! Viens à moi, et tâte de la poigne de ton maître ! Viens à moi, et sens le goût amer de la mort !

Pitrick rejeta la tête en arrière et éclata d'un rire dément.

Perian était maintenant nez à nez avec lui, l'âme en proie à mille tourments. Le bossu tendit vers elle une main crochue comme une serre et lui caressa la joue.

Une douleur atroce déchira les chairs de la jeune femme. C'était bien pire que la morsure d'une lame ; elle sentit des larmes lui monter aux yeux.

Finalement, la souffrance défit l'emprise de la magie. Perian poussa un gémissement et s'effondra en se tenant la joue.

Elle eut un mouvement de recul.

Elle était libre.

— Tu me dégoûtes ! dit-elle, bondissant sur ses pieds.

Surpris, Pitrick recula.

— Stop ! hurla-t-il en saisissant sa hache.

De la lumière bleue jaillit à nouveau de l'amulette, mais échappa à son contrôle et se désintégra dans la nuit.

Perian chercha son arme du regard. Les bruits de

pas se rapprochaient, et elle n'avait plus beaucoup de temps avant que les derros se portent au secours de leur commandant.

En désespoir de cause, elle tira le petit couteau qu'elle portait toujours à la ceinture et bondit en avant. La lame s'enfonça dans le bras de Pitrick.

Mais le bossu recula d'un bond, arrachant le couteau des mains de Perian.

A l'autre bout de la rue, la jeune femme vit les silhouettes en armure noire qui arrivaient. Un instinct animal lui criait de rester jusqu'à la dernière seconde, de continuer à frapper Pitrick, mais son cerveau lui souffla qu'il valait mieux battre en retraite.

Elle fit volte-face et détala en direction de la brasserie, poursuivie par les cris de haine hystérique du nain. Elle ne le vit pas saisir son amulette, mais la lumière bleue la rattrapa avant qu'elle ait passé le coin de l'avenue.

*
* *

— Dépêche-toi ! s'exclama Flint, soulagé, en voyant Perian s'avancer vers lui d'un pas titubant.

Les troupes theiwars n'étaient plus qu'à quelques dizaines de pas en arrière. Il courut jusqu'à la jeune femme et l'aida à franchir la distance qui la séparait de la porte. Quatre villageois poussèrent le lourd battant derrière eux et mirent en place les barres de protection.

— Tu as réussi ! haleta Flint en se tournant vers sa compagne. J'étais si inquiet !

Perian lui sourit faiblement et prit sa main. Flint fut surpris de voir qu'elle était couverte de sang.

Puis ses yeux s'agrandirent d'horreur en découvrant les profonds sillons que la magie avait creusés dans le dos et le flanc gauche de la jeune femme.

— Perian ! s'écria-t-il.

Le sourire de sa compagne s'effaça.

# CHAPITRE XXXV

— Elle... Ils s'échappent, hurla Pitrick, outragé. Imbéciles !

Le bossu boitilla vers la porte de la brasserie, une main posée sur la plaie de son bras. Sa haine pour Perian atteignait de nouveaux sommets. Un filet de bave dégoulinait de ses lèvres.

— Excellence, intervint un des sergents, les nains des collines se sont réfugiés là-dedans ; ils ne se sont pas enfuis. Ils se sont faits prisonniers eux-mêmes. Nous n'avons plus qu'à les prendre au filet.

Pitrick leva vers lui des yeux hagards. Son visage était couvert de suie ; sa barbe et ses cheveux avaient brûlé par endroits.

Il eut un sourire mauvais.

— Tous ? Ils sont tous à l'intérieur ?

— Je pense, monseigneur. Ce bâtiment est solide, mais nous devrions en venir à bout.

— Bien. Très bien, lâcha Pitrick, soudain radouci. ( Une idée lui traversa l'esprit. ) Alors, offrons-leur un spectacle de choix pour leurs derniers instants.

« Brûlez chaque maison, chaque bâtiment, chaque grange de Soucolline ! »

Il imagina la ville en train de se consumer autour de lui et en éprouva un plaisir malsain.

— Excellence, j'ai une suggestion à faire, dit le sergent, rassemblant tout son courage.

Pitrick lui jeta un regard soupçonneux et lui fit signe de parler.

— L'aube arrivera d'ici deux heures. Nous serons alors forcés d'aller nous mettre à couvert.

« Nous devrions attaquer les nains des collines maintenant ; sinon, le soleil se lèvera avant la fin de la bataille, et ils profiteront d'une journée de répit supplémentaire.

« Ils ont déjà prouvé qu'ils étaient vicieux et pleins de ressources. Qui sait ce qu'ils pourraient faire pendant ces douze heures !

« Excellence, nous sommes sur le point de remporter une grande victoire. Je vous supplie de finir le combat cette nuit, pendant que la victoire est encore à notre portée ! »

Après quelques instants de silence, Pitrick déclara calmement :

— Très bien. Nous commencerons par détruire l'ennemi.

Il savait pertinemment que ses mages avaient épuisé leurs sorts les plus puissants contre le mur, et qu'ils ne lui serviraient pas à grand-chose. Ils devraient étudier leurs livres de sorts pendant de nombreuses heures avant de pouvoir à nouveau lancer des projectiles magiques ou déclencher des tempêtes de grêle.

Lui-même avait utilisé la plupart de ses sortilèges. Il gardait ceux qui lui restaient pour la confrontation finale avec Perian et avec cet insolent Flint Forgefeu, qui la lui avait soufflée.

Pitrick caressa le manche de sa hache. Il ne s'en était pas encore servi, mais il brûlait d'envie de l'enfoncer dans la chair d'un certain nain des collines.

En réalité, n'importe lequel ferait l'affaire.

Il leva les yeux vers la brasserie. C'était un formidable bastion, dont la porte constituait le seul point vulnérable. Qu'importe ; il enverrait également ses forces prendre d'assaut les murs. Il ne doutait pas que la question serait résolue avant l'aube.

Ses officiers se rassemblèrent autour de lui en attendant ses ordres.

— Nous allons attaquer de tous les côtés à la fois. Débrouillez-vous pour fabriquer un bélier.

*
* *

Les derros se lancèrent à l'assaut de la brasserie. Ils escaladèrent les murs, se jetèrent contre la porte, et tentèrent d'enfoncer les fenêtres.

Certains appuyèrent des perches contre l'enceinte et s'en servirent comme de rampes ; d'autres allèrent chercher des échelles dans les granges environnantes.

Mais le mur faisait dix pieds de large, et les défenseurs, au sommet, les attendaient de pied ferme. Ils avaient disposé des monticules de terre sur la face intérieure pour le rendre plus accessible.

Les Tortilleurs, supervisés par Nomscul et Fétide, assommaient avec leurs boucliers les derros dont la tête arrivait à leur niveau. Inspirés par Fidélia Forgefeu et Turq Rocfoyer, les villageois utilisaient des fourches, des pelles et des lances pour repousser ceux qui grimpaient aux échelles.

Quelques Theiwars réussirent à ouvrir une brèche dans les fenêtres barricadées de la brasserie et se glissèrent à l'intérieur. Mal leur en prit : ils furent empalés par une demi-douzaine de nains des collines dirigés par Basalt et Hildy. Bientôt, une montagne de cadavres s'éleva devant l'ouverture.

La porte restait le point faible des défenseurs. Tybalt et plusieurs dizaines de villageois se tenaient derrière. Inquiets, ils regardaient craquer le battant de bois sous les coups répétés du bélier ennemi.

Projetant une volée d'échardes, la porte s'abattit dans la cour de la brasserie.

*
* *

Flint tenait dans ses bras la silhouette immobile de Perian. La jeune naine s'était évanouie ; sa respiration devenait de plus en plus laborieuse.

Avec l'aide de Fidélia et de Ruberik, Flint l'avait

transportée jusqu'à l'entrepôt et couchée sur un lit de paille.

Ruberik amena une tasse d'eau. Il comprit que Perian n'était pas en état de boire et se dandina d'un pied sur l'autre. Le nain ne voulait pas déranger son frère en ces instants douloureux, mais il ne pouvait pas non plus l'abandonner au cas où il aurait eu besoin de lui.

Après avoir tenté d'arrêter les hémorragies de Perian, Flint leva les yeux vers son frère.

— Tu ferais mieux d'aller aider les autres, souffla-t-il d'une voix rauque, à peine audible. Je... je vous rejoindrai quand...

Incapable d'en dire plus, il baissa la tête pour cacher ses larmes.

— Je suis désolé, dit simplement le fermier en se dirigeant vers la porte.

Flint dévisagea Perian. Il la trouvait plus belle que jamais. Quelques boucles rousses étaient collées à son front, mais sa peau était si pâle... Elle portait toujours le pendentif qu'il lui avait offert.

Soudain, elle ouvrit les yeux, et le cœur de Flint fit un bond dans sa poitrine. Elle lui sourit faiblement et enroula ses doigts autour des siens. Ses lèvres s'entrouvrirent, mais elle n'avait plus la force de parler.

— Ma Perian, sanglota Flint, le cœur brisé.

Elle inspira encore une fois, puis s'immobilisa à jamais.

Pendant de longues minutes, Flint fut incapable de bouger. Brisé par le chagrin, il n'avait plus de force, ni la volonté de se lever.

Mais quand le chaos de la bataille arriva à ses oreilles, sa peine se mua en une rage froide.

Il tendit la main vers sa Hache Tharkienne et jura. Le manche de l'arme était brûlant. Son éclat s'était teintée de rouge.

Flint regarda autour de lui ; apercevant une paire de gantelets de cuir, il les enfila promptement avant de reprendre sa hache. Il se précipita vers la porte de la grange et l'ouvrit à la volée.

241

Une confusion indescriptible régnait dans la cour de la brasserie. Les derros avaient enfoncé la porte à l'aide d'un bélier et se déversaient maintenant dans l'enceinte, où les nains des collines les attendaient de pied ferme.

Flint chercha du regard la silhouette du bossu.

— Pitrick ! hurla-t-il en se précipitant vers lui.

Sa voix résonna comme un coup de tonnerre ; plusieurs derros se tournèrent dans sa direction.

— Tu vas crever ! gronda Flint en brandissant sa hache.

— Forgefeu, souffla Pitrick, le visage tordu par la haine.

Il porta la main à son amulette, qui émit aussitôt la lueur bleue familière.

— Que Réorx maudisse les lâches de ton espèce ! s'écria Flint.

Il savait qu'il n'attendrait pas le mage avant que le sort le foudroie. Pourtant, il n'avait pas peur de mourir ; il enrageait simplement de ne pouvoir venger la mort de Perian et de ses camarades.

Pitrick aboya un mot de pouvoir. Un éclair jaillit de sa main. Flint le vit arriver mais ne ralentit pas.

La Hache Tharkienne émit une vive lueur. Pitrick poussa un cri de douleur et ferma les yeux. L'éclair grésilla et disparut avant d'avoir atteint sa cible.

— Maintenant, tu vas bien être obligé de te battre ! jubila Flint avec une exaltation sauvage.

Pour une raison qui lui échappait, son arme semblait décidée à le défendre contre la magie de son adversaire.

Une poignée de soldats theiwars voulurent s'interposer. Tybalt, Ruberik et Fidélia les chargèrent sans hésiter.

— Bats-toi, misérable vermine ! s'écria Flint.

— Un nain des collines ne vaincra jamais un nain des montagnes, grogna Pitrick.

Tremblant à la fois de peur et d'excitation, il leva sa hache. Il était étonnamment fort malgré sa difformité ;

lorsque Flint se jeta sur lui, tous deux furent ébranlés par le choc.

Autour d'eux, les combats cessèrent comme par magie. Derros et villageois voulaient connaître l'issue de la confrontation entre leurs chefs.

L'écume aux lèvres, Flint et Pitrick se battaient avec une fureur bestiale. Le conseiller du Thane bondit en avant et décocha à son adversaire une rapide succession de coups meurtriers. La Hache Tharkienne les bloqua, mais son manche était si chaud qu'il brûlait Flint au travers de ses gants.

Le roi des Aghars serra les dents. Il ne voyait que le visage hideux de son ennemi, leur haine formant autour d'eux un cocon de folie furieuse.

Soudain, il détecta une ouverture. Il recula pour esquiver une attaque de Pitrick, et sentit la lame de sa hache passer en sifflant devant son visage.

Il fit un pas en avant, rassemblant ses dernières forces.

Pitrick voulut détourner le coup, mais comprit qu'il n'y arriverait pas. Une seconde, une étincelle de terreur pure passa dans ses yeux fous.

Une vision que Flint savourerait pendant longtemps.

La Hache Tharkienne dessina un arc argenté dans les airs et s'abattit sur le cou du mage, entre son heaume et son plastron. Elle fracassa les têtes de son amulette, s'enfonça dans la peau et les os.

Pitrick recula en titubant, arrachant l'arme des mains de Flint. Son sang inonda la Hache Tharkienne et grésilla. La lame autrefois couleur d'acier vira au rouge écarlate.

Agité de spasmes, le bossu tomba à genoux. Incrédule, il regarda une mare de sang se former autour de lui.

Puis il s'effondra, le visage dans la boue.

Alors, le monde devint fou.

Les premiers rayons du soleil franchirent les collines, à l'est, et se répandirent sur la ville. Flint tendit la main vers son arme pour la récupérer. Mais elle était si chaude qu'il ne put s'en saisir.

Puis, la Hache Tharkienne s'enflamma, crachant une épaisse fumée blanche qui monta vers les cieux.

Au même moment, les têtes tranchées de l'amulette se tortillèrent comme des serpents, sifflant, vomissant un nuage de vapeur noire qui monta à la rencontre du premier.

Les deux nuages formaient un contraste saisissant : le blanc attirait la lumière et la reflétait, tandis que le noir semblait l'absorber.

L'âme glacée de terreur, Flint recula lentement.

Les deux nuages prirent la forme de têtes humanoïdes : celles d'une superbe femme aux yeux en amande et d'un nain aux yeux brillant de colère. Ils se jetèrent l'un contre l'autre, s'écartèrent et revinrent à l'assaut comme deux combattants.

Bientôt, ils emplirent le ciel, au-dessus de la ville.

Dans la cour de la brasserie, la Hache Tharkienne et l'amulette crépitaient, reliées par un arc d'énergie scintillante. La chaleur obligea Flint à reculer davantage, mais il ne pouvait détacher ses yeux du spectacle.

Avec un grondement terrifiant, la terre trembla sous ses pieds. Le sol ondula comme la surface d'un fleuve ; des pierres dégringolèrent des murs de la brasserie. Flint et les autres combattants tombèrent à la renverse, tandis que les bâtiments s'effondraient comme des châteaux de cartes.

Des volutes de fumée noire parcouraient la ville, allumant des dizaines d'incendie sur leur passage, transformant Soucolline en un brasier infernal.

Dans la cour de la brasserie, les nains se bousculèrent pour atteindre la porte. Les Theiwars furent les premiers à quitter la ville et à s'enfuir à toutes jambes vers les collines. Il n'en resta pas un seul de vivant pour affronter la colère des villageois.

La terre trembla à nouveau et se fendit. D'énormes fissures partirent de la hache et de l'amulette et ouvrirent des crevasses dans les rues.

Trop abasourdi pour bouger, Flint regarda le sol engloutir Aghars et nains des collines. Il ne pouvait pas bouger le petit doit pour les aider.

Des cris stridents retentissaient de toutes parts.

Avant que Flint puisse se reprendre, le tremblement de terre cessa. Les deux nuages se lancèrent un dernier regard mauvais et se dissipèrent dans l'air matinal.

Les flammes qui consumaient les deux artefacts s'éteignirent lentement.

Il ne restait plus rien du cadavre de Pitrick.

Les yeux de Flint se posèrent sur ce qui était autrefois son arme : une mince feuille de métal sur laquelle les runes elles-mêmes commençaient à s'estomper.

— La Hache Tharkienne, dit une voix derrière lui.

Flint fit volte-face et découvrit le petit visage couvert de sang et de suie de Hildy.

— Comment le sais-tu ? demanda-t-il, surpris.

— Mon père m'a enseigné l'Ancienne Ecriture, expliqua la jeune fille. Ces runes disent que la Hache Tharkienne, forgée par le dieu Réorx à la gloire de la grande paix entre les nains, les servira jusqu'à ce que... ( Elle hésita, puis poursuivit : ) Jusqu'à ce que l'un d'eux l'utilise pour faire couler le sang de ses frères.

Dans la cour de la brasserie, sur laquelle planait le silence qui suit les grandes batailles, le souffle du vent souleva la feuille de métal et l'emporta au loin.

# ÉPILOGUE

Soucolline devint une ville fantôme en moins d'une semaine. Chaque famille avait perdu au moins l'un des siens dans la grande bataille. Les habitants voulaient commencer une nouvelle vie ailleurs, là où les souvenirs s'éteindraient plus facilement.

Mais certaines têtes de pioche comme les Forgefeu, qui vivaient à Soucolline avant le Cataclysme et dont les demeures avaient été en partie épargnées par les combats et le tremblement de terre, choisirent de rester et de rebâtir la ville.

Sa brasserie détruite, Hildy accepta la proposition de Basalt d'aller vivre avec lui.

Dans la dignité et les larmes, la famille Forgefeu enterra ses morts, parmi lesquels Bernhard, Garf le vaillant Aghar... et Perian.

Après le bref service religieux recommandant leurs âmes à Réorx, Flint partit seul se promener sur les collines surplombant le Lac Martelpierre. Le ciel était bleu, l'air mordant. Tout semblait si ordinaire, alors que son cœur était sur le point d'exploser !

Il avait peu de souvenirs de Perian. Il espéra qu'ils ne disparaîtraient pas avec le temps.

Il entendit un bruit de pas derrière lui.

— Ancienne reine partie, dit tristement Cainker, une larme roulant sur sa joue sale.

Dans son chagrin, Flint avait presque oublié ses

sujets. Les Aghars attendaient probablement ses ordres.

— Oui, répondit-il à voix basse. (Il fronça les sourcils.) Comment ça, « ancienne reine » ?

— Nouvelle reine Fétide, elle chouette, expliqua Cainker en hochant vigoureusement la tête.

— Salut, ancien roi, dit Nomscul en les rejoignant. Joli combat !

— Merci, marmonna Flint, qui n'y comprenait plus rien. Peux-tu m'expliquer pourquoi Fétide est la nouvelle reine ?

— Normal : moi nouveau roi.

— Hein ?

Flint était trop surpris pour faire la seule chose sensée, à savoir accepter cette redistribution du pouvoir avec enthousiasme.

— Obligé. Toi plus de reine, soupira Nomscul avec un sincère chagrin. Dommage. Toi très gentil, mais avoir pas marché.

Flint gloussa. Il avait envie de rire et de pleurer à la fois. Incapable de choisir entre les deux, il se contenta de féliciter le nouveau souverain de Trouboueux.

*
\* \*

Le général se tenait sur la plate-forme du temple, contemplant la cité encore fumante. Des milliers d'ogres et de mercenaires humains s'étaient rassemblés à Sanction, et il en arrivait de nouveaux chaque jour. Des légions de gobelours avaient dressé leur camp sur les pentes couvertes de cendres qui entouraient la ville.

De l'autre côté de la vallée, sous le Temple de Luerkhisis, les draconiens venaient d'éclore. C'étaient déjà des guerriers sauvages, assoiffés de combats et de sang.

L'armée se renforçait chaque jour, et le problème de

l'équipement devenait plus pressant. Un jour, les livraisons d'armes theiwars s'étaient brutalement interrompues, et elles n'avaient jamais repris. Toutes les tentatives du général pour contacter Pitrick, le nain bossu, avaient échoué.

Pourtant, les préparatifs continuaient. Takhisis, la Reine des Ténèbres, la déesse-dragon à cinq têtes, détestait rester sur un échec. Le général trouverait d'autres sources d'approvisionnement.

Et très bientôt, son armée serait prête à passer à l'action.

## LE TEMPS A PASSÉ SUR KRYNN...

*... Pourtant personne n'a oublié les sept compagnons qui vainquirent jadis la Reine des Ténèbres.*

*Aujourd'hui, le cauchemar recommence !*

*Contre les hordes du Mal, de nouveaux cœurs vaillants se lèveront. Et certains des grands anciens sortiront de leur retraite...*

EN SEPTEMBRE 1997,
NE MANQUEZ PAS :
**DRAGONS D'UNE FLAMME D'ÉTÉ**
*PAR MARGARET WEIS ET TRACY HICKMAN*

**UN GRAND FORMAT QUI FERA DATE !**

# Fleuve Noir

# Advanced Dungeons & Dragons
## 2nd Edition

# Le plus populaire des jeux de rôle

**...DES AVENTURES INOUBLIABLES VOUS ATTENDENT DANS CES MONDES D'OMBRES ET DE LUMIÈRES :**

**LES ROYAUMES OUBLIÉS,
DARK SUN, SPELLJAMMER,
RAVENLOFT,
LANCE DRAGON...**

Liste des relais-boutiques Descartes sur le 3615 DESCARTES

© D&D et AD&D sont des marques déposées appartenant à TSR Inc.

# EN ROUTE VERS L'AVENTURE !

## POUR NE RIEN RATER DE L'UNIVERS PASSIONNANT DES JEUX DE RÔLE

le Premier Magazine des Jeux de Simulation vous présente...

et, dans chaque numéro...
## DESTINATION AVENTURE :
rubrique pratique
et scénario pour joueurs débutants.

Désormais TOUS LES MOIS en kiosque. 35F.

*Achevé d'imprimer en février 1997
sur les presses de l'Imprimerie Bussière
à Saint-Amand (Cher)*

— N° d'imp. 301. —
Dépôt légal : mars 1997.
*Imprimé en France*